La soif des cités

Mathilde Rochereau

Table des matières

Prologue 3
Chapitre 1 14
Chapitre 2 34
Chapitre 3 54
Chapitre 4 58
Chapitre 5 74
Chapitre 6 93
Chapitre 7 116
Chapitre 8 134
Chapitre 9 142
Chapitre 10 158
Chapitre 11 178
Chapitre 12 199
Chapitre 13 226
Chapitre 14 245
Chapitre 15 257
Chapitre 16 271
Chapitre 17 287
Chapitre 18 302
Chapitre 19 315
Chapitre 20 325

Prologue

— Ne t'éloigne pas du jardin, Oranne.
— Oui, oui, Papa ! répondit distraitement la fillette en enfilant son manteau rouge, son bonnet et ses gants blancs. Sa mère entra dans le vestibule avant que l'enfant n'ouvre la porte.
— Tu n'oublies rien, Oranne ?
L'enfant regarda autour d'elle et secoua la tête.
— Ton écharpe, ma chérie, dit-elle en l'enroulant autour du cou de sa fille. Et ne va pas jouer en dehors du jardin.
— Je sais !
Oranne sortit et referma immédiatement la porte derrière elle. Aussitôt, le froid lui fouetta le visage, rougissant son nez et ses joues. Pendant quelques minutes, elle resta immobile sur le paillasson afin d'admirer l'étendue opalescente et immaculée qui s'étendait devant elle. Durant la nuit, la neige avait saupoudré le sol et donnait au petit jardin un aspect d'immensité qui impressionna la fillette. En voyant la nature qu'elle affectionnait tant, elle songea au gâteau au chocolat que sa mère recouvrait généreusement de sucre glace. La terre, brunâtre et craquelée, était nappée d'une épaisse couche de neige. Une vaste pâtisserie s'offrait à elle. Timidement, elle s'avança et fut surprise du craquement de ses pas. Curieuse, elle retira ses gants, prit une poignée de cette matière inconnue, puis lâcha aussitôt prise. Après les avoir remis, elle réitéra l'expérience. Pendant plus de deux heures, elle joua, se roula, courut dans les flocons amassés et entreprit de faire un tas concurrençant les montagnes inatteignables qui s'élevaient à l'horizon. Puis, épuisée, elle se laissa choir dans la poudreuse et contempla le ciel

vide, dépourvu de nuages et de couleurs. Même le soleil, vitreux, refusait d'offrir son éclat au monde.

Elle se retourna et aperçut la forêt, à quelques mètres. Le lieu interdit, derrière la haute clôture, qu'elle n'avait jusqu'alors jamais franchie. La neige tassait la végétation qui jonchait le sol et donnait aux bois une apparence moins effrayante qu'à l'accoutumée, presque accueillante, levant quelque peu le voile obscur qui les embaumait. Oranne se releva brusquement et regarda les hauts arbres centenaires que la neige avait ornés et condamnés au silence. Les branches, prisonnières de leur apparat de fortune, n'abritaient plus les oiseaux. Le froid cristallisait la nature et ses habitants, cachés dans les confins sombres et terreux de la forêt, là où nul homme ne pourrait jamais les trouver. Ils doivent avoir faim, se dit Oranne. Elle courut dans la remise où son père entreposait ses outils de jardinage et de bricolage et prit le sac en plastique contenant le pain dur posé sur l'établi. Soudain, elle se sentit investie de la considérable mission de nourrir les rescapés hivernaux. Si elle ne le faisait pas, qui le ferait ? Qui les sauverait ? Elle avait juste à jeter du pain par-dessus la clôture, à l'orée de la forêt, sans enfreindre l'interdiction de ses parents. Après un regard vers sa maison afin de s'assurer qu'ils ne la surveillaient pas, elle se dirigea vers la clôture et jeta quelques bouts de pain de toutes ses forces.

Malgré toute sa volonté, la moitié retomba à ses pieds. Elle regarda devant elle ; des traces se dessinaient et s'enfonçaient dans les profondeurs des fourrés. Elle parvint à distinguer celles des biches et des lapins. L'envie de les suivre était forte, de percer le mystère de ces animaux et de leur destination. Elle longea le haut grillage en cherchant de nouvelles empreintes. Puis soudain, elle

aperçut un trou sous le grillage. Un animal avait réussi à creuser frénétiquement pour rentrer dans leur jardin. Elle se retourna de nouveau vers la maison et se glissa dans le trou. Pour la première fois de sa courte existence, elle franchissait le cocon doré de sa maison et de son jardin. Un nouveau monde s'offrait à elle. Si elle avançait de quelques pas pour le découvrir, ce n'était pas grave après tout. Elle s'en accorda dix, comme son âge, et se tourna de nouveau vers la maison. Personne aux fenêtres. Mais ces dix pas supplémentaires ne lui apportèrent rien, ne lui permirent pas d'en savoir davantage sur les habitants des bois.
Encore dix et je ne bouge plus, tenta-t-elle de se convaincre. Juste dix. Pas un de plus.
Elle fit donc dix grands pas et s'arrêta subitement, comme si le moindre centimètre de plus causerait sa perte, puis releva les yeux. La beauté des lieux émut sa sensibilité enfantine et stimula son imagination débordante. Pourquoi n'avait-elle pas le droit d'y aller alors que c'était si beau ? Les arbres, implantés de part et d'autre du sentier qu'Oranne empruntait, entrelaçaient leurs branches appesanties par le poids de la neige au-dessus d'elle. Le jour peinait à se frayer un chemin à travers elles et venait créer des ombres qui l'auraient effrayée quelques années plus tôt. Pourtant, elle se sentait princesse dans un palais de cristal. Les animaux étaient son armée, sa garde personnelle, prête à la défendre en cas de danger. Ce tunnel enneigé la menait dans un royaume encore plus somptueux que ce qu'elle voyait déjà. Non, décidément, elle n'avait rien à craindre et l'interdiction de ses parents était injustifiée. Rien ne pouvait lui arriver. Les arbres formaient des remparts infranchissables. Rien ni personne

ne pourrait pénétrer dans cet univers désormais sien. Alors elle pouvait bien s'éloigner et en profiter pendant une heure, puis elle reviendrait avec son secret. Ses parents ne s'en apercevraient même pas. Déculpabilisée, elle continua à avancer. Les traces des lapins se dispersaient et finissaient par s'enfoncer dans les taillis auxquels elle ne pouvait pas accéder. Celles des biches sortaient du sentier. Elle enfreignit sa propre limite et les suivit avec insouciance. Au bout de quelques mètres, les empreintes disparurent brutalement. Comment cela était-il possible ? Elle déposa du pain qu'elle émietta en le frottant contre l'écorce d'un arbre et déposa les bouts restants à son pied. Déçue, elle retourna sur le sentier et déposa des bouts de pain ici et là, en évidence, dans l'espoir que les animaux les trouvent facilement. Un sentiment de solitude et de tristesse l'envahit. Son monde imaginaire s'effondra. Plus d'armée. Elle qui pensait percer le secret des animaux et de leur survie, les nourrir, s'était bercée d'illusions.

Alors qu'elle avançait, perdue dans ses pensées, elle entendit la neige se craqueler derrière les sapins, puis plus rien. Elle s'arrêta et écouta. Quelque chose ou quelqu'un haletait tout près, d'un souffle saccadé et bruyant. Elle retint le sien et regarda à travers les arbres, mais n'aperçut rien. Elle n'était pourtant pas folle, elle entendait bien ce souffle alangui. Intriguée, elle s'avança en tentant d'être discrète et, d'un geste de la main, écarta les branches en veillant à ne pas faire tomber la neige qui trahirait sa présence.

À seulement quelques mètres, un aigle au plumage lin et maduro, avec quelques nuances bleutées, était étendu de toute son envergure, les ailes clouées et déployées sur le sol gelé. Sa maigreur la frappa : ses côtes saillantes se soulevaient au rythme de sa respiration et son bec entrouvert laissait échapper un filet écumeux. Oranne sortit de sa cachette et se dirigea vers lui. L'animal ne réagit pas aux bruissements des branchages ni aux craquèlements de ses pas.

— Que t'est-il arrivé ? demanda Oranne, choquée par l'état pitoyable de l'animal.

Après quelques secondes d'inertie, elle s'approcha de lui avec précaution et tenta de le rassurer. Ses parents pourraient peut-être le sauver. Peut-être n'était-il pas trop tard. Il doit avoir froid, pensa-t-elle. Malgré la fraîcheur, elle retira son manteau, recouvrit l'animal, puis mit son bonnet sous sa tête.

— Attends-moi ici, je n'en ai pas pour longtemps. On va te guérir, dit-elle avant de partir en courant.

Elle fonça en direction de sa maison, espérant que l'animal ne bouge pas et soit toujours là à son retour. Dans sa précipitation, elle écorcha son manteau avec les ronces, son écharpe se déroula et l'enfant trébucha dessus, la faisant chuter dans la neige. Oranne abandonna la coupable et reprit sa course effrénée. En s'approchant davantage de la maison, elle vit deux fourgons dans l'entrée du jardin qui écrasaient le tas de neige qu'elle avait mis tant de temps à édifier. Ses parents attendaient-ils des invités ? Des personnes de l'extérieur ? Cela n'était pourtant jamais arrivé. Chouette ! pensa-t-elle. Elle allait enfin rencontrer d'autres personnes. Plus que quelques pas la séparaient de son jardin. Elle s'engouffra dans le trou, repassa du côté autorisé et reprit sa course vers la maison. La porte d'entrée s'ouvrit brutalement. Son père sortit, précédé d'un homme en uniforme noir portant un écusson argenté sur sa poitrine. Oranne s'avança en agitant les bras afin que son père et l'invité la voient. Puis elle s'arrêta net, reconnaissant l'écusson sur l'uniforme de l'homme. Un Myrmidon, au visage monstrueux. Celui-ci poussa violemment son père, qui tomba à genoux dans la neige. Oranne ne comprenait pas et resta figée. Le Myrmidon murmura quelque chose à son père qu'elle ne put entendre, puis pointa une arme sur sa tempe. Un coup de feu perça le silence majestueux. Son père tomba dans la neige et, aussitôt, le sang la macula. Le Myrmidon sortit une seringue qu'il planta dans le bras de la victime et recueillit le liquide sanglant dans plusieurs petites fioles. Oranne était pétrifiée, les yeux écarquillés, elle fixa le corps de son père gisant à terre. Trois autres Myrmidons sortirent de la maison, remontant leur pantalon ou leur braguette et rebouclant leur ceinture, l'air satisfait. Sa mère devait être à l'intérieur de la maison, peut-être vivante.

— Il y a une gamine. On a vu sa chambre. Qui l'eût cru, qu'il aurait procréé, dit l'un des Myrmidons en désignant le cadavre du père d'Oranne.

— Elle finira par crever de faim et de froid dans la forêt, il n'y a pas d'habitations à des kilomètres à la ronde. Je ne bute pas les enfants, moi. Partons. Elle n'a aucune chance.

Quelque chose venait de se briser en elle. L'horreur et la brutalité de ce qu'elle venait de voir avaient souillé son innocence, anéanti sa candeur, tué la petite fille qu'elle était jusqu'alors. Tel un automate, elle attendit plusieurs minutes après que les fourgons eurent quitté la cour et se dirigea vers le lieu du drame en passant à côté du corps inerte de son père. Elle tomba à genoux devant lui et le secoua.

— Papa ! Papa ! Ne me laisse pas ! Réveille-toi !

Aucune réaction, aucune réponse. C'était fini et elle le savait, mais ne voulait pas y croire, ne pouvait pas y croire. Le sang tâcha son collant et ses gants. Effarée, elle se releva et se dirigea vers la porte entrouverte. En entrant dans le vestibule, elle appela :
— Maman ? Tu es là ?
La seule réponse qu'elle eut fut le silence. Lourd et insupportable. Les Myrmidons avaient sali les tomettes carmin avec leurs grosses bottes terreuses et enneigées. Anxieusement, elle tourna à gauche et entra dans la cuisine. Le frigo était encore ouvert et le bac à légumes, retiré, vomissait des poireaux et de la salade. Sur le plan de travail trônant au centre de la pièce et servant également de table, une carotte solitaire était à demi découpée en rondelles et un bout de viande sanglant gisait sur la planche à découper. Des feuilles de journaux jonchaient le sol et manquèrent de faire tomber la fillette. Plus elle avançait à pas lents, plus l'angoisse de ce qu'elle allait trouver grandissait. Elle pénétra ensuite dans le salon où tout semblait intact.
— Maman ? réitéra-t-elle, timidement, la voix tremblante.
Aucune réponse. Sa maison, à ses yeux jusqu'alors accueillante et douillette, lui parut froide et hostile. Au fond d'elle, elle savait que sa mère était là, sûrement morte. Mais comment avoir la lucidité suffisante pour l'admettre à seulement dix ans ? Jusqu'alors, elle pensait son père invincible, immortel. Pour elle, c'était le plus fort. Le mythe venait de s'effondrer. Alors qu'en était-il de sa mère ? En débouchant dans le couloir menant aux chambres, elle eut sa réponse. Sa mère était étendue dans le couloir, pliée à la verticale entre le mur et le sol, totalement désarticulée, telle une poupée dont on a voulu

se débarrasser. Son chemisier émeraude était déchiré et son pantalon baissé. Pourquoi lui avaient-ils fait cela ? Des filets de sang coulaient le long du mur, derrière son crâne fracassé.
— Maman... murmura Oranne, plusieurs fois.
Elle s'écroula à terre, sous le choc. Une douleur insupportable la déchirait de l'intérieur. Seule. Elle était seule. Qui lui lirait son histoire désormais ? Qui lui donnerait des surnoms affectueux et lui ferait des câlins ? Pourquoi ? Pourquoi avaient-ils fait cela ? Que devait-elle faire ? Qu'allait-elle devenir maintenant ? Où allait-elle aller ? Elle n'avait plus personne désormais. Ses parents étaient les seules personnes qu'elle avait, qu'elle connaissait. Cela faisait dix ans qu'ils l'avaient maintenue dans un huis clos. Du monde extérieur, elle n'avait que des noms, des images vagues, des échos sinistres et effrayants. Par-delà son jardin et désormais la forêt, elle ne connaissait rien. Elle ne pouvait pas rester là ni laisser ses parents ici. Si les Myrmidons revenaient et la trouvaient là, lui feraient-ils la même chose ?
Elle devait partir, vite, elle était en danger. Il fallait qu'elle disparaisse, elle aussi. Elle n'avait pas la force de creuser une tombe pour ses parents, c'était pourtant ce qu'il aurait été le plus judicieux de faire. C'est ce que ses parents faisaient avec les oiseaux morts ou avec les chats errants qu'ils recueillaient régulièrement. Elle aussi allait être un chat errant désormais. Elle attrapa les chevilles de son père et parvint à le traîner à l'intérieur de la maison après plusieurs heures de labeur. Les forces lui manquaient, les larmes la paralysaient, l'angoisse la faisait suffoquer. C'est pourquoi elle le tira auprès de sa femme et se blottit au milieu d'eux comme elle le faisait le matin pour les

réveiller. Mais cette fois-ci, il n'était pas question de réveil. Elle les inonda de ses larmes, leur laissa son âme, son cœur, son humanité, son enfance.

Lorsque ses yeux furent enfin secs, la nuit commençait à dévorer le ciel. Elle se releva, les membres engourdis, et songea brusquement à l'aigle au fond des bois, seul, blessé et perdu. Comme elle. Elle devait le sauver. Bien décidée à braver l'obscurité naissante, elle alla chercher une lampe torche dans cette maison qu'elle trouvait à présent étrangère et s'enfonça dans la forêt. Rapidement, elle retrouva son manteau rouge. Elle le souleva délicatement, l'animal s'y trouvait encore, comme s'il l'avait attendue. Attendu qu'elle le sauve. Elle l'enveloppa dans son manteau, le ramassa et le serra contre elle. Désormais accompagnée, elle retourna vers la maison, qui, embaumée de la mort et de l'obscurité, bien que chargée de souvenirs, lui parut monstrueuse. Ses parents y étaient morts, les Myrmidons y avaient souillé le sol et son enfance.

Elle se rendit dans sa chambre et découvrit avec horreur que celle-ci avait apparemment été fouillée. Les draps étaient arrachés, le matelas envoyé contre la fenêtre, son bureau retourné, les tiroirs ouverts, les livres éparpillés sur la moquette vermeille.

Décidément, ils avaient tout abîmé, tout détruit. Écœurée, elle se rua dans la chambre de ses parents, qui avait subi le même sort, et prit le sac à dos de son père dans la penderie ainsi que ses deux poignards aux manches gravés méticuleusement et un chapeau à sa mère. Folle de rage, elle se hâta ensuite dans sa chambre, fourra quelques vêtements et ses deux livres préférés dans son sac puis alla dans la cuisine prendre trois couteaux, du pain, des

gâteaux, une pomme et des allumettes. Elle s'accorda quelques minutes pour se remplir l'estomac, sachant que ce repas serait sûrement son dernier festin.
Elle aperçut le portrait de ses parents qui trônait sur la cheminée parmi les livres et les bibelots. Après avoir retiré la photo du cadre, elle la mit dans la poche intérieure de son manteau, ouvrit tous les tiroirs du buffet et ajouta des piles pour la lampe torche, des ciseaux, une boussole et la montre de sa mère. Cette maison n'était plus la sienne désormais. Elle avait été salie par l'extérieur. Par les Myrmidons d'Orbis et la mort. Un dernier tour dans le cabanon s'imposait. Oranne avait une idée en tête.
Plusieurs fois, elle avait vu comment son père procédait pour faire brûler facilement les branchages et les mauvaises herbes qui encombraient le jardin. Le jerrycan d'un jaune flave était posé en haut d'une étagère afin qu'elle ne puisse pas l'atteindre. Elle monta sur l'établi et le sortit difficilement, manquant de perdre l'équilibre à plusieurs reprises. Une fois descendue de son perchoir, elle aspergea le cabanon d'essence, attendit d'être sur le seuil et craqua une allumette qu'elle jeta sans aucune hésitation. Elle devait faire de même avec la maison. C'était le seul moyen de faire disparaître toute trace de son existence et de celles de ses parents. Elle avait pleinement conscience de ce qu'elle faisait. Que tout ce que ses parents avaient mis une vie à bâtir partirait en fumée.
Il n'en resterait qu'un tas de cendres fumant. Elle entra, en inclinant le jerrycan afin de tracer un filet d'essence d'une pièce à l'autre de la maison et veilla plus particulièrement à asperger sa chambre et celle de ses parents. Avec une certaine nostalgie et un profond déchirement, elle sortit et craqua une première allumette qui se consuma et lui brûla

les doigts avant de s'éteindre. La deuxième fit de même. Oranne ne parvenait pas à faire ce geste irrévocable. Après une longue inspiration, elle en craqua une troisième, ferma les yeux et la jeta devant elle. Aussitôt, de hautes flammes se mirent à effectuer une danse macabre, dévorant le papier peint du vestibule, se propageant de pièce en pièce pour poursuivre leur œuvre. Effrayée, Oranne recula. De part et d'autre, les flammes rongeaient les murs, les meubles, le sol, la charpente puis le toit. La neige les empêcherait de dévorer la forêt.

Apaisée, Oranne chargea le lourd sac de son père sur ses épaules, jeta un dernier regard vers le brasier, la tombe de ses parents. Du revers de la manche, elle essuya les larmes qui coulaient inlassablement le long de ses joues, renifla bruyamment, respira profondément et se dirigea vers la forêt, serrant celui qui s'appellerait désormais Perce-Neige contre elle.

Chapitre 1

Perce-Neige survolait la cité, fendant la brume naissante avec puissance et célérité. Le soleil disparaissait peu à peu dans le ciel taché d'encre, laissant traîner quelques rayons qui venaient se refléter dans les monstres architecturaux et rappelaient l'éclat mourant de Perspicaris. Le rapace descendit en altitude, frôla le marbre albâtre d'un pilastre puis arrêta brusquement sa course pour se poser sur la hampe du drapeau d'Orbis. Ce dernier indiquait la présence d'une station d'extraction d'eau faisant face aux flots paisibles du lac Iamna.

Seuls des grondements sourds venaient percer le silence apaisant dans lequel la cité était plongée depuis désormais quelques heures. L'animal inclina la tête en fixant goulûment, à travers le carreau d'une fenêtre, des morceaux de viande fumants étendus quelques mètres plus bas. Trois individus en uniforme prirent place autour de la table. Perce-Neige hésita puis vint se poser sur le rebord de la fenêtre, ne quittant pas du regard sa cible.

De l'autre côté du bâtiment, Oranne, perchée sur le toit depuis quelques minutes, sortit une fiole au liquide parme de sa poche et remplit méticuleusement l'embout vide de ses carreaux à la lumière blafarde des spots braqués sur le lac, avant de les remettre dans son carquois. Elle scruta les alentours puis se laissa glisser félinement le long de la gouttière, sans quitter sa cible des yeux. Les grognements provenant de la station couvraient ses déplacements. Ainsi, elle put se faufiler dans l'entrebâillement de la porte de la salle des machines. Une douce chaleur l'envahit, contrastant avec le vent glacial qui lacérait Perspicaris. Un premier étage de la vaste salle assurait le prétraitement de l'eau par un système de micro-tamisage. D'immenses tuyaux acheminaient ensuite l'eau au rez-de-chaussée afin qu'elle soit légèrement chlorée. Le liquide précieux finissait sa course dans une cuve souterraine de quatre-vingts mètres de profondeur dans laquelle se servaient les camions-citernes d'Orbis. Oranne avait fini par comprendre l'utilité de chaque machine, de chaque tuyau et de chaque bouton. À droite, une porte menait à la salle des commandes des systèmes d'extraction et de filtration. Aucun dispositif de surveillance n'avait été mis en place, car la seule présence de la milice dissuadait quiconque de s'attaquer à leurs installations. Quiconque, sauf Oranne.

Depuis peu, les troupes d'Orbis occupaient les rives de Perspicaris afin de les dépouiller de leur bien le plus précieux : l'eau. Peu à peu, ils s'y étaient installés et leur présence, d'abord discrète, était devenue de plus en plus envahissante et perceptible. Trois monstrueuses stations de pompage avaient été édifiées et d'autres, plus humbles, parsemées ici et là au bord du lac, servaient de cibles à Oranne. Un va-et-vient constant de camions acheminait l'or bleu jusqu'à Orbis.

L'adrénaline envahit Oranne. Sa soif de sang et de justice annihilait toute humanité. Ce soir, comme tous les soirs depuis plusieurs jours, elle allait verser le sang. Le sérum pourri des Myrmidons répandu sur le sol était devenu une nécessité, une addiction salvatrice. La dualité constante entre l'excitation et la folie de ses actes lui procurait un sentiment délectable lui rappelant qu'elle existait. Son rythme cardiaque s'accéléra lorsqu'elle entra dans la salle des commandes vide, sachant qu'à quelques mètres de là, les Myrmidons discutaient et mangeaient. Sur la pointe des pieds, elle se rapprocha des centaines de boutons et d'écrans tactiles allumés. Après quelques secondes de recherche, elle trouva enfin le bouton convoité et appuya dessus. Aussitôt, les grondements incessants des machines s'estompèrent dans les salles alentour. Oranne sortit rapidement de la pièce pour se cacher un étage plus haut, entre deux pompes. Des voix mécontentes s'élevèrent au loin, suivies d'un martèlement de pas se rapprochant d'elle. À travers la mezzanine grillagée, Oranne vit un Myrmidon foncer vers la salle des machines, grommelant entre deux masticatations des propos incompréhensibles. Les pompes s'allumèrent et firent sursauter Oranne, qui se cogna la tête contre un des tuyaux en aluminium. Son cœur tambourinait contre sa poitrine. Par chance, le Myrmidon ne réagit pas et mit le bruit sur le compte des machines vieillissantes et capricieuses, ou de la visite d'un chat frileux effrayé par le grondement des machines. Puis il repartit, pressé de finir son assiette.

La maladroite attendit qu'il disparaisse derrière la tuyauterie au fond de la salle principale et descendit de son perchoir. Des picotements dus à sa frayeur et à l'ivresse de tuer parcouraient tout son corps, lui faisaient ressentir chacun de ses muscles et amplifiaient ses sens. Elle pénétra à nouveau dans la salle de commandes et réitéra son jeu. En remontant dans sa cachette, elle éteignit également le tableau électrique, plongeant la station dans l'obscurité et le silence. Cette fois-ci, les trois Myrmidons firent le déplacement, balayant les immenses salles que le faisceau lumineux de leur lampe torche ne parvenait pas à couvrir intégralement.

— Si c'est l'un de vous qui a fait ça, je vais le tuer ! déclara le premier Myrmidon à s'être déplacé.
— Comment veux-tu que cela soit l'un d'entre nous ? On était tout le temps avec toi et, aux dernières nouvelles, on n'a pas de commande à distance. Réglons cela une bonne fois pour toutes, le temps que la deuxième tournée de viande cuise.

Les trois Myrmidons entrèrent dans la salle des commandes et rétablirent l'électricité avant de rallumer les pompes. Puis ils décidèrent de se séparer pour faire un tour des lieux. Oranne retint sa respiration lorsqu'elle entendit l'un d'eux grimper à l'échelle menant au premier étage. Elle parvint à ramper et à se glisser derrière un tuyau plaqué le long du mur, remerciant les pompes d'être aussi bruyantes. Le faisceau lumineux chassa timidement l'obscurité. Puis, d'un coup, Oranne aperçut les boots du Myrmidon à quelques centimètres d'elle. Elle plaqua sa main droite contre son nez et sa bouche et, de la gauche, enserra le manche d'un de ses poignards, prête à bondir. Son cœur battait si fort qu'elle craignait que le Myrmidon ne l'entende. Celui-ci s'immobilisa quelques secondes, scruta autour de lui, puis hurla à ses collègues :

— RAS de mon côté.

Puis, il descendit et alla rejoindre les deux autres Myrmidons. Oranne respira enfin et haleta quelques instants avant de sortir de l'intervalle entre le sol et le tuyau. Encore une fois, elle retourna dans la salle des commandes et entreprit de faire en sorte que les pompes ne puissent définitivement plus se rallumer.

Une odeur de viande calcinée émanait de la salle commune. Le plus gourmand des Myrmidons pesta contre le manque de sérieux de ses collègues concernant la surveillance de la cuisson. L'un d'eux ouvrit la fenêtre, laissant juste le temps à Perce-Neige d'aller se percher sur la gouttière où il piétinait d'impatience.

— C'est étrange quand même que les pompes se soient arrêtées deux fois de suite. Cela n'était jamais arrivé auparavant, fit remarquer le plus trouillard des Myrmidons.
— Détends-toi. On a fouillé la station et on n'a trouvé personne. C'est peut-être un faux contact. On est veilleurs, pas techniciens. Occupons-nous de nos affaires.
— Bon, on peut manger tranquillement, ou vous allez parler de cela toute la nuit ?

Le gourmet s'apprêtait à planter son couteau dans la viande grillée lorsque Perce-Neige s'invita au dîner par la fenêtre entrouverte.

— Qu'est-ce que... ?

Mais Perce-Neige ne lui laissa pas le temps de finir sa phrase, dessinant de grands cercles autour d'eux et glatissant afin de les effrayer. L'un des hommes saisit sa chaise et voulut le chasser, mais l'animal parvint à éviter les attaques successives. Les pompes s'éteignirent pour la troisième fois ainsi que la lumière quelques secondes après. Perce-Neige profita de l'effet de panique pour se servir généreusement et repartir tranquillement par la fenêtre. Les trois Myrmidons cherchèrent leur lampe torche à tâtons puis finirent par les allumer en se dirigeant vers la salle des commandes.

— Cette fois, ça suffit ! Il y a quelqu'un ici qui se fout de notre gueule et je vais lui exploser la sienne.

Oranne avait profité de l'obscurité et de l'entrée fracassante de Perce-Neige pour se frayer un chemin dans la pièce. En entendant la menace du Myrmidon, elle se mit à rire. Les trois hommes firent volte-face et braquèrent leur lampe sur elle. Outre son jeune âge et le fait que ce soit une femme, la beauté poupine d'Oranne frappait les Myrmidons. Pourtant, de son apparence angélique, se dégageait quelque chose d'animal, d'inexplicablement dangereux. À l'inverse des trois veilleurs, Oranne portait des vêtements uniques, qu'elle avait elle-même confectionnés, faits de cuir et de tissus sombres n'entravant pas ses mouvements et lui donnant une allure à la fois sophistiquée et sauvage. Un premier poignard à la lame gravée pendait à sa ceinture et un deuxième était caché dans ses boots, attaché par une petite lanière et recouvert par son pantalon mordoré aux multiples poches. Comme si la machette et les deux poignards ne suffisaient pas, la créature portait également une arbalète et un carquois en bandoulière. Elle était enveloppée dans une pèlerine à la capuche aux contours de fourrure, d'où sortaient quelques mèches de sa longue chevelure ébène.

Oranne esquissa un sourire ravi à l'idée de massacrer ces trois abrutis. Non seulement elle chérissait le frisson de tuer, mais également l'amusement, tout comme son compagnon. Si Perce-Neige leur avait arraché leur dîner, Oranne allait leur arracher la vie. Ce qu'elle affectionnait par-dessus tout, c'était leur regard, le dernier qu'ils adressaient au monde, implorant et fielleux à la fois. Les veilleurs n'étaient pas armés, ce qui rendait le jeu beaucoup moins équitable, mais ceux-ci ricanèrent en la voyant. Leurs armes se trouvaient derrière elle, à côté de leur assiette respective. Ce n'était qu'une Errante après tout. Ils étaient trois, elle était seule. Ils ne risquaient rien. Peut-être pourraient-ils même s'amuser avec elle. Pourtant, lorsqu'ils croisèrent son regard, leur certitude d'inoffensivité s'ébranla. L'intensité de celui-ci annonçait le sort peu enviable qu'elle leur réservait. Brusquement, ils se sentirent mal à l'aise, presque en danger. Sa seule présence répandait dans la pièce une atmosphère d'insécurité.

Si l'obscurité était un atout pour Oranne, elle handicapait les Myrmidons, forcés de tenir leur lampe pour appréhender les mouvements de leur adversaire. Or, celle-ci ne bougeait pas. Son immobilisme perturbait les veilleurs qui attendaient le moindre mouvement annonçant ses intentions. Oranne riait intérieurement de les voir ainsi tendus, guettant le moindre de ses gestes, le moindre souffle trop bruyant. Elle avait réussi à créer de la tension, du doute, et n'attendait qu'une chose : que leur bras finisse par s'engourdir et qu'ils baissent leur lampe braquée sur son visage ou même qu'ils se lassent de ce jeu dont ils ne comprenaient pas les règles. Le gourmand finit par craquer, songeant à son repas qui gisait derrière l'intrus.

— Qu'est-ce que tu veux ? Qu'est-ce que tu fais là ?
— Ce que je veux ? siffla Oranne.
— Oui.
— Vous arracher la vie.

Cette phrase mit fin aux interrogations des veilleurs. Cette gamine était là pour les tuer. La situation n'était pas rationnelle. Ce n'était qu'une enfant, une femme en devenir. Alors pourquoi ressentaient-ils ce malaise ? Son regard se noircit davantage, ses muscles se crispèrent et un agréable frisson lui parcourut l'échine. Elle frémit de plaisir et resserra l'étreinte sur le manche de sa machette. Puis, d'un bond, elle s'élança vers ses victimes, les débarrassant d'abord de leurs lampes. Le pâle éclat lunaire suffisait à Oranne. Ses sens démultipliés lui permettaient d'esquiver les attaques à tâtons des Myrmidons, d'anticiper leurs déplacements aux froissements de leur veston ou de leur pantalon ample, aux effluves de leur parfum se mouvant dans l'espace.

— Où es-tu, sale garce ? Je vais te tuer ! Je vais te tuer ! hurla l'un des Myrmidons.

Oranne se plaqua dans un coin, banda son arbalète et visa le cœur d'un des veilleurs qui, à quatre pattes, se dirigeait dangereusement vers sa lampe. Celui-ci lâcha un cri de douleur qui se fondit dans la pénombre. Au contact de sa chair contractée, l'embout du carreau se brisa et déversa le poison dans ses membres. L'homme, paralysé, prisonnier dans son corps, fixait l'objet de convoitise à seulement quelques centimètres de lui, totalement impuissant. L'un des deux restants parvint à saisir sa lampe torche et la braqua dans le coin. Vide. L'homme entendit un bruissement de tissu derrière lui et le contact de l'acier avec le cuir. Avant qu'il ne comprenne ce qui se passait, Oranne l'égorgea, se hissant sur la pointe des pieds. Le sang dégoulina de l'ouverture et perla sur le bras d'Oranne avant que le corps ne s'écroule lourdement au sol. Satisfaite, elle s'apprêta à en finir avec le troisième veilleur lorsqu'elle sentit le canon d'une arme contre sa nuque.

— Pose tes armes et retourne-toi ! Lentement !

Oranne s'exécuta. Une arme et une lampe étaient braquées sur elle.

— Je vais t'exploser le crâne ! Qu'est-ce que tu croyais ? Que tu pouvais tous nous tuer ? Eux, peut-être, mais moi, non. À genoux !

Oranne s'agenouilla, cherchant un moyen de se sortir de cette situation inconfortable. Si elle tentait quoi que ce soit, il appuierait sur la gâchette sans hésiter. Dans un dernier élan d'espoir, elle siffla trois fois. Avant que le Myrmidon ne lui demande ce qu'elle faisait, Perce-Neige fit irruption dans la pièce et se jeta sur le visage du Myrmidon, plantant ses serres dans ses yeux. L'homme hurla de douleur et tenta vainement de chasser l'animal. Oranne pivota sur le côté et planta ses deux poignards dans ses cuisses en descendant jusqu'aux genoux, puis lui arracha son arme.

— Stop, Perce-Neige.

L'animal arrêta aussitôt et vint se percher sur l'épaule de sa maîtresse. L'homme l'insultait, hurlait, se débattait contre un ennemi inexistant.

— Qu'est-ce que tu croyais ? Que tu pouvais me tuer ? se moqua l'Errante.

Oranne ne lui laissa pas le temps de répondre, se pencha au-dessus de sa victime et lui planta sa machette dans le cœur, tournant et retournant la lame. Elle la retira, rassasiée et apaisée, puis caressa doucement son sauveur.

Un souffle glacial lui griffa le visage lorsqu'elle sortit dans la cour. Le drapeau orbissien s'agitait violemment au rythme imposé par le vent, tandis que le givre se cristallisait sur le pare-brise des camions-citernes qui prendraient leur service dans quelques heures. Oranne marcha prudemment sur le goudron verglacé puis creva un à un les pneus des camions en songeant aux Myrmidons qui découvriraient son travail demain. L'adrénaline retomba lorsqu'elle s'approcha du lac pour se nettoyer le visage, tacheté de sang impur, à l'eau glacée. Ses mains, ayant arraché tant de vies, ne lui semblèrent pas sales : elles avaient servi une noble et juste cause. Après avoir réajusté ses vêtements, elle quitta tranquillement le campement d'extraction et redescendit vers les terres.

L'activité économique, politique et sociale de Perspicaris se trouvait essentiellement autour du lac.

Deux canaux à l'ouest et à l'est du lac perçaient l'infranchissable rempart autour de la ville et irriguaient les terres désertées d'Anaklia. Oranne décida de traverser le Démétrias renfermant le forum ainsi que des galeries marchandes, mais surtout la bibliothèque, défiant toute échelle humaine. Les marches du parvis s'étalaient en largeur sur une centaine de mètres. De part et d'autre, des colonnes corinthiennes dont le socle atteignait les deux mètres étaient disposées en cercle et soutenaient l'architrave ornée d'inscriptions qu'Oranne ne comprenait pas. Dans la corniche étaient taillées minutieusement de minuscules feuilles d'arbres et des globes représentant la géographie de l'Ancien Monde. Une immense coupole de verre embellie par des imitations de nervures de feuilles recouvrait l'édifice et permettait un éclairage naturel. Oranne entra, brisant le silence majestueux des lieux en marchant sur le dallage topaze contrasté par le vert mélèze formant une feuille de chêne au cœur de l'édifice. Autour de ce dernier, des galeries marchandes s'étalaient en losange aux angles disjoints face à elle.

À sa droite, en arcade ouverte, se trouvait le forum, pouvant contenir dans ses gradins l'intégralité des citoyens de Perspicaris lors des conseils mensuels. N'étant pas citoyenne, cette partie de la Démétrias n'avait aucun intérêt pour Oranne. Elle s'y était rendue une seule fois par curiosité afin d'en contempler la beauté. Elle bifurqua à l'opposé et poussa une lourde et haute porte en verre nervurée de lierre. Aussitôt, l'odeur familière et si plaisante des livres ayant traversé des années, des lieux et des générations de mains avides de tourner les pages émut son olfaction. La bibliothèque, construite en demi-rotonde, s'élevait sur quinze étages desservis par un ascenseur et des escaliers latéraux. Face à elle s'échelonnaient des tables de lecture entourées de fauteuils de velours vermeil. Dans les murs, étaient encastrées de hautes étagères en chêne massif éclairées par de petits spots endormis à cette heure tardive. Les luminaires au sol suivaient ses déplacements sur le dallage transparent parfaitement lustré. Oranne avait d'abord pensé que des centaines de petites lucioles dansaient inlassablement dans leur prison de verre, avant de comprendre que c'était un artifice. Elle eut la désagréable impression d'être sale, de ne pas être digne des lieux. Ses vêtements crasseux, maculés d'un sang qui n'était pas le sien, contrastaient avec le faste de la bibliothèque. Elle se sentit étrangère, clandestine, illégitime. Une bête sauvage dans le temple de la civilité et de la culture.

— J'ai cru que tu ne viendrais pas, s'éleva une voix des étagères.

Soudain, les lucioles prisonnières sortirent un petit homme trapu de l'ombre. Celui-ci traîna péniblement le fardeau de son corps camouflé dans un long manteau bordeaux sous la coupole de verre maintenant étoilée. Ses sourcils s'épousaient au-dessus de son nez aquilin, cernés par la fusion de sa longue barbe et de sa moustache, grossièrement entretenues. Deux nattes d'un gris argenté, solidement enserrées, tombaient sur son torse flasque. Ses petits yeux verts, plissés par les affres du temps, brillaient d'une lueur qu'Oranne pensait n'appartenir qu'aux érudits. Son regard était tourné à la fois vers les dédales infinis et inexplorés de son intériorité, mais aussi vers la mouvance et l'étrangeté du monde. Souvent, Oranne se demandait à quoi ressemblait le cerveau du bibliothécaire. Était-ce un univers fluide, lumineux dans lequel il déambulait librement, ou était-ce une crypte millénaire et brumeuse qu'il explorait à la lumière de la connaissance de ses livres ? Pour Oranne, Cratyle était un voyageur immobile, un savant omniprésent qui connaissait les mystères de l'existence, ses premiers souffles.

— Je suis en retard, désolée. J'avais des affaires à régler. J'espère que je ne te réveille pas.
— Je m'en suis douté, rassure-toi. Il y a longtemps que je ne dors plus. J'ai tant de choses à lire encore… Ma vie ne suffira pas, je le crains.

Cratyle connaissait les activités nocturnes d'Oranne. Même si cette dernière ne lui en avait jamais ouvertement parlé, il l'avait deviné, mais avait la délicatesse de ne jamais évoquer le sujet. En ces lieux, Oranne était une jeune femme assoiffée de savoir, brillante. Jamais il n'y avait perçu la tueuse redoutable tapie en elle. Il fixa, malgré lui, quelques instants le sang encore frais sur ses vêtements, seule preuve de ce qu'Oranne était hors de la Démétrias. Celle-ci, mal à l'aise et confortée dans l'idée qu'elle n'était pas digne des lieux, se justifia :

— Je suis désolée, je n'ai pas de vêtements de rechange. Je veillerai à en prendre demain.
— Ce n'est rien. Pose tes armes. Tu n'en as pas besoin ici.

Oranne balaya les alentours du regard puis se déchargea de son attirail meurtrier et de son sac dans un coin. Cratyle se traîna vers la porte d'entrée et tourna la clé dans la serrure.

— Plus personne ne viendra aujourd'hui, souffla-t-il. Les gens préfèrent dormir que s'instruire. Quelle drôle d'idée. Leur esprit dort déjà toute la journée, et en plus, ils veulent reposer leur corps ? Je ne comprends pas. Non, décidément, je ne comprends pas ! Allons, soit, suis-moi.

Cratyle s'enfonça dans une galerie entre deux étagères d'un pas léthargique. Oranne et les lucioles le suivirent. La galerie en forme de triangle isocèle avait son entourage en couverture de livre et, à l'intérieur, des gravures dans un dialecte incompréhensible ornaient les murs. Le couloir débouchait sur plusieurs petites alcôves bercées d'une lumière douce et capitonnées de velours carmin. Cratyle s'arrêta dans l'une d'elles et invita Oranne à s'asseoir sur le divan de cuir. Sur la table basse, le bibliothécaire avait déposé trois ouvrages de taille variable. D'un geste sur l'abat-jour d'une des lampes, il intensifia la luminosité puis dit, avant de disparaître :

— Installe-toi. Je reviens.

Oranne s'assit dans le canapé, qui épousait parfaitement la forme de son corps délassé. Elle plaqua son dos contre le dossier et ferma les yeux, une sensation d'infini bien-être s'empara d'elle. Cratyle revint quelques minutes plus tard et déposa un plateau sur un coin de la table basse. Comme à l'accoutumée, il y avait une théière fumante, deux tasses, une assiette avec des viennoiseries, biscuits et petits gâteaux nappés de chocolat et un sucrier. Il remplit méticuleusement les deux tasses pour que le contenu soit exactement identique. En se concentrant, son monosourcil se fronçait et tendait à rejoindre sa moustache alors que ses pommettes fripées remontaient de façon asymétrique.

— Sers-toi, Oranne ! Il ne faut pas se laisser abattre. Regarde-moi, ma condition physique me permet de rouler d'une étagère à l'autre sans utiliser mes jambes !

Oranne sourit. Elle affectionnait tant ces moments où elle oubliait les maux effrayants du monde en se réfugiant dans celui des livres. Ici, elle retrouvait un semblant d'humanité, de sociabilité. D'ailleurs, Cratyle était la seule personne avec laquelle elle discutait et qu'elle appréciait. Elle prit un gâteau aux algues d'eau douce et au cacao, affamée.

— Je pourrais t'en mettre dans un petit sac si tu veux, la pâtissière me donne toujours son surplus à la fin de la journée en échange d'un livre.
— Non, merci, ça ira. J'ai de quoi manger chez moi.

Oranne saisit un des trois livres, retira ses chaussures et se mit à son aise. Cratyle la regarda s'installer, satisfait. Oranne avait poussé la porte de la bibliothèque il y a quelques mois, crasseuse, couverte de sang jusque sur son visage. Ce qui l'avait frappé, c'était le contraste entre son jeune âge et les armes visibles qu'elle portait. Tout de suite, il avait compris qu'elle n'était pas de Perspicaris. C'était une Errante, on appelait ainsi les personnes venant à Perspicaris et n'y appartenant pas. La plupart, venant de loin, souhaitaient y vivre et s'adaptaient aux coutumes, au rythme de la cité. Oranne, contrairement aux autres, ne voulait pas y demeurer et n'avait pas l'intention d'y rester. Elle était là pour une durée indéterminée, juste le temps d'accomplir la mission dont elle s'était affublée.

Il ignorait tout d'elle. Jamais il ne s'était risqué à lui poser des questions. Elle était là et acceptait sa présence en la dépossédant de son histoire, de ce qu'elle était en dehors de sa bibliothèque. D'abord, il avait cru qu'elle s'était perdue, puis, apercevant ses armes, qu'elle voulait le braquer, peut-être même le tuer. Puis il avait vu son regard émerveillé, perdu dans la beauté et dans l'immensité des lieux. Il lui avait demandé ce qu'il pouvait faire pour elle, ce à quoi elle avait répondu qu'elle voulait lire. Quelle fut sa surprise lorsqu'il la vit des nuits entières dévorer des ouvrages complets, lui qui la pensait sauvage et illettrée. Ainsi, s'était instauré leur petit rituel nocturne. Oranne venait dans la nuit, s'installait dans une chambre de lecture et y restait jusqu'aux premières lueurs du jour. Peu à peu, il avait commencé à discuter avec elle, à lui demander son avis sur ses lectures, à lui en conseiller, et une réelle amitié s'était rapidement établie entre le bibliothécaire et Oranne. Cratyle savait pertinemment que cela était éphémère, que d'un jour à l'autre, il n'entendrait plus la lourde porte s'entrouvrir, alors il profitait de sa présence quelques heures et la laissait repartir, sachant que cette nuit était peut-être la dernière.

Les premiers éclats du jour vinrent remplacer les lucioles, perçant l'épais carreau de la coupole. Peu à peu, des rayons lumineux parvinrent jusque dans la chambre de lecture. Oranne leva les yeux de son livre puis se leva d'un bond, agressée par la lumière.

— Je dois partir, dit-elle en reposant le livre et mettant ses chaussures.

Cratyle abaissa son livre, mit un marque-page et le posa lentement. Il se risqua à lui demander :

— Est-ce que je vais te revoir cette nuit ?
— Probablement oui. Merci pour tout.

Oranne retourna dans le hall, reprit ses armes et sortit avant de croiser les premiers citoyens et bibliophiles. La naissance de la clarté était le moment qu'elle redoutait le plus, celui qui, le temps de la traversée de Perspicaris, la faisait exister aux yeux du monde.

Elle finit par sortir de l'édifice et déboucha sur la place publique où des boutiques et des étals étaient disposés en quadrillage et hiérarchisés par accessibilité selon la classe sociale. Quatre estrades de pierre entourées de bancs trônaient fièrement aux quatre coins de la place afin de favoriser les spectacles et représentations théâtrales. Bien que la plupart, dénonçant les abus d'Orbis, soient censurées et punissables de mort si elles étaient jouées. Oranne venait régulièrement dans la cité depuis des années et constatait à quel point Perspicaris avait changé depuis la mise en place du nouveau gouvernement. Les responsables résidaient dans le bâtiment lui faisant face : le Symbiôsis. Le monstre architectural rassemblait le palais de justice et le gouvernement. Le nouveau gouverneur s'était octroyé le droit d'y habiter avec tous ses conseillers et alliés, c'est-à-dire des membres d'Orbis. Oranne jeta un regard à la fois haineux et inquiet dans sa direction, puis reprit sa marche, bien décidée à ne pas s'attarder. Mais Perce-Neige s'amusait à courser les pigeons en quête de quelques miettes laissées par les piétons durant la journée. Il les pourchassait en glatissant bruyamment.

— Perce-Neige ! Viens ! À quoi tu joues ? On va se faire repérer !

Mais l'animal, obnubilé par ses proies, ignora la réprimande de sa maîtresse et continua sa course-poursuite. Oranne poursuivit sa marche et le laissa vaquer à ses préoccupations animales. Perce-Neige finit par la rejoindre derrière le palais, dans les quartiers résidentiels. Chaque quartier était composé d'un octogone de résidences au milieu duquel se trouvait un parc avec une petite mare d'eau claire. Chaque habitation possédait sa propre terrasse avec un jardin individuel. Perce-Neige se posa sur l'épaule d'Oranne pour se faire pardonner de son écart de conduite, mais celle-ci le repoussa.

— Non, Perce-Neige, tu as désobéi. Imagine ce qui nous serait arrivé si la milice nous avait trouvés là, moi avec mon arbalète et ma machette pleines de sang. Je ne tiens pas à être exécutée sur la place publique parce que monsieur s'amuse avec les pigeons. Rentrons maintenant, je suis fatiguée.

Perce-Neige reprit de l'altitude et fendit l'air en direction de la forêt. Oranne, de son côté, gagna les premières exploitations agricoles à l'aube. Au passage, elle parvint à voler quelques tomates, fraises et pommes de terre. Étant donné les quantités produites, l'agriculteur ne s'apercevrait de rien. Et puis, après tout, ils pouvaient bien nourrir celle qui défendait leur cause. Après encore une demi-heure de marche, elle gagna l'orée de la forêt où elle s'était établie depuis quelques jours. Elle releva les pièges tendus la veille. Son butin se constitua d'un unique lapin. C'était mieux que rien. Une fois les pièges réinstallés, elle s'enfonça davantage dans les fourrés et retrouva Perce-Neige qui attendait patiemment sur la branche d'un arbre. Après avoir mangé deux tomates et suspendu le lapin à l'abri des prédateurs, elle se coucha dans sa cabane appuyée sur le renfoncement d'un rocher.

Une averse la tira de son sommeil quelques heures plus tard. D'un bond, elle se leva et se rua dehors afin de protéger ses vivres et son linge étendu. Mais tout était déjà trempé. Elle jeta le tout sous son abri étanche, énervée, et se recoucha sous ses couvertures. Mais le sommeil ne revint pas. La pluie martelant la pierre l'empêchait de le retrouver. Celle-ci s'écoulait dans des rigoles creusées autour de son abri et s'acheminait dans des bassines après avoir été filtrée par un tamis de branches, de sable et de feuilles. Elle alla chercher du bois et entreprit d'allumer le feu. Une fois le lapin dépecé, elle l'embrocha avec une branche et le mit à cuire au-dessus des braises. Perce-

Neige vint se poser près d'elle, attiré par l'odeur de la chair fraîche. Oranne le caressa et lui tendit un morceau d'écorce sur lequel elle avait mis tout ce qu'elle ne mangerait pas du lapin.

— Bon appétit, mon grand.

Tous les deux dévorèrent la viande encore saignante, puis Oranne sortit des fraises de sa besace et en tendit une à son compagnon.

— Tiens, un petit luxe ! Je vais devoir repartir, Perce-Neige.

Chapitre 2

— Machette ou arbalète ? J'hésite.

Face au manque d'expressivité de l'animal, Oranne trancha seule.

— Bon, les deux, il faut varier les plaisirs. On va sortir de Perspicaris et s'attaquer aux camions-citernes qui partent pour Orbis. Il va falloir être prudents. On ne joue pas ce soir, mon cher ! Ni avec les Myrmidons, ni avec les pigeons !

Oranne se leva, rangea le reste de lapin et s'arma de son arbalète, de son carquois, de sa machette et de deux poignards.

— En route, mon grand. Si seulement tu pouvais me porter, je ne ferais pas autant de kilomètres par jour, soupira-t-elle.

L'aigle virevolta autour d'elle pour la narguer.

— Oh, ça va, hein ! Je sais que tu voles, je le sais, dit-elle en riant.

Pour sortir de la ville, Oranne devait emprunter le canal ouest traversant la forêt où elle vivait. En tant qu'Errante, c'était le seul moyen pour elle d'aller et venir sans être repérée. En arrivant près des rives du canal, elle tira d'un roncier un petit canoë en bois et une pagaie qu'elle tracta jusqu'à l'eau. À regret, elle dut descendre dans le flux glacé avant d'y monter. Heureusement pour elle, l'emprise d'Orbis ne s'étendait qu'en amont du canal, lui laissant la liberté de quitter Perspicaris facilement. Mais cette liberté n'était qu'un sursis. Ils envisageaient de pomper l'eau du canal et de se l'approprier. Le canoë glissa rapidement au gré des coups de pagaie d'Oranne. Au bout de deux heures, elle entra dans les terres isolées d'Anaklia. Chez elle. Un sentiment de liberté l'envahit : ici, elle ne risquait plus rien. Son existence et sa présence étaient légitimées. Elle gagna la terre ferme et cacha son canoë sous des branches, même si cela n'était pas très utile. Personne ne s'aventurait devant les remparts.

Elle s'enfonça dans la forêt afin de se retrouver face aux portes principales de la cité et de repérer l'endroit le plus stratégique pour attaquer les convois partant pour Orbis. Les bois n'avaient plus de secrets pour elle ; elle en connaissait les moindres recoins, les moindres sentiers que la nature lui avait laissés prendre durant des années. La nature sauvage, immaculée de souillure humaine, lui appartenait. C'était devenu son royaume. Celui dont elle avait rêvé étant petite. Mais elle s'était rapidement aperçue que la nature ne se pliait pas à l'Homme, c'était lui qui devait se soumettre à ses lois impitoyables. Dans ces lieux, s'entremêlaient la beauté inhérente à la création et son hostilité. Paradoxalement, elle s'emprisonnait à Perspicaris au nom de la liberté, de celle des Perspicariens, alors qu'elle aurait pu voyager dans les terres d'Anaklia et par-delà les montagnes du Chkahara. Mais elle avait décidé de donner un sens à sa vie, être Errante n'en était pas un.

Devant elle se tenaient les portes colossales de Perspicaris. Le stéréobate du bâtiment équivalait à la hauteur des remparts entourant la cité et s'ouvrait au centre en arbalète de cercle. À l'intérieur de la voûte, des postes de garde étaient encastrés de part et d'autre afin de contrôler les entrées et les sorties des habitants de Perspicaris, mais également de surveiller les allées et venues des camions-citernes d'Orbis. Il y a quelques mois encore, chaque convoi devait déclarer le contenu exact de son extraction, mais depuis la prise de pouvoir du nouveau gouvernement, les chargements circulaient librement. Les gardes n'étaient autres que des corrompus trouvant un intérêt à collaborer avec la milice. Oranne observa le fourmillement incessant des pilleurs qui agressaient le dallage de leurs pneus monstrueux et aveuglaient les murs avec leurs phares jaunâtres. Des silhouettes effectuaient leur ronde mécanique aux pieds des remparts, suivant du regard les camions-citernes qui polluaient l'unique route reliant Perspicaris à Orbis. Oranne attendit patiemment que la nuit écrase le soleil pour agir. Perchée à califourchon sur la branche d'un chêne bordant la route, elle préparait ses carreaux. Les portes n'étaient qu'à quelques mètres d'elle, son promontoire lui permettait d'observer sans être vue.

Le rayon des phares ne balayait pas suffisamment en hauteur pour la démasquer. Un camion s'arrêta au poste de garde quelques instants avant de repartir. Oranne banda son arbalète et visa, attendant le moment parfait. Elle était tellement crispée sur son arme que l'attente lui fit mal au biceps, malgré l'habitude. Elle retint son souffle et décocha le carreau. Celui-ci se planta derrière la roue du camion sans l'atteindre. Elle avait mésestimé son coup. À la fois angoissée et agacée, elle banda de nouveau son arbalète et décocha un second carreau qui, cette fois-ci, se planta dans le pneu arrière droit du camion. La roue se voila et fit dévier la trajectoire du véhicule. Le conducteur freina et s'efforça d'en garder le contrôle afin de ne pas s'écraser contre un arbre. Oranne attendit qu'il passe à côté de celui où elle était et profita de la baisse de vitesse pour sauter sur le toit.

Le véhicule parvint à s'immobiliser quelques mètres plus loin. Aussitôt, le conducteur sortit et chercha le problème à la lueur d'une lampe torche. Quand il découvrit la roue voilée, il se mit à pester vulgairement. Oranne, accroupie juste au-dessus, sortit un de ses poignards et lui sauta dessus. L'effet de surprise lui permit de l'achever rapidement d'un coup dans la gorge. Puis elle ouvrit la vanne de la citerne, libérant ainsi le butin liquide qui irrigua les terres. Au loin, les gardes virent qu'un des camions était anormalement arrêté et envoyèrent deux véhicules de patrouille en escorter un autre. Oranne se cacha dans les bois et se prépara. Les Myrmidons arrivèrent sur le lieu du crime et virent le cadavre du conducteur encore chaud.

— Il a été attaqué, constata le lieutenant. Son meurtrier a dû partir dans les bois, on n'a aucune chance de le retrouver.
— La vanne a été ouverte, remarqua un des huit hommes. Quelqu'un nous en veut vraiment, apparemment.
— Ah bon ? Tu crois ? Quelle perspicacité ! ironisa le Myrmidon. Non seulement ce connard massacre nos

hommes dans les stations de pompage, mais désormais, il s'attaque aux convois. C'est encore un de ces aquaterroristes. Je le…

Un carreau lui transperça le visage entre les deux yeux. L'homme tomba lourdement en arrière. Aussitôt, les Myrmidons sortirent leurs armes et se mirent à couvert derrière les portières de leur véhicule.

— Il est encore là ! s'écria le perspicace. Le carreau a été tiré depuis les bois.
— Bah, vas-y, fonce, ramène-nous son cadavre ! se moqua l'un des soldats.

Mais celui-ci, fraîchement affecté dans la milice, s'accroupit davantage derrière la portière. Oranne attendit quelques minutes afin de créer de la tension, puis tira un second carreau dans la poitrine d'un des hommes en première ligne. Celui-ci tomba à genoux et retira rageusement le carreau. Mais c'était trop tard. L'hémorragie était trop importante et le temps finirait l'office d'Oranne. Elle descendit de son arbre et changea de planque avant qu'une de ses victimes ne comprenne d'où venaient précisément les carreaux. Un troisième carreau fendit l'ombre pour se planter dans l'épaule d'un des soldats, plus enhardi que les autres qui, recourbé, essayait discrètement de s'approcher des bois. Déterminé, malgré sa blessure, il continua son chemin, s'approchant dangereusement d'Oranne.

— Il est là ! hurla-t-il en montrant du doigt la silhouette d'Oranne. Je le vois !

Hors d'elle, Oranne lui tira un autre carreau dans le cœur. Les Myrmidons restants décidèrent d'attaquer, ayant maintenant approximativement repéré où était la cible. Eux possédaient des armes à feu automatiques ; une arbalète à poing ne ferait pas le poids face à elles. Ils se déployèrent dans le périmètre indiqué par leur collègue dans son dernier souffle, les armes pointées vers l'obscurité et l'ombre menaçante des arbres centenaires. La chasse était ouverte, pensa Oranne. Que croyaient-ils ? Ils souillaient et pillaient déjà Perspicaris, ils n'allaient pas aussi souiller ses bois. Ici, ils n'étaient rien. Que des parasites perdus. Ni leurs armes, ni leur nombre ne les sauveraient. En pénétrant chez elle, ils se condamnaient. Les Myrmidons franchirent la lisière de la forêt. Pour Oranne, c'était l'affront de trop. Seuls les phares encore allumés du camion-citerne permettaient aux Myrmidons de se repérer et de distinguer les ombres les entourant. Oranne se fondait dans celles des arbres pour se déplacer félinement, contournant ses cibles afin de les déstabiliser. Autour d'eux, des brindilles venaient de céder sous une force qui n'était pas celle de la nature, et les feuilles, fragilisées par l'automne, craquelaient à un rythme trop régulier pour être naturel. Oranne jubilait. Le piège se refermait lentement sur ses proies. Les Myrmidons entendirent un glissement sec, celui de sa machette sortant de son étui. Une voix s'éleva soudainement dans les bois.

— Rends-toi ! Tu n'es pas en mesure de nous affronter ! Tu n'as aucune chance.

Comme ils se trompaient, pensa Oranne. Ils étaient à sa merci. Elle bondit de sa cachette, surgissant derrière l'un des hommes, lui plaqua sa main droite sur la bouche, puis de la gauche le transperça de sa machette, tournant la lame dans ses tripes afin qu'il la sente davantage. Le corps tomba dans les feuilles aussi mortes que lui. Le bruissement et l'impact du corps contre le sol alertèrent les cinq soldats restants. Le novice, plus prudent que les autres, décela le piège et se tapit dans un coin, pendant que les quatre autres se dirigèrent vers le cadavre. Oranne, adossée contre un chêne quelques mètres plus loin, sortit son arbalète et abattit une autre de ses cibles. Les trois autres tirèrent aveuglément dans sa direction. Une balle blessa l'arbre, écorchant son écorce et s'enfonçant dans sa chair. Oranne rangea son arbalète et se mit à courir, évitant la pluie de balles qui s'abattait sur elle. Sa silhouette se détacha de l'étreinte rassurante de la végétation et apparut à la pâle lueur d'une clairière. Les hommes se mirent à sa poursuite tout en tirant. Lorsque leurs chargeurs furent vides, ils avaient regagné l'obscurité. Oranne s'immobilisa et fit face aux quatre hommes. Elle se rua sur eux, désormais désarmés. Leur acuité visuelle était altérée. Ils n'avaient plus aucune chance. La jeune femme les massacra dans une boucherie innommable, effectuant une danse précise et meurtrière. Ses mouvements étaient rapides et efficaces. Ils payaient en sang ce qu'ils volaient en eau. Ce n'était que justice après tout. Oranne fouilla les corps et y trouva les clés des véhicules qu'elle enterra. Puis elle revint ensuite vers la route, sachant qu'il restait un Myrmidon et que celui-ci ne pouvait pas partir avec les voitures. Elle le trouva accroupi en train de changer le pneu du camion, jetant furtivement des regards inquiets autour de lui.

— C'est moi que tu cherches ?

L'homme sursauta et releva la tête. Oranne se tenait à quelques mètres de lui, un poignard dissimulé dans la paume de chaque main et masqué sous sa manche. En tant que novice, le veilleur aurait dû signaler aux gardes au loin qu'il y avait un problème, mais la personne face à lui représentait l'opportunité de faire ses preuves, seul. Il n'allait pas la laisser s'échapper et comptait bien ramener le corps du meurtrier à ses supérieurs. Le jeune Myrmidon s'approcha d'Oranne et s'aperçut que c'était une jeune femme, ayant sûrement le même âge que lui. S'il avait appris une chose lors de sa formation à Orbis, c'était de ne faire preuve d'aucune compassion : fille ou pas, il la tuerait et apporterait fièrement la preuve de sa valeur à ses collègues.

— Rends-toi, tu n'as aucune chance.

Oranne se mit à rire. Il ne réalisait pas de quoi elle était capable, ignorait ce qu'elle avait fait à ses collègues. D'un geste habile, elle sortit ses deux poignards dissimulés.

— Très bien ! s'amusa le veilleur. Tu veux jouer, alors jouons ! Regarde, je ne vais même pas sortir mon arme pour que le combat soit plus équitable.

Il était tellement arrogant, sûr de sa victoire, à tel point qu'il se pénalisait lui-même. Bientôt, il mesurerait l'ampleur de son erreur. L'homme s'élança vers Oranne à mains nues. Celle-ci se contenta d'esquiver tranquillement ses tentatives d'attaque. Agacé, il revint plusieurs fois à la charge sans jamais réussir à la toucher. Puis, face à la vanité de ses assauts, il finit par sortir son arme. Oranne lança l'un de ses poignards dans le dos de sa main. Aussitôt, celui-ci lâcha prise. Oranne s'attendait à ce qu'il hurle, mais aucun son ne sortit de sa bouche. Il serra les dents avec orgueil.

— Le combat ne devait-il pas être équitable ? C'est ce que tu as dit, non ?

Le veilleur, coriace, tenta à nouveau de l'atteindre sans y parvenir. Aussi inavouable que cela puisse être, il réalisa à quel point son adversaire jouait avec lui, à quel point elle l'humiliait. Cette évidence lui parut insoutenable. Il s'efforçait de donner l'illusion qu'il maîtrisait la situation, qu'il tempérait ses coups par pure pitié. S'il savait à quel point il était pitoyable... Oranne estima que le jeu avait assez duré et poignarda sa proie dans le cœur. Celui-ci tomba lourdement au sol, suffoquant, crachant un filet de sang, et tenta de l'insulter, mais le souffle lui manquait. Oranne s'accroupit à côté de lui et lui souffla :

— Alors, ça t'amuse toujours ?

Sa tentative de réponse fut son dernier souffle. Son corps fut secoué d'un dernier spasme puis s'immobilisa définitivement. Oranne lui donna un dernier coup de pied dans les côtes pour s'assurer qu'il était bien mort. Un rictus dégoûté et fielleux déforma furtivement son visage.

Satisfaite, elle se dirigea vers les portes principales de Perspicaris, bien décidée à terminer ce qu'elle avait si bien commencé. Elle aborda les portes vers l'ouest en longeant les remparts. Curieusement, elle ne vit aucun garde et les camions-citernes ne circulaient pas. L'un d'eux se trouvait en travers de la route, encore allumé. L'entrée était anormalement calme. Intriguée, elle se rapprocha davantage, serrant le manche de ses poignards. Son pied se heurta à un premier corps, étendu dans l'herbe sur le bord de la route. Sur le pavé au centre de la voûte, s'entassaient les corps de Myrmidons et des conducteurs au visage tordu d'effroi. Que s'était-il passé ? Elle n'avait pourtant rien entendu. Aucun cri, aucune détonation, pourtant, à la vue des cadavres, la plupart avaient été tués par balle. Quelqu'un l'avait devancée.

Oranne préféra rebrousser chemin. Elle s'immobilisa quelques instants après avoir pénétré dans la forêt. Des branches bruissèrent autour d'elle. Elle enserra le manche de sa machette, balaya les alentours sans rien percevoir d'anormal puis reprit son chemin, avec le mauvais pressentiment qu'elle n'était pas seule. Instinctivement, elle chercha Perce-Neige du regard. Mais celui-ci ne volait pas au-dessus d'elle. S'il y avait une autre présence humaine, il l'aurait pourtant alertée comme à l'accoutumée. Où était-il ? D'ici peu, la nature s'éveillerait, suintante de rosée matinale, commençant une journée dont la saison la pousserait à mourir. Les branches allégées de leurs feuilles s'entrecroisaient au-dessus d'Oranne et couvraient sa silhouette. Les bruits s'étaient arrêtés, elle n'entendait plus rien et pourtant, la désagréable sensation d'être épiée ne la quittait pas. Si c'était le cas, elle ne devait pas les conduire au canal. Elle bifurqua du sentier initial pour s'enfoncer dans les profondeurs du territoire d'Anaklia. Un léger claquement sec la fit sursauter. Celui d'une arme qu'on charge, là, tout près d'elle.

Elle sortit sa machette de son étui et se tint quelques secondes immobile, s'attendant à ce que quelqu'un surgisse des taillis. Pourtant, si l'on voulait la tuer par balle, c'était la pire chose à faire. Après quelques instants d'inertie et d'apnée, Oranne, agacée, s'apprêta à reprendre sa route, mettant ses hallucinations sur le compte de la fatigue et de la tension permanente qu'elle s'infligeait. Puis soudain, six hommes sortirent de l'ombre mourante des arbres et s'avancèrent vers elle en l'encerclant. Elle aperçut l'uniforme si exécré des Myrmidons. Lorsqu'ils s'approchèrent davantage, elle eut pourtant un doute. Leurs cheveux mêlés, alourdis par la saleté, tombaient telles les branches d'un saule pleureur jusqu'à leurs épaules pour la plupart et à la moitié du torse pour l'un. Celui-ci était rasé asymétriquement et aléatoirement. Jamais elle n'avait vu des Myrmidons ayant une telle dégaine et un manque d'hygiène évident. Peut-être étaient-ils là depuis longtemps et avaient-ils renoncé à la rigueur de leur cité désormais lointaine ? Cinq des hommes pointèrent leur TEC en sa direction tandis qu'un homme en costard acajou et à la chemise azur tachée de sang s'avança vers elle.

— C'est bien elle, dit-il en s'adressant à ses acolytes. Aucun doute.

Il tourna autour d'Oranne, arrachant les feuilles qui pendouillaient tant bien que mal à la carcasse dénudée des arbres.

— Une femme, une gamine, qui l'eût cru ? Décidément, tu nous auras surpris jusqu'au bout. C'était splendide, en tout cas ce que tu as fait ce soir, du grand art ! Tu n'es pas de Perspicaris, non ? Je parie que tu ne portes pas la marque.

Il manqua de se faire trancher le poignet quand il voulut vérifier ses dires sur celui d'Oranne. Cette dernière ne savait pas ce qu'il y avait de plus inquiétant, qu'il s'émerveille de ses meurtres ou qu'il les ait vus sans qu'elle ne s'en aperçoive.

— Calme-toi ! Nous ne te voulons pas de mal, nous sommes du même côté après tout. Il désigna le sang sur sa veste. Ce n'est qu'un déguisement d'infiltration, ne t'inquiète pas. Je suis Lookim et nous sommes ce que nous appellerons la « Résistance » de Perspicaris. Nous luttons, nous aussi, contre Orbis. Mais, vois-tu, depuis quelque temps, notre organisation est perturbée par quelqu'un qui nous devance ou agit en même temps que nous, comme ce soir. Alors, ma proposition est très simple : soit tu arrêtes tes caprices meurtriers et tu quittes gentiment Perspicaris, soit tu nous rejoins et on allie nos forces. Mais si jamais tu refuses ma proposition et que je te vois traîner dans le coin à tuer des Myrmidons, je n'hésiterai pas à te faire visiter les fonds du lac. J'espère que je suis bien clair.

Que croyait-il ? Qu'elle allait renoncer à la quête de toute une vie ou qu'elle s'allierait à une bande de clowns qu'elle ne connaissait pas ? Et s'il mentait ? Peut-être étaient-ils réellement des Myrmidons qui voulaient seulement l'amadouer.

— Je travaille seule, finit-elle par dire d'un ton glacial.

L'homme se mit à rire bruyamment.

— Mais qu'est-ce que tu crois, petite ? Que, seule, tu peux mettre fin à tous les abus ? Que tu peux changer le monde à toi seule ? Tu te crois efficiente ? Tu sabotes un camion, mais derrière lui, des centaines suivent. Ils vont nous piller jusqu'à la dernière goutte et nous laisser crever de soif.

— Pourquoi pas ?

Lookim se frappa le front, exaspéré. Cette gamine était aussi folle que lui, ne mesurant pas la dangerosité et la force contre laquelle elle luttait ou du moins pensait le faire. Ce n'était qu'une Errante qui devait avoir grandi avec les échos des contes entendus le soir avant de dormir, exaltant la grandeur et la supériorité de Perspicaris. Mais maintenant, il en était tout autre.

Oranne en eut assez. Depuis des années, personne ne lui avait donné d'ordres ou imposé quoi que ce soit. Sa seule limite, c'était elle-même et elle comptait bien que cela reste ainsi. Désormais, ces individus représentaient une nouvelle menace, ayant vu son visage. Défendant la même cause qu'elle ou non, ils ne lui laissaient pas le choix : ils devaient mourir. Mais cinq armes étaient pointées sur elle, réduisant ses chances à néant. Hésiteraient-ils à la tuer ? Ils avaient besoin d'elle, sinon ils l'auraient fait depuis le début. Après tout, elle n'avait rien à perdre. Rapidement, elle voulut prendre le poignard glissé dans sa bottine, mais Lookim pointa son arme sur elle à son tour.

Perce-Neige fendit les cieux en glatissant et fonça sur le visage de Lookim, saisit son arme, la jeta aux pieds d'Oranne et revint à la charge sur une nouvelle victime. Oranne profita de l'effet de surprise pour poignarder les acolytes de la victime de son aigle avec ses carreaux paralysants. Leur chef, aveuglé par l'attaque du rapace, mit quelques minutes à se réapproprier son acuité visuelle. En se retournant, il vit ses hommes étendus, un carreau dans la nuque ou le cœur. Un autre, attaqué par l'aigle, courait à l'aveuglette et finit par s'assommer contre un tronc d'arbre. Oranne mit la lame de sa machette devant la gorge du seul survivant. Perce-Neige vint se poser sur l'épaule de sa maîtresse et frotta sa tête contre sa joue.

— Dégage maintenant, siffla Oranne à sa victime. Ne t'avise plus jamais de me suivre et encore moins de me menacer. La prochaine fois, je ne t'épargnerai pas.
— Ils finiront par t'avoir si tu continues et on sera assimilés à toi. Tu nous mets tous en danger avec tes conneries. Si jamais tu changes d'avis, nous sommes près du canal est. Tu es une tueuse exceptionnelle. C'est du gâchis d'agir seule, enfin avec ton faucon.
— C'est un aigle, trancha Oranne avant de se retourner et de reprendre son chemin.

L'homme mit quelques minutes avant de réaliser ce qui s'était passé. Comment allait-il expliquer aux familles des victimes qu'ils avaient été vaincus par une gamine et un aigle ? Il récupéra ce qu'il put sur les corps pour les restituer aux familles et repartit vers l'est. Oranne se dirigea vers la Démétrias, énervée. Jamais elle n'avait songé que ses actes envers la milice pouvaient nuire aux habitants de Perspicaris et encore moins à ceux qui partageaient son combat. Mais les relations humaines la dissuadaient de tenter quelconque alliance. L'union n'avait jamais fait la force. Cet adage n'était qu'un mensonge. La solitude évitait la nostalgie, l'attachement, le partage des larmes et des dilemmes déchirants au nom d'une humanité à laquelle elle avait renoncé depuis longtemps. Lookim et ses partisans n'avaient pas besoin d'elle et elle n'avait pas besoin d'eux. Que pourraient-ils lui apporter de plus que ce qu'elle n'avait déjà ? Rien n'ébranlerait sa lutte dans ce qu'elle estimait juste.

Elle entra dans la Démétrias rapidement, évitant le regard de quelques nocturnes qui venaient discuter sur les marchés du forum ou errer dans le monstre culturel. En disparaissant derrière la porte de verre, elle fut soulagée. Ici, elle se sentait protégée, coupée du monde hostile dans lequel elle s'efforçait de survivre. Comme à l'accoutumée, elle déposa ses armes dans un tiroir sous une étagère, retira son manteau et arpenta les rangées afin de trouver Cratyle. Au bout de quelques minutes, Oranne entendit les mécanismes de l'ascenseur s'activer au bout de la vaste salle. Le petit homme se traînassa à travers les bureaux, encore fiévreux des lectures qu'il venait de faire. La vue d'Oranne le fit sortir de sa rêverie. Ses traits tirés trahissaient l'intensité de la nuit qu'elle venait de passer. Jamais il ne l'avait vue avec ses vêtements souillés d'autant de sang. Combien de vies avait-elle arraché cette nuit ?

— Bonsoir Oranne. Comment vas-tu ? Tu as l'air contrariée, s'inquiéta le bibliothécaire.
— Tout va bien, ce n'est rien, je suis juste fatiguée. La nuit a été intense.
— Viens te reposer, je vais te préparer à boire et à manger.
— Je n'ai pas très faim.

Mais l'homme ignora sa réponse et disparut dans les tréfonds de la bibliothèque dont lui seul connaissait l'existence. Oranne alla prendre place dans la chambre de lecture, épuisée et contrariée. Lorsque Cratyle revint avec son habituel plateau, Oranne dormait profondément sur le divan. Il la considéra quelques instants. Il savait que quelque chose s'était passé et la contrariait. Sa curiosité le dévorait. Bien qu'il respecte les activités nocturnes de sa protégée, il ne pouvait s'empêcher de se demander où elle allait, ce qu'elle faisait. Il se posait mille et une questions auxquelles il n'aurait probablement jamais de réponse. Il s'abstint de la recouvrir d'une couverture de peur qu'elle ne se réveille brutalement, puis partit vaquer à ses occupations.

Lorsque Oranne ouvrit les yeux, la lumière emplissait déjà toute la pièce. Elle se leva d'un bond, regardant autour d'elle avec inquiétude. Le bourdonnement incessant des assoiffés de savoir caressait les murs de marbre et résonnait dans la coupole. Comment allait-elle récupérer ses armes et sortir sans éveiller les soupçons ? Elle entendit la voix de Cratyle dans une pièce non loin. Était-il seul ? Le vieillard avait l'habitude de parler seul ; parfois même, elle l'avait entendu se faire des remontrances, s'insulter d'imbécile puis se féliciter d'avoir un cerveau si merveilleux quelques minutes plus tard. Elle suivit la voix du bibliothécaire, n'ayant de toute façon rien à perdre. Celui-ci se tenait dans une autre chambre de lecture, à quelques mètres de l'embrasure de la porte. Oranne ne vit personne d'autre, confiante, elle entra et dit :

— Cratyle ! Comment vais-je faire pour sortir avec tous les Perspicariens agglutinés ?

Cratyle se retourna, Oranne étouffa un cri d'effroi. Il n'était pas seul. Dans un renfoncement à gauche, Lookim était assis dans un fauteuil, cigare à la main, embaumant de sa fumée les dizaines de livres entassés devant lui. Que faisait-il là ? L'avait-il encore suivie ? Qu'est-ce que Cratyle pouvait bien lui dire ? Bien qu'elle ne remette pas la confiance qu'elle avait en lui en doute. Oranne fit volte-face et fonça vers la salle principale. À choisir, elle préférait subir le regard des lettrés que la vengeance de Lookim.

— Oranne ! Oranne ! demanda Cratyle en trottinant péniblement derrière elle. Où vas-tu ? Qu'est-ce qui se passe ?
— Cet homme a voulu me tuer, je ne peux pas rester ici ! dit-elle tout en marchant énergiquement.
— Lookim ? souffla Cratyle, arrêté, peinant à respirer.
— Oui.

Oranne fit irruption dans la salle principale et se rua vers le tiroir pour récupérer son manteau et ses armes. Aussitôt, les matinaux levèrent les yeux de leur ouvrage pour la fixer, surpris qu'une jeune femme à la dégaine de sauvage vienne s'armer dans une bibliothèque. Lookim surgit à son tour, aidant Cratyle à marcher.

— Je ne veux pas te chasser, Oranne, c'est ça ?
— Toi, ne m'adresse pas la parole ! Cratyle tenta de tempérer les choses.
— Lookim est un ami à moi, il ne te fera aucun mal sous mon toit.
— Et dehors ? pensa Oranne.

Il l'avait menacée de la noyer dans le lac. Ces paroles ne la rassuraient pas le moins du monde.

— Avec tout le respect que je te dois, Cratyle, tu devrais revoir tes fréquentations.

Puis elle claqua la porte de la bibliothèque sous les regards choqués des lecteurs qui replongèrent immédiatement dans leur lecture. Son univers s'effondrait. Non seulement elle devait se méfier des Myrmidons, mais également des Perspicariens. Le seul endroit où elle se sentait bien représentait désormais une menace. Cratyle demanda à Lookim, après l'avoir entraîné à l'écart des curieux :

— Tu la connais ?
— Oui, enfin pas vraiment. Nous avons seulement eu l'occasion de nous croiser.

— C'est ma protégée, j'espère que tu ne lui as pas fait de mal.
— Ta protégée ? Alors c'est elle ta fameuse protégée que tu accueilles toutes les nuits depuis quelque temps ? S'indigna-t-il. Ta protégée a tué cinq de mes hommes, et si je suis là, c'est uniquement parce qu'elle m'a gracieusement épargné. Sais-tu au moins ce qu'elle fait de ses nuits, ta petite protégée ?
— Oui, je le sais, répondit calmement Cratyle. Mais moi, j'ai vu d'autres facettes de sa personnalité. Ici, ce n'est plus une tueuse. C'est une jeune femme brillante, douce, qui a soif d'apprendre.
— Douce ? Décidément, j'aurai tout entendu !
— Qu'est-ce que tu lui as fait pour qu'elle tue cinq de tes hommes ? Qu'est-ce que tu lui voulais ?
— Qu'elle nous rejoigne. En agissant de son côté, elle perturbe notre organisation et nous met en danger. Il faut qu'elle arrête.
— Et tu as menacé de la tuer si elle ne le faisait pas, c'est cela ?
— Oui.
— Mon pauvre Lookim, je suis désolé de te dire que jamais elle ne vous rejoindra. Et maintenant, elle ne reviendra plus. C'est certain.
— Tu devrais plutôt me remercier. Je t'évite bien des ennuis, crois-moi.
— Ce n'est pas à toi d'en juger. J'apprécie sa compagnie.
— Qu'elle quitte Perspicaris et retourne d'où elle vient. On n'a pas besoin d'un élément perturbateur. Elle dessert notre cause, bien que commune.

Cratyle soupira, exaspéré. Il savait qu'il ne parviendrait pas à convaincre Lookim. Ce dernier ne se projetait que dans l'optique d'une éventuelle guerre, il se moquait éperdument de connaître les individus. Ce qu'il voulait, c'étaient des soldats, fiables et efficaces. Ceux qui ne voulaient pas se rallier à sa cause n'étaient que des parasites qu'il fallait éliminer, et Oranne en était un. Lookim prit congé de son hôte, emportant sous son manteau le précieux ouvrage concernant l'art subtil de la guerre. Puis, il se dirigea à l'est, vers le canal.

Chapitre 3

Oranne s'affala sur son lit de feuilles et de mousse, contrariée et épuisée. Cratyle semblait être ami avec ce barbare de Lookim. Et si ce dernier tentait de la retrouver pour la tuer ? Soutirerait-il des informations la concernant à son ami ? Jamais Cratyle ne la trahirait, elle en avait l'intime conviction. Était-il mêlé à la résistance face au pillage de l'eau ? Mais elle savait également de quoi ce sournois de Lookim était capable. Elle tira sur son corps crasseux une des couvertures, fatiguée par des années d'utilisation. Tant pis pour la toilette, elle se laverait le lendemain. Bien qu'elle vive à l'état sauvage, l'Errante se souciait de son hygiène, car la moindre plaie négligée pouvait entraîner des complications. Son organisme, soumis à des conditions extrêmes, était certes devenu plus résistant, plus apte à se défendre seul, mais il était confronté à des risques plus importants.

Elle avait appris à se servir de ce qui était à sa disposition pour garder le maximum d'intégrité, voire de féminité, en grandissant. Son quotidien était rythmé par des quêtes aux alentours afin de subvenir à ses besoins en eau, en bois et en nourriture. L'essentiel de son énergie passait dans ces tâches fastidieuses. Jamais elle ne pouvait se laisser aller au flegme de se lézarder au soleil ou éviter la pluie blottie dans ses couvertures. Plus les conditions climatiques étaient rudes, plus la nécessité de s'approvisionner en ressources était grande. Elle avait fini par trouver son rythme, savoir où chercher et, au gré des années, tout était devenu plus facile. Si, au début, chaque approvisionnement était une grande aventure dont elle n'était pas sûre de revenir, désormais ces actes banalisés n'étaient plus que des corvées. En arrivant à Perspicaris, elle avait d'abord dû trouver un emplacement stratégique où s'établir.

C'est-à-dire suffisamment reculé pour ne pas être repérée, mais également proche de la ville et de la campagne habitée. Son choix s'était porté sur une petite cavité rocheuse à l'ouest de la cité, qu'elle avait agrandie avec un préau et une cheminée de pierre pour abriter son feu été comme hiver, ainsi que le bois. Sa proximité avec la forêt lui permettait aisément de s'approvisionner en bois, d'y poser des pièges et de chasser. Elle y était tranquille ; rares étaient ceux qui s'aventuraient jusqu'ici et, quand bien même ils le faisaient, très peu trouvaient l'emplacement de son campement. C'est ici qu'elle venait trouver le calme et la sécurité après des nuits agitées et sanglantes dans le cœur de Perspicaris. L'Errante s'endormit lourdement, ignorant depuis longtemps les murmures nocturnes de la nature. En se réveillant le lendemain, elle décida de s'accorder une journée de repos afin de s'occuper d'elle et d'approvisionner le camp en bois, en eau et en nourriture. Après tout, elle pouvait laisser une journée de sursis aux Myrmidons.

Munie de deux jerricans, elle se rendit à la rivière après un kilomètre de marche rapide dans les bois. L'erreur à ne pas faire était d'installer son campement trop près d'un point d'eau, non seulement parce que cela attirait les moustiques, mais aussi parce que c'est ici qu'elle était la plus susceptible de rencontrer quelqu'un. Après avoir balayé les alentours du regard, elle remplit les jerricans d'eau et fit demi-tour. Elle les posa près du feu puis se rendit dans la forêt et saigna un pin pour récupérer sa sève. Le temps que celle-ci s'écoule, elle versa un des jerricans dans une grande bassine et entreprit de se laver malgré la fraîcheur matinale. Rester féminine dans la forêt était un luxe qu'elle avait dû apprendre étant plus jeune. Bien sûr, il était tentant de se laisser aller, de renoncer à l'hygiène, à la coquetterie. Après tout, à quoi bon, et pour qui le faire ? Oranne le faisait avant tout pour elle-même, pour préserver la dignité que ses parents lui avaient inculquée. Ainsi, elle s'épilait avec la sève des pins, subissait l'aléa mensuel à l'aide de linges, hydratait sa peau et ses cheveux avec des crèmes fabriquées à base de plantes et d'huiles végétales dont elle connaissait les bienfaits.

Elle passait des heures à confectionner des vêtements à partir de tissus récupérés ou volés à Perspicaris. Par ailleurs, elle avait appris à tanner le cuir afin de se faire des colliers, des bracelets et des sacoches. Le laisser-aller était le premier pas vers le renoncement à l'humanité, vers la bestialité. Certes, elle laissait cette dernière s'exprimer au travers de ses meurtres, mais pour le reste, elle ne demeurait pas moins une femme, avec une sensibilité exacerbée et une appétence pour les coquetteries. Après s'être lavée et avoir pris soin d'elle, elle enfila des vêtements propres et s'éloigna du campement afin de poser des pièges et de ramasser du bois sur le chemin du retour. Au gré des années, ses sens s'étaient exacerbés par la nécessité de la survie. Elle savait à quoi correspondait chaque craquement, chaque souffle de la nature, chaque cri d'oiseau, et lire les signes invisibles pour les non-initiés. Elle était chez elle malgré l'hostilité des lieux. Son savoir avait été acquis au prix de beaucoup d'erreurs et de souffrances. La nature n'est ni chaleureuse ni accueillante, elle se moque éperdument des individus qui se donnent l'illusion de pouvoir la maîtriser. Elle était là avant eux et demeurerait après leur chute. Elle se contente d'être, échappant à toutes les intentions anthropomorphes que se plaisent à lui prêter les hommes.

Chapitre 4

Les attaques successives des stations d'extraction d'eau, les meurtres des Myrmidons et les assauts répétés aux portes principales alertèrent les autorités d'Orbis ainsi que le nouveau gouvernement de Perspicaris. Au nom du non-respect de l'accord entre les deux puissances et de la sécurité de tous face aux attaques, ce dernier légitima le renforcement des troupes et la mise en place d'un couvre-feu, évitant ainsi tout débordement nocturne. En quelques jours, les effectifs de la milice doublèrent et surveillèrent le cœur de la ville. La population pâtit directement du zèle de la milice. Si d'ordinaire la ville grouillait d'insouciance et de joie de vivre, désormais l'inquiétude et l'incompréhension se lisaient sur les visages. Les marchés bruyants et conviviaux devant le Symbiôsis devinrent timides et formels. Les habitants guettaient du coin de l'œil les patrouilles des Myrmidons sillonnant la ville jour et nuit, tandis que ces derniers cherchaient dans le comportement des Perspicariens les signes d'une éventuelle culpabilité.

Si le joug grandissant d'Orbis dissuadait les Perspicariens de sortir et les intimidait, pour Oranne, il en était tout autre. Ce danger, plus présent, l'exaltait et renforçait son frisson d'exister. Plus elle enfreignait les règles et jouait avec la milice, plus elle légitimait sa vie et son but. Depuis longtemps, elle n'avait plus peur ; sa soif de vengeance et sa haine avaient éradiqué toute appréhension. Pour survivre, il faut être seul, se débarrasser des sentiments inhérents à la vulnérabilité humaine, n'avoir aucune attache, aucune limite si ce n'est soi-même. La solitude n'était plus un poids ; au gré des années, elle en avait fait une force. Celle-ci lui permettait d'avancer sans jamais se soucier d'autrui, sans prendre le risque de voir mourir ceux auxquels elle s'était attachée. Elle avait failli prendre ce risque en s'habituant à fréquenter la bibliothèque. Mais au final, Lookim avait été un avertissement. La présence d'Orbis ne la surprenait pas ; ce n'était, du moins le pensait-elle, que la réponse à ses agissements et à ceux de Lookim et de ses partisans. Mais le sacrifice partiel de la liberté des Perspicariens n'était-il pas nécessaire pour la totale libération de leur cité ? Que les effectifs soient renforcés ne changeait rien à sa motivation ; ils ne faisaient que lui offrir plus de cibles. Galvanisée par la justesse de sa cause, elle préférait ignorer la double menace constante qui pesait sur elle et garder son rythme de justicière.

La lune, pleine dans sa nudité, caressait amoureusement la cité et l'enveloppait d'un doux voile sélénite. Quelques silhouettes apparaissaient devant les vitres nervurées, jetant des coups d'œil effarouchés dans la métropole qui, autrefois, fut entièrement la leur. Le couvre-feu était effectif depuis désormais deux heures ; seuls les pas des Myrmidons martelaient le pavé, brisant le mutisme de Perspicaris. En se croisant, les patrouilles échangeaient quelques banalités, établissaient des périmètres à surveiller davantage, puis repartaient tranquillement. La surveillance s'était surtout accrue au centre, là où étaient regroupées les trois principales stations d'extraction d'eau. Celles-ci étaient plus proches des portes principales et évitaient aux chargements d'emprunter l'unique pont reliant la rive nord à la rive sud. Oranne traversa la cité afin de gagner les falaises surplombant le lac. En passant par les quartiers résidentiels octogonaux, elle aperçut des silhouettes à travers les baies vitrées nervurées.

Celles-ci voyaient cette Errante enfreindre le couvre-feu et se demandaient ce qui la poussait à déjouer les règles établies par la milice. Qu'avait-elle de si important à faire dans la cité pour braver l'interdit ? Les Errants étaient rares. La plupart venaient quémander l'hospitalité pour quelques nuits et finissaient par décider de s'établir à Perspicaris, avec l'espoir d'une vie meilleure. D'autres déambulaient simplement à la fin de l'automne, afin de se restaurer et d'acquérir ce dont ils avaient besoin pour passer les mois d'hiver. Tous étaient des marginaux, peu sociables, ravagés par la solitude. Les habitants les craignaient et, bien que les Errants tentent de s'intégrer au sein de la société, ils demeuraient toujours à part, prisonniers de la méfiance des Perspicariens.

Oranne se moquait éperdument d'être repérée par les Perspicariens. Elle était là pour défendre leur cause, empêcher qu'ils finissent desséchés, et c'était dans leur intérêt de la laisser faire. Après une demi-heure de marche rapide, elle gagna le lac au bord duquel elle s'arrêta quelques instants. Au loin, face à elle, surgissait au milieu des eaux le colossal sanctuaire Hoover. En forme de crayon, le temple sacré de béton et d'acier, à demi noyé, s'élevait sur deux cents mètres. Sa mine aiguisée perçait les ténèbres et semblait vouloir embrocher la lune. La couleur du puissant éclairage variait en fonction des jours, des événements. Lors des conseils mensuels à la Démétrias, Perspicaris reluisait de vert. Oranne ignorait ce qu'il renfermait, ce que cette forteresse, gardienne de mille et un secrets aux douves profondes, contenait de si précieux. Quelques fois, elle apercevait au loin, lorsque la brume n'habillait pas le temple, quelques lueurs aux fenêtres. Était-ce le gardien du temple, reclus au milieu du lac ? Le mystère attisait son imagination débordante et la laissait émettre des hypothèses différentes à chaque contemplation. Elle reprit ses esprits et se dirigea vers l'une des stations d'extraction qu'elle n'avait pas encore attaquées. Comme d'habitude, elle ne préméditait rien avant d'arriver sur les lieux. Chaque station était différente, son humeur aussi. Parfois, elle avait envie de jouer sadiquement avec ses victimes, tel un chat malmenant une souris pendant des heures avant de s'étonner qu'elle ait rendu l'âme.

D'autres fois, elle avait simplement envie de tuer froidement et rapidement, d'accomplir son office macabre avec la même aisance et banalité que l'acte de manger ou de respirer. Parfois même, c'était la lumière du temple Hoover qui définissait son mode opératoire. Le bleu illuminait les nuits impaires et sanglantes, tandis que la couleur pourpre éclairait les nuits paires et joueuses. Cette nuit, le faisceau lumineux lapis concurrençait la lune. Pendant quelques minutes, elle contempla l'étendue glacée, bercée par le clapotement régulier de l'eau venant effleurer le rivage. Perce-Neige griffa l'obscurité et effectua des cercles autour d'elle. Oranne se laissa glisser en contrebas, contrariée d'être interrompue dans sa contemplation. Quelques secondes plus tard, une patrouille passa au-dessus d'elle en pestant.

— C'était mon jour de congé, bougonna l'un des Myrmidons. Qu'est-ce qu'ils vont faire à la Démétrias ?
— Personne ne le sait. Seuls ceux qui y travaillent sont au courant.
— Toujours est-il que je devrais être au chaud au lieu de faire le travail à leur place. Il caille, en plus.

L'homme sortit une petite fiole d'alcool afin de se réchauffer de l'intérieur. Les voix s'éloignèrent et devinrent trop faibles pour qu'Oranne entende la suite de la discussion. Elle sortit de sa cachette. Que se passait-il là-bas ? Quelle était la mission dont étaient affublés quelques Myrmidons ? Sa curiosité était bien plus puissante que sa connaissance des risques encourus. Oubliant Lookim et la milice, elle fonça vers la Démétrias. Une dizaine de Myrmidons déambulaient nerveusement sur le parvis, soufflant sur leurs mains endolories pour les réchauffer. Pour la première fois depuis son arrivée à Perspicaris, Oranne vit les portes arrondies de fer forgé closes. Ainsi fermées, elles formaient le sceau emblématique de la philosophie de la ville, entouré de dessins gravés.

L'intérieur devait grouiller de Myrmidons, et pourtant, elle voulait s'y rendre. Le danger l'attirait inexplicablement. Jusqu'alors, elle l'avait toujours bravé et ses victoires sur une mort certaine lui avaient fait prendre confiance en elle. Où étaient ses limites ? Contre combien de Myrmidons faiblirait-elle ? En flirtant avec sa perte, elle se cherchait, mais ne parvenait pas à savoir qui elle était vraiment. Rien ne l'avait jamais arrêtée, si ce n'est sa condition d'humaine. La Démétrias était cernée de toute part, ne lui laissant aucune brèche pour entrer. Elle eut le mauvais pressentiment que quelque chose de grave se passait à l'intérieur. Elle fit demi-tour et chercha un Myrmidon seul. Après quelques minutes d'errance, elle en aperçut un qui se vidait la vessie le long d'une vitrine en sifflotant.

Oranne surgit derrière lui. Le Myrmidon aperçut furtivement le reflet de la jeune fille, mais avant qu'il remonte son pantalon et se retourne, l'Errante lui trancha la gorge, lui retira ses vêtements puis les enfila avec dégoût. Après avoir fait quelques ourlets et dissimulé ses cheveux sous le képi, elle traîna le corps à l'abri des regards et se dirigea vers la Démétrias, feignant l'assurance. Un Myrmidon gradé se planta devant elle. Un frisson d'angoisse lui parcourut l'échine. L'homme regarda son insigne et dit :

— Ah parfait ! Tu es sur ma liste. Tu dois me suivre. Ils ont décidé de me coller tous les novices de la milice, cracha-t-il avec agacement. Ne pose pas de questions et suis-moi. Je ne supporte pas les questions d'abrutis prépubères.

Oranne lui emboîta le pas à contrecœur, ne sachant pas où il allait la conduire. Par chance, il se dirigea vers les portes de la Démétrias, ordonna aux gardes de les ouvrir et entra. Oranne trottina derrière lui pour suivre son rythme. Cette occasion était sûrement la seule qui se présenterait à elle. Le lieutenant rejoignit deux autres Myrmidons. L'un, qui semblait n'avoir que quelques années de plus qu'Oranne, lui sourit par connivence d'âge et de galère. Oranne ne le lui rendit pas et balaya le hall du regard. Les Myrmidons s'étaient établis dans le hall. Que tramaient-ils à l'abri des regards ? Quelques courageux commerçants avaient ouvert leurs étals et vendaient à l'ennemi. Ils devaient bien vivre. Peu importait le profil de leur client et la provenance de l'argent. Tant qu'il rentrait, c'était l'essentiel. Pourtant, tous appréhendaient de devoir annoncer le prix de leur achat, comme si la valeur de leur produit n'était pas digne d'eux. Le lieutenant et ses deux acolytes s'approchèrent de la bibliothèque. Oranne appréhendait ce qu'elle allait y trouver. Elle espérait seulement qu'ils n'avaient pas souillé, voire détruit, le lieu sacré qu'elle affectionnait tant, et que Cratyle n'était pas en danger. Les portes s'ouvrirent. Le groupuscule entra dans la bibliothèque, slaloma entre les rangées de livres et s'arrêta devant les tables de travail. Au détour de deux rangées, Oranne leur faussa compagnie et s'engouffra dans la cage d'escalier. Puis, elle s'allongea devant la balustrade entre les plantes afin d'observer la scène quelques mètres plus bas.

— Où est l'autre ? Le petit ? Il devait venir !
— Je ne sais pas, bougonna un de ses deux sbires. On s'en fout. Il aurait servi à rien.

Cratyle, assis, voyait une chaise s'écrouler peu à peu sous la violence des coups. Face à lui, son bourreau hurlait des questions auxquelles il refusait de répondre.

— Réponds ! Où est ce foutu livre ? hurla le Myrmidon en postillonnant au visage du bibliothécaire.
— Vous ne tirerez rien de moi, souffla Cratyle. Si vous tenez tant à trouver ce livre, cherchez-le vous-même.

Bien que son visage soit boursouflé et saigne, il ne dirait rien et, s'il le fallait, mourrait avec ses secrets. Il fixa ses livres avec détermination, s'efforçant d'ignorer ce qu'on lui faisait subir. Il était bien au-dessus de cela. Ce n'était que son carcan physique qu'ils touchaient. Rien de plus. De son côté, Oranne se retenait de ne pas intervenir tout de suite. Cette situation, elle l'avait déjà connue. Mais cette fois-ci, elle avait les moyens de se défendre. Elle n'était plus la petite fille de dix ans encore innocente. Oranne se releva, fonça vers le fond de la salle et entra dans les appartements de Cratyle pour la première fois. Après avoir cherché à tâtons l'interrupteur, elle découvrit l'univers de son ami. C'était un fouillis innommable ; les cloisons et le sol étaient doublés de murs de livres.

La pièce faisant office de cuisine était tapissée de feuilles manuscrites éparses. Après quelques secondes d'hésitation, elle entreprit de pousser l'amas littéraire en quête d'armes, ayant laissé les siennes avec le corps du Myrmidon dont elle avait volé l'identité. Elle n'avait gardé que ses deux poignards, attachés dans son dos. Mais face au nombre de Myrmidons, c'était insuffisant. L'espoir de trouver de quoi se défendre chez un bibliothécaire pacifique s'avérait mince. Pourtant, au bout de quelques minutes, elle trouva une hallebarde et un fusil avec des dizaines de cartouches dans une boîte métallique sous le lit. Que faisait-il avec cela ? Ravie de son nouvel équipement, elle retourna près de la rambarde. La tête de Cratyle tombait lourdement entre ses jambes et du sang perlait sur le sol, ce qui faisait s'agiter les lucioles à ses pieds. Ses bourreaux haussaient le ton, mais Cratyle n'entendait que des échos et des acouphènes stridents résonnaient dans sa tête. Oranne arma le fusil et visa la tête de l'homme qui frappait son ami, puis tira. Le Myrmidon tomba devant Cratyle.

— Là-haut ! dit l'un des Myrmidons.

Ses collègues s'engouffrèrent dans l'escalier. Oranne les attendait, postée sur le palier, hallebarde à la main. Son arme trancha des têtes, déchira des gorges, s'enfonça dans des torses et des cœurs sous les yeux effarés des Myrmidons restés en bas et de Cratyle qui, péniblement, avait quelque peu relevé la tête. Pour la première fois, il voyait la tueuse qu'était Oranne. Froide, cruelle et impassible, elle arrachait la vie avec une facilité déconcertante. Le bibliothécaire en fut autant effrayé qu'impressionné. Les Myrmidons, face à l'ennemi sous-estimé, sortirent leurs armes et tirèrent en sa direction. Oranne se réfugia derrière les livres et continua sa course, contournant l'aile du premier étage. D'autres Myrmidons entrèrent dans la bibliothèque. Le nombre finirait par lui faire défaut et elle le savait. Rapidement, elle fut encerclée de part et d'autre. Oranne sauta par-dessus la balustrade et se jeta sur une étagère qui bascula sous son poids. Elle se haïssait de détruire et de souiller les lieux. En voulant sauver son ami, elle ravageait son temple sacré et sacrifiait son trésor. Mais pour le sauver, et se sauver, elle n'avait pas le choix.

— Ne bouge plus, petite merde. Oranne releva la tête et saisit sa hallebarde.
— Lâche ton arme et lève-toi doucement.

La jeune femme s'exécuta sans lâcher son arme. Les Myrmidons braquèrent les leurs en sa direction.

— Laissez-la ! intervint Cratyle dans un regain d'énergie.
— Qu'est-ce qu'il y a, vieillard ? Tu la connais ? Elle venait te sauver, c'est cela ? Comme c'est touchant ! Réponds à nos questions et nous ne l'abîmerons pas trop.
— Ne dis rien, Cratyle, ne leur dis rien à ces connards.

Le Myrmidon voulut la gifler, mais Oranne para et lui donna un violent coup de poing dans le plexus. Quatre hommes se ruèrent sur elle et la désarmèrent. En se débattant, sa manche gauche se releva, laissant apparaître son tatouage. Les Myrmidons ne purent cacher leur surprise en le reconnaissant.

— C'est une Oniscide, une saleté d'Oniscide ! s'exclama l'un d'eux.

Cratyle regarda Oranne avec curiosité. Que pouvait-elle encore cacher ?

— Qui t'envoie ? Il regarda attentivement le dessin. Pourquoi n'as-tu pas de numéro ? Ils t'ont recrutée ? C'est tout ce qu'ils ont trouvé pour plaider leur cause ?

Oranne lui cracha au visage. L'un des soldats s'apprêta à l'abattre, mais l'homme s'interposa.

— Non ! Vous savez ce qu'elle représente ? Les Oniscides sont un peuple puissant, réparti partout dans le monde et dirigé par ce traître d'Erthur. Il y en a cinq, je crois. Des parasites introuvables qu'Orbis cherche à disséminer. Et cette gosse peut nous conduire à eux.

Oranne ricana sournoisement.

— Plutôt crever.

Son statut lui conférait une immunité. Ils ne pouvaient pas la tuer. Elle sortit ses poignards coincés derrière son dos et les planta dans le cœur des deux Myrmidons qui lui faisaient face. Profitant de l'effet de surprise, elle saisit la hallebarde et tua le lieutenant, sans qui ses soldats seraient perdus. Mais d'autres Myrmidons entrèrent dans la bibliothèque, s'interposant entre Oranne et Cratyle qu'elle devait pourtant sauver.

— Fuis, Oranne, sauve-toi ! Ils sont trop nombreux.

La jeune femme regarda alternativement son ami puis la masse de Myrmidons les séparant. Même avec toute la volonté du monde, elle finirait par faiblir et préférait ne pas imaginer ce qu'ils lui feraient pour lui faire avouer l'emplacement des différents peuples Oniscides. Tous la regardaient, prêts à lui bondir dessus. Aucun supérieur n'était présent pour leur donner des ordres, mais tous savaient que cette gamine incarnait peut-être l'unique chance d'Orbis de poursuivre son ascension et de retrouver Erthur. Cratyle se pencha de sa chaise, son corps dégoulina et tomba lourdement au sol. Dans un dernier effort, il rampa jusqu'à l'arme d'une des victimes d'Oranne, qu'il saisit, puis dit :

— Je vais tous vous protéger…

Il pointa le canon sur sa tempe et appuya sur la gâchette.

— Non Cratyle ! Non !

Les Myrmidons profitèrent de sa détresse et se rapprochèrent d'elle.

— On peut s'occuper de toi, petite. N'aie pas peur.
— Allez tous vous faire foutre ! dit-elle en essuyant ses yeux rougis par les larmes.

Oranne se rua vers les portes de la bibliothèque et traversa le hall en courant, slalomant entre les Myrmidons restant, étonnés.

— Attrapez-la ! C'est l'Oniscide !

Oranne poursuivit sa course, bousculant ceux qui se trouvaient sur son passage, et se rua dans le forum. Un Myrmidon, ignorant l'importance de la fugitive, tira sur elle. La balle traversa son épaule dans une douleur lancinante. Oranne serra les dents et poursuivit sa course malgré la souffrance que sa blessure engendrait. Elle savait qu'une trappe sous les tribunes menait à une galerie souterraine qui permettait de gagner l'extérieur. Elle perdit du temps à l'ouvrir. Celle-ci ne servait visiblement pas souvent. Puis elle sauta dans le gouffre d'obscurité devant elle, priant pour que son sang n'ait pas perlé et ne permette à ses ennemis de la retrouver.

— Où est-elle ? dit l'un d'eux en arrivant dans le forum. Elle n'a pas pu se volatiliser. Il y a du sang par terre. Qui est l'abruti qui lui a tiré dessus ?

Personne ne répondit. Oranne attendit quelques minutes dans l'étroit couloir où régnait une odeur nauséabonde d'humidité et de corps oubliés, puis reprit son souffle, épuisée. L'adrénaline retomba. La douleur de sa blessure écrasa la haine et l'excitation. Au-dessus d'elle, les Myrmidons piétinaient le pavé et s'affairaient à la retrouver. Désormais, elle était fichée, connue. Elle existait. C'était dorénavant trop dangereux pour elle de rester ici. Son monde s'effondrait à nouveau à cause d'elle. De sa faiblesse, de son manque de jugement et de son ambition démesurée. À bout d'espoir et de force, elle finit par s'endormir.

Quelques heures plus tard, des voix au-dessus d'elle la réveillèrent. Ce qui s'était passé lui revint violemment en mémoire. Elle toucha sa blessure dans laquelle se mêlaient du sang et des lambeaux de vêtements et de chair. Elle se releva et suivit le couloir en s'appuyant contre les murs. Lorsqu'elle se heurta à un monticule métallique, elle leva les yeux et vit des rainures lumineuses. Elle poussa la trappe pour regarder les alentours, puis s'arracha du boyau souterrain. Elle se traîna ensuite dans les bois afin de se soigner et de se reposer. Perce-Neige vint se poser sur son épaule intacte. Sa présence rassura et apaisa sa maîtresse.

— J'ai déconné ce soir, mon grand… Cratyle est mort par ma faute. Tu t'en fous, toi… Personne ne peut t'attraper.

À quoi bon tuer des Myrmidons si je ne peux même pas sauver mes amis ?

Oranne s'écroula en pleurs contre un arbre. À cet instant, elle se sentit infiniment seule. Perce-Neige était certes à ses côtés, mais il ne pouvait pas comprendre ses peurs. Pour la première fois, le poids de la solitude l'accabla. Cratyle était le seul qui la rattachait à l'humanité, qui voyait qui elle était vraiment. Il représentait l'unique être humain auquel elle s'était attachée après la mort de ses parents. Avec le recul, elle estima qu'elle aurait dû le sauver, et cela, au péril de sa propre vie. Qui était-elle après tout ? Cratyle se rendait utile à la société. Son existence, contrairement à la sienne, n'était pas vaine. Elle aurait dû se sacrifier. Son aigle s'agitait, ne comprenant pas pourquoi ils s'étaient arrêtés ici. Elle finit par gagner son campement, étouffé par l'amas des premiers flocons hivernaux.

Elle se glissa sous son alcôve rocheuse, alluma un feu et se blottit près de lui, enveloppée dans ses couvertures. Elle n'avait plus goût à rien, accablée par la mort de Cratyle et sa première fuite face à l'ennemi, son premier abandon. Seule, elle ne faisait désormais plus le poids. Ses meurtres, ses attentats et massacres n'avaient été que vanité et ne changeaient rien aux plans d'Orbis. À quoi bon s'acharner à lutter pour sa vie alors que tout finit par s'écrouler ? Pourquoi vivre un jour seulement, si ce n'est pour être plus malheureuse qu'avant ? Qu'avait-elle fait ? Venger aveuglément ses parents sous couvert de servir une cause ? Elle s'était voilé la face, convaincue qu'elle sauverait Perspicaris à elle seule. Que faisait-elle là ? Tout cela n'était-il pas pitoyable et absurde ? Elle avait renoncé à la stabilité et à la sécurité d'une vie auprès des Oniscides, avait quitté ceux qui l'avaient hébergée pendant des années. Pour quoi ? Pour rien. Sa blessure lui faisait de plus en plus mal et, bien qu'elle tentât de se convaincre que ce n'était pas grave, la douleur la ramenait à la triste réalité. Le sang s'imbibait dans les couvertures. Elle les repoussa et retira son manteau, son pull et son t-shirt. La plaie arrondie formait un cratère de chair et de sang béant d'où coulait une lave de lymphe dégageant une odeur pestilentielle.

Dégoûtée, elle détourna le regard. La vue de son propre corps abîmé l'insupportait. Pourtant, elle en avait vu, démembrés, éviscérés, égorgés de ses propres mains. Elle respira longuement puis se leva, prit un burin en fer et le posa quelques secondes dans la braise. Puis elle saisit l'embout de l'outil après avoir enroulé du tissu autour de sa main et appliqua l'autre extrémité sur la blessure. Elle serra les dents et étouffa un cri. De la fumée s'échappa ainsi qu'une odeur immonde de chair brûlée. Oranne haleta, les larmes aux yeux, effrayée par ce qu'elle venait de faire. Puis elle remit ses habits délicatement, rechargea le feu et finit par s'endormir. La fraîcheur la tira de son sommeil agité ; chaque mouvement avait ravivé sa blessure. Elle entrouvrit les yeux. Perce-Neige déchiquetait sa prise de la nuit et en extirpait méticuleusement de petits morceaux de viande encore fumants. La neige tombée abondamment dans la nuit défigurait les arbres et les accablait de son poids, leur donnant un aspect cotonneux devant lequel elle se serait émerveillée dans un autre contexte. Ce matin, ce spectacle de cristal lactescent lui semblait n'être qu'un affront. Perce-Neige, rassasié, sautilla jusqu'à elle.

— Je ne bougerai pas aujourd'hui. Je suis blessée. Et je ne préfère pas m'aventurer en ville.

Oranne le chassa d'un geste faiblard de la main.

— Vas-y, toi. Tu n'as pas besoin de moi.

L'aigle ne se fit pas prier et disparut à travers les conifères, laissant seule sa maîtresse dans ses songes, en proie à la tristesse et à ses peurs les plus refoulées. Ce matin, elle ne suivrait pas le soleil jusqu'à la cité.

Chapitre 5

Pendant une semaine, Oranne ne quitta pas les alentours de son campement, non seulement par faiblesse, mais aussi par crainte de se faire capturer. La mort de Cratyle la hantait. Inlassablement, éveillée ou en songe, elle revivait la scène du meurtre et son impuissance. La perte de son ami était bien plus douloureuse que sa chair brûlée et infectée, qui la condamnait à porter le souvenir de sa faiblesse ce fameux soir. Perce-Neige disparaissait toute la journée et revenait à la nuit tombée, une proie dans le bec, afin de sustenter sa maîtresse qui ne se donnait plus la peine de poser et relever les pièges. Oranne s'apitoyait sur son sort pour la première fois de sa courte existence. Mais non à cause de ses conditions de vie précaires, plutôt de sa prétention à tout contrôler, de son autosuffisance toute relative. Elle hésitait à retourner chez les Oniscides, mais elle craignait leur réaction, elle qui était partie si sereine, si confiante, en leur promettant que rien ne lui arriverait. Certes, elle rentrerait en vie, mais dépourvue de toute substance, brisée par la réalité d'un monde qu'elle pensait pouvoir affronter.

Pourtant, rentrer dans son peuple d'accueil était l'assurance d'une vie meilleure, d'une reconstruction entourée de personnes en qui elle pouvait avoir confiance. Mais son orgueil écrasait son propre intérêt. En quittant ce peuple, elle s'était sentie prête à suivre sa propre voie, à servir une cause qu'elle estimait juste. Et malgré les inquiétudes des siens, leurs supplications et leurs mises en garde, elle était partie, certaine de s'émanciper d'eux, de leur enseignement et des technologies acquises. Elle s'était crue capable de survivre seule. Son retour aurait dû être victorieux. Elle aurait tant aimé leur annoncer qu'elle avait accompli quelque chose de grand, d'utile et d'admirable. Si elle rentrait maintenant, elle ramènerait avec elle le poids de son échec et de son incapacité, et décevrait sûrement ceux qui avaient cru en elle. Pourtant, Perspicaris n'avait plus rien à lui offrir, ne lui avait jamais rien offert, si ce n'est l'assouvissement de son instinct meurtrier. Elle devait quitter cette cité, la laisser sombrer. Elle ne pouvait plus rien faire pour elle, et tout ce qu'elle avait entrepris n'était que pure vanité.

Que faire alors ? Se terrer dans les confins d'Anaklia ? Entamer une vie sauvage, de survie, mais dans quel but ? Qu'est-ce qui la ferait se lever le matin et lutter pour sa vie ? Elle se sentit tellement accablée par le constat de ces derniers mois et l'opacité d'un éventuel avenir qu'elle aurait voulu mourir, s'endormir là, étendue sous l'alcôve rocheuse qui l'abritait, et ne plus avoir à se soucier de rien.

La neige s'amoncelait jour après jour devant la cavité, la coupant progressivement du monde, parachevant son tombeau. Perce-Neige finit par percer la muraille neigeuse à coups de bec rageurs. Oranne entrouvrit les yeux, l'animal sautilla sur son ventre et enserra le peu de peau qu'il trouva dans ses serres. Oranne tressaillit et voulut le chasser d'un geste de la main, mais le rapace s'accrocha.

— Laisse-moi tranquille, Perce-Neige, je n'ai pas envie de sortir.

Celui-ci ne comprenait pas les mots de sa maîtresse, mais il savait que quelque chose d'anormal se passait. Il sentait l'odeur de la chair à vif, sanglante et brûlée, celle des proies qu'il déchiquetait. Oranne agrandit le trou que son compagnon avait fait dans sa forteresse et regarda dehors. La nature était suspendue, cristallisée. La neige tassait la végétation qui jonchait le sol et donnait aux bois une apparence moins effrayante qu'à l'accoutumée, presque accueillante, levant quelque peu le voile obscur qui l'embaumait. Oranne se releva brusquement et sortit de son antre. Les hauts arbres centenaires que la neige avait ornés et condamnés au silence demeuraient inébranlables, impassibles malgré les multiples maltraitances que la météo leur infligeait. Les branches, alourdies, formaient une prison de cristal, l'abritant du reste de Perspicaris. Cet humble temple de bois lui rappela la sûreté des Oniscides. Elle se rappela avec nostalgie les moments passés là-bas. Ils l'avaient arrachée à sa vie sauvage et solitaire. D'animal, elle était devenue, grâce à leurs enseignements, une tueuse redoutable, une femme. Apparemment pas suffisamment pour se confronter à la réalité. Elle avait sous-estimé la dangerosité et la puissance de ses adversaires. Elle devait retourner là-bas pour se reconstruire, peut-être pour repartir plus forte qu'avant. Après tout, elle avait survécu à la mort de ses parents, à des années d'errance et d'animalité. Son accablement n'était qu'une atteinte à son orgueil et à ses certitudes.

Tout ce en quoi elle avait cru était ébranlé. Mais elle se devait de surmonter cette épreuve. Tout détruire pour mieux reconstruire. L'union faisait peut-être la force au final. Même si avouer qu'elle avait hypothétiquement besoin des Oniscides pour continuer la blessait encore une fois dans son orgueil. Elle ne savait pas ce qui la dérangeait le plus, la peur de les décevoir ou s'être déçue elle-même. Sa décision était prise après une semaine de questionnements et d'indécision : elle allait partir. Elle se rhabilla chaudement et entreprit de rendre à la nature ce qu'elle lui avait emprunté. Méticuleusement, elle démonta tout ce qu'elle avait construit il y a quelques semaines et prit soin de dissimuler toute trace de sa présence. Elle récupéra les cordages et les pointes et offrit le reste à l'amas neigeux. Perce-Neige, perché quelques mètres plus haut, regardait sa maîtresse s'affairer énergiquement. Avant la tombée de la nuit, il ne resta rien du campement. Elle regarda autour d'elle, satisfaite, puis mit son lourd sac sur ses épaules.

— Allons-y, mon grand. On quitte Perspicaris.

L'animal suivit sa maîtresse sagement, heureux de reprendre la route avec elle. Ils gagnèrent le canal ouest. Oranne sortit et monta prudemment dans son canoë, n'ayant aucunement envie de tomber dans l'eau glacée. Les rayons de la lune, pleine dans sa nudité, se reflétaient dans la neige, lui permettant de se repérer. Seuls les mouvements réguliers de la pagaie perçant les flots brisaient le silence majestueux. Au bout d'une heure, elle atteignit les marais bordant Perspicaris. Oranne abandonna son canoë et traversa les landes désolées et marécageuses sur plusieurs kilomètres. Beaucoup s'y étaient aventurés et perdus. Le piège était insidieux, tapissé d'une végétation cotonneuse et verdoyante concurrençant les nuages. Pourtant, si on s'aventurait au mauvais endroit, les marches tombaient d'aussi haut que du ciel. La neige et la semi-obscurité rendaient la traversée d'autant plus dangereuse, masquant le moindre piège. Oranne devait donc tâter le terrain du pied avant de s'engager complètement, ce qui était épuisant. Elle s'enfonçait dans la vase jusqu'au genou. Elle gagna la terre ferme avec soulagement, en vie mais frigorifiée. La forêt s'étendait désormais face à elle, bordant les montagnes. Serait-elle seulement capable de retrouver les Oniscides après des mois d'absence ? Eux qui étaient réputés pour être introuvables. Leur communion et leur maîtrise parfaite de la nature étaient leur plus grande force. La végétation dense ralentissait sa progression. Pendant quelques heures, elle dut se frayer un chemin à coups de machette. Puis elle quitta la forêt à l'aube pour déboucher sur des centaines d'hectares de prairie écrue bordant la chaîne de montagnes qu'elle devait franchir.

Les frêles branches des arbres dansaient insolemment au rythme imposé par le vent. Ils s'élevaient, parsemés ici et là, affrontant seuls les caprices du temps. Le monde dans toute sa pureté lui appartenait, du moins, elle en avait l'impression. Elle gagna le flanc de la montagne au crépuscule et décida de s'établir pour la nuit. La journée de demain allait être longue et son ascension sûrement pénible. Le soleil se leva en même temps qu'elle et progressa dans le ciel au gré de ses pas dans la montagne. La température baissait au fur et à mesure de sa progression et la densité des arbres ne permettait pas aux faibles rayons du soleil de la réchauffer. La terre devint humide et glissante, l'eau venant des sommets ruisselait dans les entrailles et gorgeait le sol. À plusieurs reprises, elle dut se rattraper aux branches pour ne pas glisser quelques mètres plus bas. Aucun sentier ne slalomait autour du massif. Elle en profita pour ramasser quelques champignons comestibles et déterrer quelques racines, sachant que lorsqu'elle atteindrait les cimes aux neiges éternelles, elle ne trouverait rien à manger.

La végétation se fit de plus en plus rare, seuls les conifères s'étaient acclimatés à la rudesse des conditions. Transie de froid, elle sortit un long morceau de tissu grisâtre de son sac et l'entoura autour de son visage, de sorte à protéger son cou, son nez et sa bouche. Ses pas furent de plus en plus lents et difficiles. En fin d'après-midi, le ciel se masqua de nuages et d'un voile bis. Il ne manquait plus que la pluie, ironisa-t-elle. Il fallait qu'elle trouve rapidement un endroit où passer la nuit et où elle puisse faire un feu, si possible. Après quelques minutes d'errance, elle aperçut des rochers à une centaine de mètres. Elle fit rapidement le tour, mais ne trouva aucune cavité pouvant l'accueillir. Les flocons s'écrasaient timidement sur le sol. Elle reprit la route, inquiète. Son champ de vision s'amenuisait et bientôt, la brume l'aveuglerait. Ses vêtements s'humidifiaient de perles gelées, accentuant sa sensation de froid. Instinctivement, elle ramassa du bois qu'elle blottit sous son manteau. Puis soudain, les parois de la montagne se déchirèrent, formant une embrasure suffisamment large pour qu'elle s'y faufile. Elle prit sa lampe torche et jeta son sac dans la cavité avant de s'y glisser à son tour.

Les parois suintantes s'ouvraient sur quelques mètres puis se refermaient brutalement, lui laissant juste la place de s'allonger. Le bois amassé auparavant ne suffirait pas pour tenir la nuit. Après s'être accordé plusieurs minutes de repos, elle ressortit en quête de bois sec ou, à défaut, pas trop humide. L'obscurité ne lui permettait pas de s'éloigner, au risque de se perdre. Elle ramassa ce qu'elle put et rentra à l'abri. Pendant une longue demi-heure, elle lutta pour allumer le feu. Depuis les prémices de l'humanité, le feu avait toujours été source de réconfort, en plus de la chaleur, pour l'homme. Elle ne dérogeait pas à cette règle. Où qu'il aille dans les plus lointains confins de la Terre, le feu avait mis fin à son désespoir et à ses angoisses. Des ombres effrayantes pouvaient être tapies dans les ténèbres, près de son campement, mais il ne risquait rien. Oranne se réchauffa d'abord les mains, transies de froid, des engelures commençant à se former. Puis elle fouilla son sac pour en tirer de la nourriture. Après son maigre dîner, elle étendit une couverture sur le sol rugueux, chargea le feu et s'enveloppa dans une seconde. Le feu l'obligea à se lever toutes les heures pour le recharger. Un vent violent se leva au milieu de la nuit et s'infiltra dans les fissures des parois, produisant un sifflement bruyant.

Dehors, les arbres s'inclinaient face à cette force invisible qui, par bourrasques, arrachait leurs dernières feuilles et faisait chuter lourdement la neige accumulée dessus. Elle ne risquait rien, pourtant, au fil des heures, son anxiété croissait. Sa peur était certes irrationnelle, mais ne pas voir ce qui se passait à l'extérieur et n'en avoir que les sifflements successifs et les craquements l'effrayait. Le reste de la nuit allait être long. Elle se blottit contre une paroi et attendit, les yeux écarquillés, les sens en alerte. À cet instant précis, son existence lui parut infime. La nature montrait sa suprématie et, face à elle, elle n'était rien. Les premières lueurs du jour la délivrèrent. Après avoir rassemblé ses affaires, elle sortit de son refuge. La nature détrempée se remettait de la tempête. Les stalactites perlaient le long des branches et venaient s'emprisonner dans les toiles d'araignées ayant réussi à survivre.

Peu à peu, le soleil vitreux vint rassurer les arbres et la végétation torturée. Oranne reprit son ascension malgré la fatigue. En fin de matinée, elle atteignit la cime de la montagne et ses neiges éternelles, le versant des deux mondes qu'elle surplombait du haut de son promontoire. Derrière elle, la cité assiégée de Perspicaris, et devant elle, le territoire rassurant des Oniscides. Contrairement à la nuit qu'elle venait de passer, elle se sentit intouchable, toute-puissante. Un large sourire illumina son visage cerné, puis elle se mit à rire nerveusement, tiraillée entre le bien-être et la peur. Sa progression fut lente et pénible ; chaque pas lui demandait un effort considérable. Elle devait extirper une à une ses jambes enfoncées dans la neige jusqu'en haut de la cuisse. Un souffle glacial lui fouettait le visage, s'infiltrait à travers ses vêtements puis sa peau, pétrifiant ses membres. Ses mains oscillaient entre le rouge et le violet, bien qu'enroulées dans des lambeaux de tissus.

Régulièrement, elle jetait des coups d'œil à sa boussole que sa main droite peinait à serrer. Si elle se perdait, elle mourrait. Tout droit, se répétait-elle. Tout droit. Elle finit par se laisser tomber au pied d'un rocher l'abritant du vent et grignota un morceau de pain durci par le froid, puis but un peu. La tentation de rester se reposer quelques minutes était forte, mais elle ne pouvait pas se le permettre. Elle remit son sac sur ses épaules et repartit. À la fin de la journée, elle aperçut de la verdure dans la vallée, dépassant timidement de la couche de neige, rompant brutalement avec l'enfer neigeux duquel elle revenait. Là où tout était d'un blanc inhumain, sans nuance, un trompe-l'œil blafard qui ne permettait pas de savoir quand le calvaire se terminerait ni s'il y avait réellement une fin. Elle hâta le pas, voulant l'atteindre avant la nuit, mais perdit rapidement son enthousiasme. Sur tout le flanc est de la montagne, les falaises étaient abruptes et le dénivelé trop important pour qu'elle puisse descendre à pied.

Elle parcourut le flanc sur quelques mètres. La pente, par endroits, s'avérait plus douce, des travées sûrement formées par des avalanches. Par sécurité, elle aurait dû descendre à pied, mais cela lui aurait pris un temps considérable. Elle n'avait que l'adrénaline pour lui rappeler qu'elle était vivante. Ce spasme d'existence qui, le temps de quelques secondes, réveillait son corps. Elle retira son sac, vérifia qu'il était bien fermé, que ses armes étaient fermement attachées, et resserra sa ceinture. Puis, elle prit de l'élan en tenant son sac contre son cœur et se jeta dans le vide à plat ventre. La glissade fut d'une rapidité extrême ; plusieurs fois, elle se heurta à des rochers ensevelis et sauta pour atterrir dans la poudreuse. Elle tint fermement son sac, secoua la tête pour ne pas s'étouffer avec la neige projetée sur son visage. En quelques secondes, elle dévala le pan de la montagne en gagnant plusieurs heures de marche. Elle fonçait tout droit dans les arbres, n'ayant aucun contrôle sur sa trajectoire ni sur sa vitesse.

Elle aperçut des pierres qui sortaient de la neige et, avec ses pieds, orienta son sac de sorte à ce qu'elles la ralentissent. Son souhait s'exauça. Elle parvint à arrêter sa course avec ses pieds et ses mains à la lisière de la forêt, puis se releva en regardant d'où elle venait avec amusement. Son sac en cuir, confectionné par ses soins, n'avait pas cédé aux multiples secousses et ses armes étaient toujours suspendues à sa ceinture et dans son dos. Elle reprit la route quelque peu étourdie. Les Oniscides se nichaient dans les confins de la forêt, à l'abri des yeux citadins et Orbissiens. Ces derniers les traquaient et, après des années de recherches vaines, finissaient par penser que ce peuple n'était qu'une légende.

Si un étranger n'était pas capable de les voir et ne soupçonnait même pas une présence humaine dans les recoins reculés d'Anaklia, les Oniscides, quant à eux, savaient dès que la lisière était franchie qu'un intrus pénétrait dans leur royaume. Oranne avait acquis son talent de furtivité à leurs côtés. Elle avait appris à exister silencieusement, à n'être qu'une ombre, une légende, à l'image de ce peuple. C'est sûrement ce qui l'avait sauvée ces dernières semaines, même si parfois sa discrétion avait été toute relative. Elle savait se faufiler dans chaque brèche urbaine ou naturelle, exploiter chaque ressource que son environnement lui offrait. Elle avait développé une agilité discrète et animale, une félinité aussi muette que féroce. Après six jours de marche, elle gagna le territoire des Oniscides.

Peu à peu, la neige s'était estompée dans les terres pour laisser place à une végétation abondante et luxuriante. Elle s'avança prudemment, espérant qu'un éclaireur la reconnaisse et vienne à sa rencontre. Mais personne ne vint après quelques minutes de marche. Elle n'entendit aucun craquement, rien. Juste le silence. La végétation mouvante mais contrôlée par les Oniscides défigurait la nature et trompait son orientation et ses repères. Elle se fia aux arbres et aux traces imperceptibles pour un étranger que les Oniscides laissaient dans leur sillage pour s'orienter.

— Oranne ?

L'Errante se retourna, devant elle se tenait une jeune femme à la chevelure rousse dont les mèches rebelles dansaient telles des flammes autour de son visage parsemé de taches de rousseur. Ayant la confirmation qu'il s'agissait de son amie, elle lâcha le fagot de bois qu'elle tenait et se jeta dans ses bras.

— Tu es vivante ! Tu es vivante ! Tu m'as tellement manqué, dit-elle dans un sanglot de joie. Ne repars plus jamais. Plus jamais.

Oranne peinait à être émue, à montrer la moindre expression de joie. Elle resta stoïque, n'enserrant pas son amie dans ses bras, pétrifiée par ce contact physique.

— Viens, Erthur sera tellement content de te voir ! On te croyait tous morte.

— Ce ne sont pas les occasions qui ont manqué, susurra Oranne.

Salomé ne tint pas compte de cette remarque. La seule chose qu'elle attendait était que son amie raconte ce qu'elle avait vu et vécu. Elle vivait son retour comme un miracle et son récit à venir comme des aventures par procuration. Elle qui n'avait jamais quitté le territoire des Oniscides. Oranne suivit Salomé passivement et silencieusement. Les deux jeunes femmes empruntèrent un escalier dans l'entrebâillement d'un séquoia éclairé par de véritables lucioles, contrairement à celles de la Démétrias. Elles grimpèrent une trentaine de marches et empruntèrent un tunnel entouré d'un moucharabieh de lierre et de fines branches habillées de feuilles oscillant entre le nacarat et le morillon. En bas, les Oniscides fourmillaient dans leur cité de bois. Des habitations surplombaient des lacs à l'eau azuréenne, transparente, reliées par un réseau de branches communiquant les unes avec les autres et recouvertes d'un tapis de mousse. Les Oniscides déambulaient sur ces passerelles naturelles avec aisance et agilité. Salomé la conduisit chez Erthur, le chef des cinq tribus Oniscides réparties dans les régions d'Anaklia et d'Akhmeta. C'est lui qui avait trouvé et recueilli Oranne lors de sa douzième année, la découvrant couverte de crasse, agressive et sauvage. Salomé frappa chez Erthur. Le cinquantenaire ouvrit la porte, une miche de pain à la main. Salomé se poussa, laissant apparaître Oranne, Perce-Neige perché sur son épaule. Celui-ci avala bruyamment sa bouchée et ouvrit grand la bouche, ne pouvant masquer sa surprise.

— Tu es vivante...

Oranne esquissa un bref sourire. Erthur les invita à entrer et sortit une bouteille d'alcool de Kann et trois verres. Oranne s'assit dans le premier fauteuil qu'elle trouva, dont le confort était un piège. Fait de coton et de mousse, il semblait aspirer l'énergie et condamner quiconque s'asseyait dedans à y rester éternellement. Erthur ne savait par quelle question commencer tant elles étaient multiples. C'est Salomé qui brisa le malaise.

— Raconte-nous ! C'est comment là-bas ? Que t'est-il arrivé ?

Oranne ne répondit pas tout de suite, ne sachant si elle devait trier les informations à leur donner, si elle devait leur avouer la vérité, celle de son échec et de la puissance mésestimée d'Orbis.

— Orbis est partout, finit-elle par dire. Ils ont pris le contrôle du gouvernement, de la Démétrias, car ils cherchent quelque chose là-bas. Quelque chose de suffisamment important pour qu'ils torturent les érudits et les tuent pour obtenir des informations. Les effectifs des Myrmidons ont triplé. La population est terrifiée.
— Et toi, qu'as-tu fait ?

— J'ai fait ce que je sais faire de mieux : j'ai tué. Uniquement des Myrmidons, j'ai saboté les cargaisons d'eau, attaqué les stations d'extraction, mais mes agissements n'ont pas suffi. Je n'étais pas la seule à

commettre des attentats. J'ai rencontré des personnes qui voulaient que je me rallie à eux, mais j'ai refusé.
— Qu'est-ce qui t'a poussée à rentrer ? demanda Erthur.
— J'avais réussi à me convaincre que je pouvais résoudre le problème seule, mais je ne mesurais pas la puissance des ennemis. Tuer quelques Myrmidons était facile, mais cela ne suffisait pas. Rien ne changeait : si j'en tuais trois dans la nuit, dix autres arrivaient le lendemain. Le joug d'Orbis a pris tellement d'ampleur en quelques semaines... Je n'étais pas à la hauteur, je ne le suis pas. J'ai perdu la seule personne à laquelle je tenais là-bas, qui me rattachait à l'humanité. Il est mort sous mes yeux et j'ai dû fuir pour ne pas perdre la vie. Sa perte a été ma prise de conscience et la fin de ma prétention. Je ne m'étais pas préparée à tout cela. Orbis pille Perspicaris de son eau, et bientôt, les Perspicariens ne pourront plus s'approvisionner et seront rationnés.
— Comment pouvais-tu te préparer ? Nous ignorions ce qui se passait là-bas. Tu ne pouvais pas prévoir ni anticiper les intentions d'Orbis. Tu as fait ce que tu croyais être juste. Tu es vivante, c'est le principal. Nous pensions tous que tu t'étais fait tuer. Ton retour est un miracle. Te connaissant, tu as dû hésiter à rentrer, par fierté et par peur de nous décevoir.
— C'est vrai, oui.
— Tu ne nous dois rien, Oranne, tu ne nous as jamais rien dû. Tu as voulu faire ton expérience, et certes à contrecœur, on l'a acceptée. Tu as fait ce que tu as pu. Je ne m'attendais même pas à te revoir un jour après avoir séjourné tant de temps à Perspicaris. Tu voulais voir ce qu'était Perspicaris, eh bien, c'est fait. Peut-être que tes actions ont été vaines. Et alors ?

— Ils vous cherchent...
— Nous le savons, Oranne. Certains nous ont déjà trouvés. Ils sont morts avec notre secret. Mais il y en aura d'autres, assurément. Ce n'est qu'une question de temps. Et ce ne sont pas nos carreaux qui les arrêteront. Mais nous resterons là jusqu'au bout et il se passera ce qui doit se passer. Nous commençons à poser des pièges un peu partout dans les bois pour au moins les ralentir au cas où. Nous pouvons nous défendre, mais combien de temps tiendrons-nous ?
— Ils sont très bien armés. Mais sans les ordres de leurs supérieurs, ils sont incapables d'agir. Ils sont tellement persuadés d'être supérieurs à nous qu'ils n'envisagent même pas la possibilité qu'on puisse leur résister. S'ils viennent, dans un premier temps, je ne pense pas qu'ils se donneront la peine d'employer l'artillerie lourde. Ils nous prennent pour des marginaux arriérés. C'est ce que la légende dit à notre sujet.

Erthur se mit à rire et but une longue gorgée de Kann. Oranne fit de même ; ce liquide, spécialité des Oniscides à base de canne à sucre, était un délice et lui permettait de se détendre quelque peu, de se réchauffer et de délier les langues.

— Tu n'avais pas peur, seule contre tous ? demanda Salomé. Oranne caressa son compagnon.
— Je n'étais pas vraiment seule et oui, parfois, j'avais peur, mais ce sentiment est paralysant et ne sert à rien. J'ai appris à l'éradiquer. Comme beaucoup d'autres sentiments. Je ne pensais qu'à tuer. C'était la seule chose qui m'animait.

Erthur observait Oranne attentivement, sentant qu'elle avait changé, dans son regard, dans sa façon d'être. Quelque chose s'était éteint. Il ne parvenait pas à déterminer quoi. Elle semblait plus froide, plus inhumaine que celle qu'il avait laissée partir. Oranne avait toujours été enjouée, forte, espiègle et paradoxalement débordante de sensibilité. Devant lui, il avait une créature revenue des ténèbres, brisée par ce qu'elle avait découvert, et froide. Quelque chose de dangereux émanait inexplicablement d'elle, de ses yeux émeraude et cendrés. Malgré sa voix et ses mots, elle lui semblait être une étrangère. Il eut la brusque impression d'avoir perdu sa protégée, celle qu'il avait vue grandir et qu'il avait aimée comme la fille qu'il n'avait jamais eue. Il aurait aimé que Salomé les laisse seuls et qu'ils puissent se retrouver, mais celle-ci, fascinée par une vie qu'elle ne pourrait vivre que par procuration, semblait bien décidée à rester.

Erthur se leva, fit rapidement à manger et ouvrit une autre bouteille de Kann. Oranne se leva et le suivit dans la cuisine afin de l'aider à porter les assiettes jusqu'à la table basse.

— Je suis content que tu sois là, Oranne, dit Erthur. — Je suis contente d'être ici, avoua-t-elle. — Tu as toujours ta cabane si tu veux. On n'y a pas touché. Salomé a dû faire le ménage de temps à autre. — Oui ! affirma la jeune femme depuis le salon.

Ils revinrent s'asseoir à ses côtés et entreprirent de manger en silence. Erthur aurait voulu lui demander de plus amples détails sur son périple à Perspicaris, ce qui s'était réellement passé. Il savait qu'elle se censurerait s'il lui posait la question pour ne pas heurter la sensibilité de Salomé. Oranne savait à quel point elle l'admirait, à quel point elle l'idéalisait. À tort. Elle ne réalisait pas ce qu'elle était vraiment, sa noirceur et sa complexité. Pour elle, Oranne était une héroïne qui voulait seulement les sauver, qui défendait leur cause au péril de sa vie. Elle ignorait que son séjour à Perspicaris était bien plus égoïste qu'elle ne le croyait.

Oranne se servit un troisième petit verre de Kann et entreprit de le boire par gorgées méticuleuses pour se donner une contenance, mal à l'aise dans cette pièce douillette, chaleureuse et étouffante, entourée de deux personnes qui scrutaient chacun de ses mouvements, Salomé suspendue à ses lèvres attendant le moindre mot, la moindre anecdote qu'Oranne aurait bien voulu partager. Combien de temps cela allait-il durer ?

— Tu dois être fatiguée, décréta Erthur face au laconisme et au calvaire social perceptible d'Oranne. Tu peux aller te reposer si tu veux, nous parlerons davantage demain.

Oranne but son verre de Kann d'une traite et se leva, non pas fatiguée, mais heureuse de quitter cette interaction sociale forcée. Erthur se leva à son tour afin de l'accompagner et d'ainsi saisir l'opportunité de discuter librement avec elle. Mais Oranne l'interrompit.

— Je vais m'en sortir seule, mais merci. On se voit demain.

Elle esquissa un bref sourire et disparut sur les passerelles cotonneuses, escortée par les lucioles qui virevoltaient jusqu'à sa cabane, située quelques mètres plus bas que celle d'Erthur. Elle avait acquis le savoir et les technologies Oniscides en construisant son propre habitacle dans les arbres, sur le même modèle que les autres : une subtile alliance de savoir-faire humain et de fusion avec la nature. En franchissant la porte, aussitôt, l'odeur si familière du bois la rassura. Tout était intact et propre grâce à Salomé. Pour la première fois depuis des semaines, elle se sentit en sécurité, à l'abri du monde, à l'abri des autres. Son lit sur la mezzanine, creusé dans un épais tronc d'arbre, était fait. Elle aperçut un pan de couverture vermeille à travers les barreaux de la rambarde. Salomé avait posé un vase de roses parme sur la table. Avait-elle procédé à ce rituel depuis son départ dans l'espoir qu'elle revienne ? En entrant dans la pièce d'ablution, elle trouva une vasque remplie d'eau claire. Oranne s'aspergea le visage afin de s'éclaircir les idées, altérées par le pouvoir du Kann. Elle se regarda dans le miroir avec effroi. Son visage émacié était couvert de crasse, faisant davantage ressortir ses yeux, oscillant entre la cendre et le morillon. Ses vêtements, maculés de sang et de crasse, commençaient à s'abîmer ; par endroits, le cuir rongé par la neige et les affres du temps partait en petits lambeaux irréguliers et avait perdu son éclat havane. Lentement, elle retira son armure de fortune, puis plongea un torchon dans la vasque afin de nettoyer toute trace de ce qui s'était passé à Perspicaris. Elle se sentit souillée par le sang orbissien, par l'air corrompu d'une cité qu'elle avait autrefois tant admirée, qu'elle aurait voulu sauver.

Là-bas, elle s'était éperdument moquée d'être sale, puante, couverte de sang, de terre et de crasse, car malgré ses toilettes sommaires, ses activités l'invitaient à une perpétuelle souillure. Mais maintenant, elle avait envie de se sentir propre, de se sentir Oniscide. Après s'être estimée digne de son peuple, elle fouilla dans sa commode et enfila des vêtements propres puis monta se coucher, savourant un confort dont elle s'était privée pendant si longtemps.

Chapitre 6

L'effervescence naissante la tira de son sommeil. Au-dessous et au-dessus d'elle, les Oniscides s'agitaient dès le crépuscule, courant d'une passerelle à l'autre. Chez eux, la temporalité était tout autre. Si le commun des mortels vivait au rythme imposé par l'astre diurne, entamant dès son réveil une course effrénée contre la lumière et le temps, tâchant de vivre dans un laps de temps limité, les Oniscides, eux, vivaient autrement. C'est-à-dire sans entrave temporelle, sans esclavage lumineux, sans dépendance inhérente aux astres. La temporalité semblait presque inexistante, inversée. Non pas par une quelconque magie ou sorcellerie, mais par un bouleversement de l'évidence millénaire qu'était de vivre lorsque la lumière daignait autoriser l'Homme à exister. Ainsi, le peuple sortait de son immobilisme lorsque les ténèbres étouffaient la Terre.

À l'instar des animaux les plus farouches et préoccupés par la sauvegarde de leur liberté, ils sortaient lorsque le reste de l'humanité avait les paupières closes et le corps endolori. Dans les contes pour enfants racontés au coin du feu, la nuit, la forêt s'agitait, se réveillait, les arbres se mouvaient avec une aisance surnaturelle, affirmaient leur suprématie, brisaient leur écorce centenaire de sagesse qui les habillait aux yeux de tous. La nature, révoltée contre l'assaillant humain, se montrait dans l'ombre, s'affirmait dans les ténèbres et la résistance s'arrêtait nettement dès les premières lueurs du jour jusqu'à la prochaine bataille, muette et aveugle. Ici, c'était l'inverse. La nuit, la forêt se montrait sereine, accueillante, immobile face aux

Oniscides, épuisée par la journée qu'elle venait de passer. Une journée d'effervescence, de travail acharné, d'efforts considérables au nom d'une servitude volontaire pour des hommes différents des autres. Des hommes qui ne l'abattaient pas pour servir leurs envies, assouvir leurs caprices de pouvoir et d'ostentation, mais des hommes qui la consolidaient, la respectaient, lui donnaient autant qu'elle leur offrait.

La végétation prêtait son repos à ce peuple pendant quelques heures, le temps que celui-ci vaque à ses occupations avant d'inverser. Le peuple assoupi prêtait son repos au travail et à la vie végétale. Leur acuité visuelle étant semblable au reste des hommes, ils avaient dû s'adapter. Non seulement ils élevaient des araignées et exploitaient la solidité et l'élasticité de leur toile pour construire des passerelles et tresser des cordages, mais ils chérissaient également les vers luisants et les lucioles pour éclairer leurs pas dans l'obscurité, pour évoluer avec aisance parmi les chauves-souris et les papillons nocturnes. Ainsi, à la nuit tombée, les insectes, éparpillés dans les arbres, s'illuminaient et guidaient le peuple nocturne. Les petits faisceaux lumineux animaient la cité et, à chaque crépuscule, donnaient de nouvelles naissances à un peuple dissimulé, introuvable. L'existence des Oniscides était devenue, au gré des années, une légende, un conte parmi tant d'autres, inventé par les anciens comme héritage d'un monde que leurs enfants et leurs petits-enfants n'avaient pas connu.

Les habitations s'élevaient donc sur plusieurs niveaux selon les endroits et la hauteur des arbres, mais la plupart offraient une élévation suffisante pour abriter quatre étages. Les logements formaient des alvéoles reliées entre elles par des passerelles naturelles ou artificielles. Chaque dizaine de cabanes était alimentée par un grenier commun réapprovisionné à l'aide de paniers montés par des cordes et des poulies. Oranne, affamée, décida d'aller piocher dans le grenier de son quartier, priant pour ne pas croiser trop d'Oniscides susceptibles de la reconnaître et de l'assaillir de questions au réveil. Elle prit deux pommes, du raisin et un morceau de viande dans une caisse remplie de sel. Puis elle se hâta de rentrer dans sa cabane. À peine eut-elle commencé à cuisiner que la porte s'ouvrit d'un coup de pied. Oranne, par réflexe, saisit un couteau et se retourna viscéralement. Salomé se tenait devant elle, un plateau dans les mains, contenant une salade de fruits et un morceau de bœuf fumant, délicatement parfumé à l'ail et au beurre.

Salomé était souriante, radieuse, comme à son habitude. C'était une magnifique jeune femme qui ne laissait personne indifférent, ni les hommes, ni les femmes. Sa présence, son attitude, ses mots marquaient les esprits. Elle parvenait à attirer l'attention de n'importe qui et devenait un objet de fascination ou de convoitise. Pourtant, Salomé ne voulait de personne, du moins personne n'avait trouvé grâce à ses yeux. Elle revendiquait sa solitude, son indépendance comme une religion, et plus elle repoussait les hommes, plus ceux-ci désiraient posséder celle que personne n'arrivait à avoir. Mais derrière ses convictions de femme forte se cachait la frustration de ne pouvoir vivre la vie qu'elle voulait, d'être celle qu'elle voulait. Elle était bien plus fragile et paralysée par la peur qu'elle ne s'efforçait de le croire. Elle entra, embaumant la cabane de sa bonne humeur presque communicative. Elle aurait voulu retrouver l'Oranne avec qui elle avait grandi, celle qui l'aidait et jouait dans les champs, qui partageait des plaisirs simples dans l'insouciance. Mais elle ne réalisait pas qu'Oranne avait changé, qu'elle ne pouvait peut-être plus s'adonner à ces enfantillages doucereux qui les avaient bercées jusqu'à il y a encore quelques mois.

— Ho ! Doucement, ce n'est que moi ! Quelques semaines à Perspicaris et voilà dans quel état je te retrouve ! Ne repars pas, cela ne te réussit pas.
— Excuse-moi... Je pensais... Rien, oublie.

Salomé ignora la nervosité de son amie et s'affaissa sur la banquette faisant face au comptoir délimitant l'espace de cuisine. Oranne s'assit en face d'elle et dévora.

— Tu viens travailler avec moi dans les serres aujourd'hui ? demanda Salomé.
— Pas cette nuit, laisse-moi le temps de reprendre mes marques, je te rejoindrai peut-être plus tard. Je voudrais m'entretenir avec Erthur.
— Allons-y, après avoir mangé.
— J'irai seule, Salomé.

Salomé fut surprise du ton sec de son amie. Habituellement, elles partageaient tout. Qu'avait-elle de si important à dire au chef des Oniscides pour l'exclure ainsi, pour la première fois depuis des années ? Qu'était-il arrivé à Perspicaris ? Oranne avait-elle tout dit hier soir ou attendait-elle d'être seule avec Erthur ? Salomé se vexa d'être ainsi mise à l'écart, de ne pas être jugée suffisamment digne de confiance pour partager ce qu'Oranne avait à dire. Celle-ci se braqua :

— Qu'est-ce que tu me caches, Oranne ? Qu'est-ce que tu ne veux pas me dire ?
— Ce n'est pas contre toi, vraiment. C'est pour te protéger et tu le sais.

— Me protéger de quoi ? On a le même âge, Oranne. Je ne suis pas une enfant. Alors épargne-moi cette excuse.
— N'insiste pas. Tu sais déjà tout. Je veux juste qu'on approfondisse le sujet et qu'il prenne conscience que vous êtes réellement en danger. Voilà. Je ne pense pas que les stratégies et les armes t'intéressent.
— Tu as changé, Oranne, qu'est-ce qui s'est passé là-bas ? Tu peux tout me dire, tu sais, je suis ton amie, depuis tant d'années.

Soupira la jeune femme. Oranne ne répondit pas et entreprit de déguster sa salade de fruits, puis elle se leva et se rendit chez Erthur, laissant Salomé seule chez elle avec ses questions et ses inquiétudes. À vrai dire, Oranne était davantage préoccupée par l'avenir des Oniscides que par les états d'âme de son amie. Elle aurait aimé être capable de se confier à elle, de rire comme avant, mais elle en était incapable sans pouvoir se l'expliquer. La milice avait vu son tatouage, devait-elle le dire à Erthur ? Certes, celui-ci était conscient que la milice les cherchait, mais cette menace lui semblait latente, trop lointaine pour qu'il prenne la mesure de la gravité. Oranne frappa chez son ami et entra, décidée à lui dire la vérité. Erthur se rasait grossièrement au-dessus de sa vasque de bois, laissant tomber la majorité de ses poils sur le parquet ciré.

— Alors, c'est comment de se retrouver chez soi, Oranne ? demanda-t-il sans même se retourner.
— Plaisant, lâcha froidement Oranne, le visage crispé.

Elle le regarda patiemment se rincer le visage, contempler quelques instants son reflet dans le miroir puis chasser d'un geste de la main les toiles d'araignées nichées dans la corniche de la lucarne face à lui. Les Oniscides élevaient des araignées dans des serres puis récupéraient leur toile épaisse et adhésive qu'ils tressaient pour en faire du tissu et des cordes à la résistance inégalée. En se retournant, Erthur perçut la gravité du visage de sa protégée.

— Tu ne m'as pas tout dit, c'est cela ?
— Exact.

Elle se laissa lourdement tomber dans le fauteuil qu'elle avait l'habitude d'occuper, puis se confia sans retenue à son ami, lui racontant ses péripéties, de son arrivée à Perspicaris jusqu'au sacrifice de Cratyle. Péniblement, elle lui expliqua que les Myrmidons avaient vu son tatouage et voyaient en elle la chance ultime de trouver les Oniscides, de les massacrer. Elle lui parla également de Lookim dont elle avait assassiné les hommes puis épargné la vie, de la cruauté et de la délectation avec lesquelles elle avait éliminé les Myrmidons. L'impassibilité d'Oranne, lorsqu'elle racontait ses meurtres, le terrifiait. Il découvrait avec effroi ce qu'elle était réellement devenue en quelques semaines, ce qui se cachait derrière son regard perçant et constamment préoccupé. Elle n'éprouvait aucun remords, que des regrets de ne pas avoir eu la possibilité et la capacité d'agir davantage, de tuer davantage. Il avait laissé partir une enfant, il retrouvait un fauve assoiffé de sang. La guerre, si elle éclatait un jour, était perdue d'avance, même s'il n'osa pas l'avouer à Oranne. Quel poids avaient leurs arbalètes et leurs pièges face aux armes à feu ? Encore une fois, l'Homme écraserait la nature avec sa haine et ses technologies de plomb et d'acier. Les Oniscides ne s'étaient jamais préparés à l'éventualité de se battre. Depuis une décennie, ils vivaient ici, loin des tensions créées par l'appât du gain et la soif de pouvoir, la folie humaine. Mais la réalité les rattrapait. Oranne lui jetait l'évidence au visage, elle, l'enfant qu'il avait recueillie et élevée. Devait-il prendre les armes, celles que son peuple n'avait même pas songé à fabriquer ? Était-il judicieux de prévenir son peuple et de le pousser à se battre ou au contraire de le maintenir dans l'illusion jusqu'au bout et détruire en quelques mots leur empire pacifique ? Il tenta de masquer son émotion et ses questionnements, mais son regard soucieux n'échappa pas à Oranne.

— Que comptes-tu faire ?
— Je ne sais pas, Oranne, je ne sais vraiment pas. Je vais avoir besoin de temps pour réfléchir et prendre la meilleure décision.
— Tu vas sauver ton peuple, n'est-ce pas ? Je serai à vos côtés.

Erthur hocha la tête, mais la pensée qu'elle doive lutter et peut-être perdre la vie pour une cause déjà perdue lui déchirait le cœur.

— Dis-moi que tu feras tout pour le sauver, Erthur. Promets-moi qu'on ne subira pas. Qu'on fuie ou qu'on se batte, même si tu sais aussi bien que moi que c'est vain, promets-moi de sauver ton peuple.

L'homme considéra Oranne quelques instants et la honte l'envahit. Elle avait la fougue et la hargne qu'il ne souhaitait plus avoir, l'élan de la jeunesse qui éradiquait les peurs et laissait place à l'insouciance. Lui, l'un des représentants des cinq tribus Oniscides, avait perdu cela. Il avait toujours été au-dessus de la violence. Il préférait les combats d'esprit à ceux du corps. À cet instant précis, Oranne avait davantage l'étoffe d'un chef que lui. Confus, il finit par sourire face à l'enthousiasme de sa protégée.

— Je te le promets. Ils ne nous auront pas si facilement. Je vais réunir le peuple et le solliciter pour poser des pièges, construire des armes. Nous ne savons pas combien de temps nous avons. Ils peuvent débarquer à tout moment et nous devons nous tenir prêts.

Croyait-il seulement en ses paroles ? Tiendrait-il sa promesse ? La guerre était-elle réellement imminente ou Oranne l'avait-elle prévenu pour pallier son propre échec ? Oranne prit congé de son hôte afin de le laisser réfléchir et éventuellement mettre en place une stratégie de défense. Elle sortit de la cabane et décida de faire un tour dans la cité ; cela l'aiderait peut-être à se sentir de nouveau chez elle, en sécurité et parmi son peuple d'adoption. Elle craignait seulement les questions des autres habitants concernant son absence et son retour inattendu. Avant d'entreprendre sa visite, elle repassa à sa cabane prendre ses armes et emprunta un escalier pour descendre à l'étage inférieur. Les étals marchands se trouvaient essentiellement au premier niveau ; les artisans et les marchands logeaient au-dessus de leur boutique.

La plupart s'étaient reconvertis en venant ici, car rien ne les prédestinait à exercer une telle profession. La survie et la nécessité leur avaient permis de révéler un talent évident que la conjoncture économique de Perspicaris n'aurait pas exigé. Ainsi étaient nées des professions nouvelles, en accord avec l'environnement dans lequel chacun évoluait. Les circonstances et le mode de vie des Oniscides avaient créé une nouvelle économie fondée sur le troc. Les Oniscides, passés maîtres dans l'art de négocier, déambulaient d'une boutique à l'autre, flânant sur des ponts de cordages étroits, et chacun tâchait d'y trouver son compte dans le respect d'autrui. Beaucoup la saluèrent timidement et la gratifièrent d'un sourire compatissant et gêné. Elle connaissait l'état actuel du conflit, détenait une vérité qu'ils préféraient ignorer, alors ils s'abstenaient de poser des questions.

Quelques mètres plus bas s'affairaient les agriculteurs, travaillant avec acharnement et amour leur terre d'accueil. De grandes lavatères fuchsia entouraient le lac tandis que des rosiers grimpants ornaient les serres nervurées de lierre. Le lac, tapi entre de hautes gorges aux parois escarpées, était alimenté par des cascades. Les saules pleureurs centenaires venaient tremper leurs bras tandis que les Oniscides plongeaient les leurs pour remplir des carafes et des jarres sculptées dans le bois. La végétation luxuriante habillait toute trace d'intervention humaine, les feuilles, énormes, masquaient la plupart des habitations nichées ici et là dans les dix hectares de l'empire. Les branches et les racines s'entrelaçaient sur plusieurs niveaux, créant ainsi un réseau de communication entre les différentes alvéoles habitables. Une alliance d'herbe et de mousse douces et épaisses tapissait la terre fertile, mise à nu uniquement dans les serres. Le royaume insulaire s'étendait autour des gorges, étranglé par la marée terrifiante alentour.

Les Oniscides semblaient coupés du monde, maîtres de celui qu'ils avaient créé. Pour beaucoup, au-delà de la forteresse de ronces et de branchages, il n'y avait rien. Seuls des échos et des légendes concernant un territoire souillé par les guerres et la folie humaine venaient heurter l'innocence des enfants. Oranne avait été confrontée au monde extérieur, elle faisait partie des rares qui connaissaient ce qu'il y avait au-delà de leur empire. Les Oniscides craignaient qu'elle n'en dise trop, qu'elle vienne troubler leur sérénité avec une vérité qu'ils ne voulaient pas entendre. Après avoir traversé le canyon sur un pont de toile d'araignée, elle se rendit chez l'armurier qu'elle connaissait bien. C'était lui qui avait méticuleusement fait chacune de ses armes, hormis les deux poignards appartenant à son père.

Celui-ci, torse nu et ruisselant de sueur, polissait l'embout d'un carreau. Par moments, il repoussait ses longs cheveux miel de sa main crasseuse puis répartissait les braises à l'aide d'un tisonnier. Oranne donna un petit coup dans la cloche à l'entrée de la forge. L'homme se retourna et après quelques secondes d'inertie, s'exclama :

— Regardez qui voilà ! Oranne esquissa un sourire et se laissa étreindre avec une moue dégoûtée.
— Quand es-tu rentrée ? Comment vas-tu ?
— Hier et je vais bien, comme tu peux le constater. Et toi ? Ta femme ? Tes enfants ?
— Tout le monde va bien. Isea est avec les enfants dans les serres. Tu ne les as pas vus ?
— Je ne suis pas encore descendue. Je sors de chez Erthur.
— Il doit être tellement heureux de te revoir. Alors, le monde extérieur, qu'en as-tu pensé ?
— C'est complètement différent des légendes que les vieux nous racontaient le soir étant enfants. C'est aussi attrayant qu'effrayant. J'ai séjourné quelque temps à Perspicaris et j'ai voyagé dans le territoire d'Anaklia. Je n'ai pas eu le temps de m'aventurer plus loin...

L'armurier sentit qu'il ne fallait pas insister davantage. Sous ses traits bourrus et sa musculature saillante, l'armurier était sensible et parvenait à lire dans le miroir de l'âme.

— Montre-moi tes armes, tu as dû me les massacrer.

Oranne retira son arbalète et lui tendit ainsi que ses deux poignards, son couteau, ses carreaux et sa machette.

— Par la Nature, qu'as-tu fait pour les mettre dans un état pareil ? demanda-t-il en passant son index sur les différentes lames.
— J'ai égorgé des Myrmidons, dit-elle sans ciller. Arkero prit un air dégoûté et retira vivement son doigt. L'idée que ces armes aient pu être tachées par le sang des Myrmidons le répugnait.
— Reviens les chercher demain soir. Elles seront prêtes. Je me permettrai sûrement quelques modifications, ne m'en veux pas.

— Fais ce que tu veux. Merci beaucoup. Qu'est-ce que je te dois ?

Arkero sourit.

— Mais rien, idiote. Depuis quand tu me dois quelque chose ? Tu restes parmi nous ?
— Pour l'instant oui, j'ignore ce que je vais faire ensuite. J'ai bien envie de repartir.
— On ne te gardera pas parmi nous, n'est-ce pas ?
— Non, je ne pense pas. Vous avez vu le monde, moi non, et je ne veux pas m'en faire une idée à travers vos récits. Je veux l'explorer moi-même, aussi hostile soit-il.
— Tu seras déçue, il ne t'apportera rien. Partout où tu iras, tu trouveras la même chose. La cruauté humaine.
— Justement, répondit froidement Oranne. C'est à moi d'en juger. Peut-être qu'il y a quelque chose à puiser partout où j'irai. Je refuse de croire que tout est comme vous, les survivants, le décrivez.

Arkero sourit, détournant le sillage emprunté par les gouttes de sueur, qui d'ordinaire, se frayaient un chemin dans les rainures naissantes de sa peau, tannée par les morsures du temps.

— Je vais me promener. À demain et merci Arkero.

Oranne sortit de la forge. Autour d'elle, les lucioles et les vers luisants virevoltaient avec une grâce et une aisance désinvolte, accompagnant les premières agitations nocturnes du peuple, concurrençant les étoiles et la lune flave au-dessus d'eux. L'air, pourtant hivernal, avait une douceur et une tiédeur réconfortantes. Oranne frissonna de bien-être et, prise d'un élan soudain, s'élança des passerelles aux sentiers végétaux jusqu'à la cime du plus grand des séquoias, surplombant ainsi l'ensemble des Oniscides. Leur course effrénée avait débuté depuis plus d'une heure. Dès lors que le ciel était vidé de la menace solaire, les Oniscides sortaient de leur refuge boisé, courant sur les passerelles étroites et tanguantes avec une énergie qui n'appartient qu'à l'euphorie suscitée par l'obscurité, s'arrêtant furtivement pour échanger des banalités entre citoyens avant de poursuivre leur course. Ils déambulaient, chargés de provisions, de niveaux en niveaux, de la terre au ciel, de la poussière aux nuages, afin d'alimenter les greniers, approvisionner les citernes d'eau perchées dans les arbres ou marchander de quoi subvenir à leurs besoins dans les quelques étals suspendus.

Les enfants galopaient hors d'haleine dans cet immense terrain de jeu, bousculant sur leur passage ceux qui osaient interrompre leurs jeux enfantins, puis, ruisselants de sueur, se jetaient dans le lac, éclaboussant les vieilles femmes, qui à défaut de pouvoir travailler dans les serres, contribuaient à la vie en collectivité en lavant le linge ou la vaisselle. La gloire de l'obscurité emplissait alors ces survivants d'une joie qui, malgré la rudesse de leur vie, les faisait sourire sans arrêt. Les Oniscides régnaient sur la vie et sur la nuit, et ce que la nature a de plus fastueux à offrir, avec humilité et respect, en ayant conscience qu'ils jouissaient, aussi passagère cela puisse-t-il être, de richesses irremplaçables. Et lorsqu'enfin, ils s'accordaient quelques instants de répit sous l'éclat lunaire et prenaient le temps de contempler le travail accompli après avoir arrosé la glèbe de leur sueur, certains ressentaient une osmose éphémère, un battement commun entre le monde et leur cœur. Oranne perdit la notion du temps à les regarder fourmiller inlassablement. Des effluves de nourriture vinrent émoustiller son olfaction jusqu'à son promontoire. Salomé vint la tirer de sa rêverie :

— Je savais que je te trouverais là ! hurla-t-elle d'une passerelle. Qu'est-ce que tu fais ? Viens manger, on va fêter ton retour ! Descends !

Oranne soupira, agacée d'avoir été brusquement arrachée à sa contemplation, puis se laissa glisser jusqu'à Salomé. Celle-ci avait le front luisant de sueur, des traces de terre sur le menton et les joues, des bouts de feuilles s'étaient logés dans sa crinière rousse et pourtant, malgré son état de crasse, elle ne perdait en rien de sa beauté, celle qu'Oranne avait toujours admirée. Salomé gratifia son amie d'un large sourire et l'invita à la suivre.

— Je n'aime pas trop l'idée que l'on m'organise une fête, tu sais... Je n'ai rien fait de glorieux. Rien qui ne mérite un tel événement.
— Tu es revenue en vie, c'est suffisamment incroyable pour qu'on le fête. Tu es encore plus sauvage qu'avant, toi ! Allez, viens, dit-elle en la tirant par la main. N'aie pas peur !
— Je n'ai pas peur. Je ne mérite pas cette fête. C'est tout. Fêtons la joie d'être ensemble, mais pas mon retour.
— Fêtons ce que tu veux, finit par lâcher Salomé, exaspérée. Isea m'a demandé toute la journée où tu te cachais, elle sera contente de te voir.

Oranne ne répondit rien et se contenta de suivre son amie à contrecœur jusqu'au lieu de réception. Les Oniscides hâtaient le pas, abandonnant leur poste, s'essuyant rapidement le front du revers de la manche avant de s'engager sur les passerelles, attirés par le doux fumet qui s'échappait des plats dans la vallée. Une nuée de lucioles vint se mêler au flot humain acheminant vers la terre ferme. Les enfants, dont la sève coulait dans les veines, n'empruntaient pas les sentiers communs, mais se laissaient glisser sur la mousse, se rattrapaient agilement à des cordes ou des branches puis se jetaient momentanément dans le vide avant de se réceptionner dans la glaise. Leur principal jeu était d'essayer de semer les lucioles, de les devancer, mais les lampyres, bien plus légères et agiles que les enfants, se faufilaient dans les moindres recoins, connaissaient le moindre tunnel rongé par les termites, dansaient entre les feuilles sans se soucier de la pesanteur.

Alors les enfants, perdants et déçus une fois de plus, revenaient brutalement sur le sol et à leur condition humaine, les vêtements déchirés, les genoux et les mains égratignés. Oranne avait été l'une d'eux, jouant avec la hauteur, les lucioles et l'obscurité. En suivant sagement Salomé sur les passerelles, elle se souvint à quel point, durant les quelques années passées ici, elle avait été heureuse et insouciante. Non seulement elle avait été libre, mais en sécurité, un privilège qu'elle n'avait pas à l'extérieur. Elle effleura son tatouage prouvant son appartenance à ce peuple qui l'avait accueillie et élevée, moins réticente à l'idée de se rendre à la réception en son honneur. Elles traversèrent les serres puis contournèrent le lac, où les vers luisants s'agglutinaient essentiellement, puis se rendirent sur le lieu de réception. Elles pénétrèrent sous une nef formée par l'enlacement de branches d'arbres alignés sur une dizaine de mètres. Le sol, de mousse spongieuse, caressait leurs pieds à chacun de leurs pas.

Le regard se perdait dans la voûte constellée de vers guidant leur progression émerveillée. Un escalier formé par l'enchâssement de branches s'ouvrait en demi-lune devant elles. Une douce musique s'éleva au gré de leur ascension, accompagnée par des voix douceureuses chantant la suavité de la vie sauvage. Elles gravirent la dernière marche. La cathédrale végétale contenait le peuple Oniscide réuni pour le retour miraculeux d'Oranne, pour le plaisir d'être ensemble, pour la gloire et la sauvegarde d'une humanité ailleurs perdue. Au fond de l'abside, se tenait un autel de jarres de Kann sur lequel étaient posés des plateaux de mets à base de racines et de fleurs. De part et d'autre, des colonnes de lierres et de glycines rejoignaient la coupole. Plusieurs longues tables avaient été disposées dans le transept de sorte à ce que chaque convive puisse voir l'ensemble de l'assemblée. Erthur aperçut Oranne et lui fit signe de s'approcher. Celle-ci, intimidée, hésita puis s'avança à travers la foule, poussée par Salomé. Sur son passage, les Oniscides s'écartaient en chuchotant, d'autres l'acclamèrent et la félicitèrent chaleureusement. Oranne se demanda ce qu'ils imaginaient qu'elle avait fait. Ils glorifiaient une héroïne qui n'en était pas une. Elle leur rendit leurs sourires par convention sociale, par politesse forcée, mais le malaise la gagnait. Erthur l'étreignit chaleureusement et lui murmura :

— Ne repars plus, ta place est parmi nous.

Ces quatre derniers mots la glacèrent. Pourquoi fallait-il qu'elle ait une place ? Définie qui plus est par quelqu'un d'autre qu'elle, qui estimait pouvoir juger de l'emplacement qu'elle était censée remplir dans ce monde. Erthur fit ensuite signe à son peuple de s'installer autour de la table. Oranne s'assit entre Erthur et Salomé. Aussitôt, les verres se remplirent de Kann, Arkero saisit le sien, se leva, racla sa gorge plusieurs fois afin de réclamer l'attention. La foule se tut progressivement. Arkero souleva son verre et dit avant de le boire d'une traite :

— Au retour d'Oranne, à nous !

Les Oniscides levèrent tous leurs verres, répétant les paroles d'Arkero. Celui-ci saisit un imposant paquet sous la table et se dirigea vers Oranne.

— Tu dois te douter du contenu.

Émue, Oranne le fixa longuement avec affection et reconnaissance. Arkero mesurait la préciosité de cet échange muet. Il retourna s'asseoir et se resservit un verre de Kann sous les remontrances d'Isea. Les premiers plats furent déposés sur les tables, aussi colorés que parfumés, aussi généreux qu'alléchants. Le repas débuta, les jarres de Kann se vidèrent rapidement, le liquide sucré coulait à flot, réchauffait les corps et les cœurs, désinhibait, rendait plus insouciant qu'avant. Le monde se réduisait à la cathédrale végétale où s'alanguissaient les corps, se tendaient les panses et rougissaient les visages. L'édifice devenait un havre insulaire, coupé du reste de l'empire, un bout d'Éden émietté auquel chaque Oniscide se raccrochait le temps d'une soirée. En cette fin de nuit, seul l'alcool avait une prise sur eux. Le temps, les événements, la rudesse de l'existence, plus rien ne les atteignait plus.

Même Oranne finit par se détendre, se laisser bercer par les chants et la musique, la chaleur humaine et les effets du Kann. Elle ressentait tout cet amour émanant de ces individus, ces survivants, qui par nécessité s'étaient unifiés, avaient appris à vivre ensemble dans un altruisme et une bienveillance qu'une autre conjoncture n'aurait pas permis. N'y avait-il que le besoin qui créait une solidarité, consolidait les existences ? Par-delà l'instinct primitif de l'Homme qu'était de survivre, s'était établi un substitut édénique où chacun veillait au bien-être d'autrui. Oranne contempla, avec toute l'affection et la sensibilité dont elle était capable, ces hommes, ces femmes, ces enfants et ces vieillards qu'elle ne connaissait finalement pas, les enveloppant d'un amour universel et insoupçonné, d'une adoration pour la vie. Dans cette société où le mal ne s'infiltrait pas, elle se sentait vivante, non pas par adrénaline meurtrière, mais par mystique sauvage.

Dehors, les premières lueurs solaires commençaient à hachurer l'horizon, les nuances pourpres et de nacarat s'infiltraient dans les interstices du toit de l'édifice, arrachant les Oniscides à l'extase collective. La musique s'arrêta, marquant la fin des festivités et poussant les résidents les plus craintifs à se disperser rapidement. Seuls, quelques courageux se traînèrent autour des tables afin de les débarrasser de la vaisselle et des excès de la nuit, des vestiges d'une nuit d'euphorie dans l'attente silencieuse qu'elle se poursuive encore et encore. Oranne finit par se joindre à l'effort, nullement fatiguée.

— La soirée t'a plu ?

Lui demanda timidement Isea en saisissant les carafes vides de Kann. Toute la soirée, celle-ci avait cherché à établir un contact avec l'Oniscide prodige, continuellement happée par la foule et soumise à d'innombrables questions. Isea était la créature la plus délicate qu'Oranne connaissait. Chacun de ses mouvements était effectué avec une grâce faussement calculée et faisait danser sa longue chevelure ambrée comme un voile protégeant l'épouse d'Arkero du reste du monde. Jamais elle ne s'était plainte ou n'avait exprimé le regret de sa vie d'avant. Elle acceptait la tragédie de l'existence, la mort et la souffrance. Se rebeller, selon elle, rendait bien plus malheureux et insatisfait que d'accepter l'inévitable. Cette force muette lui permettait d'adorer la vie, de savourer chaque petit plaisir simple qu'elle lui offrait. De cet être frêle émanait de l'amour et de la bonté pour tous ceux qu'elle côtoyait, pour tout ce qui se trouvait sur son chemin. Oranne lui sourit :

— Oui, cela m'avait manqué. J'avais oublié à quel point cet endroit est apaisant.
— Mais tu comptes repartir tout de même, n'est-ce pas ?

Oranne ne fut pas surprise qu'elle pressente cela, son besoin d'ailleurs, sa soif du monde. Sûrement la partageait-elle, aussi inavouable cela puisse-t-il être.

— Oui, je vais repartir, je ne sais pas encore où ni quand, mais je repartirai. Je suis revenue car j'avais besoin de me ressourcer.
— Je comprends, dit-elle, posant doucement sa main sur son avant-bras. Arkero et moi respecterons ton choix. Tu es jeune, tu n'as aucune attache, profites-en. Tu nous as, nous, mais nous ne sommes pas ta famille, seulement tes amis.
— Erthur ne me laissera jamais repartir...
— Il n'a pas à choisir pour toi, Oranne. Tu es libre.

Une timide complainte s'éleva au fond du chœur puis la voix de Salomé l'accompagna, déchirant l'obscurité naissante et sollicitant l'attention des Oniscides restants.

Univers de marbre ou de poussière

Où sourires et larmes

Ignominies et charmes

Se côtoient et se toisent

Se battent et se croisent

De sève et de sang

D'écorce et de peau

Terre et vent

Entre cieux et eaux

Nos racines dans le même embryon

Entre attirance et répulsion

Des milliards de pas Couvrant le globe

Des milliards de bras

Main dans la main l'englobe

Entre ciel et noyau terrestre

Bas-fonds et céleste

Fragile univers

De marbre et de poussière

Nous étions dix milliards

Errant sur les trottoirs

Huit cent vingt-huit millions

Flânant vers l'horizon

Cent cinquante-sept milles

Frêles comme des brindilles

Infimes grains de sable

Aimant et haïssables

Souvent entre nos mains

Souvent lors du déclin

Des existences humaines

S'égrènent, s'égrènent

Naissent, ondulent et meurent

Hurlent, crient, rient et pleurent

Sur les tombes et berceaux

Créatures du Renouveau

Se regardent et s'apprivoisent

Déambulent et se croisent

S'aiment et se déchirent

Se rejettent et s'attirent

Souvent entre nos mains

Souvent lors du déclin

Des existences humaines

S'égrènent, s'égrènent

Chapitre 7

Les glâtissements furieux de Perce-Neige arrachèrent Oranne à un sommeil serein qu'elle savourait depuis désormais plus d'un mois. L'Oniscide se leva d'un bond, s'arma, s'habilla et sortit comme une furie de sa cabane pour se ruer dans celle d'Erthur. Dehors, Perce-Neige dessinait de grands cercles, ses cris perçants résonnaient dans toute la vallée.

— Ils sont là ! hurla Oranne en ouvrant violemment la porte.
Erthur ouvrit un œil puis bougonna. Des bouteilles vides de Kann entouraient son lit, trahissant ses excès nocturnes.
— Lève-toi, Erthur, vite ! Ils arrivent !
L'homme se hissa difficilement hors de son lit et répondit d'une voix si calme qu'elle agaça l'Oniscide :
— Va sonner la cloche d'alerte, j'arrive. Chacun sait ce qu'il a à faire.
L'Oniscide soupira et s'exécuta. La cloche d'alerte résonna furieusement dans la vallée, ses retentissements se répercutant en échos sourds jusqu'aux alvéoles perchées des dizaines de mètres plus haut. Aussitôt, des pas pressés et affolés se précipitèrent sur les passerelles, hommes, femmes et enfants prenaient place à leur poste. Les ténèbres d'ébène étouffaient les étoiles et la lune, refusant d'offrir leur éclat cette nuit-là. Cette opacité était un avantage considérable pour le peuple. Oranne décida de partir seule en éclaireuse, afin de localiser l'ennemi. Elle n'avait qu'à suivre Perce-Neige. Les deux compères quittèrent le fort végétal et progressèrent dans les bois, tous sens en alerte.

L'aigle se posa après moins d'un kilomètre de marche sur une branche, à une distance sécurisante des premières escouades de Myrmidons. Ceux-ci progressaient lentement, peinant à s'extraire de la végétation dense. Leurs silhouettes, à demi courbées, déformées par leur accoutrement et leur armement, chassaient l'obscurité du faible faisceau de leur lampe. Savaient-ils précisément où trouver les Oniscides ? La forêt, truffée de pièges, ralentirait les premières vagues ennemies. Oranne ne s'attarda pas, ne souhaitant pas se risquer davantage. Les Oniscides pourraient estimer les effectifs du haut des promontoires. Elle fit donc demi-tour et alla prévenir les siens.

Quelques Oniscides s'étaient rassemblés devant la cathédrale végétale autour d'Erthur, qui tentait à chaque phrase de contenir ses relents d'alcool. Oranne se joignit à eux, écoutant les directives. Son père adoptif savait exalter les foules, pousser les siens à donner le meilleur d'eux-mêmes. Il les galvanisait. Oranne l'interrompit et fit un compte-rendu de ce qu'elle avait vu : ils étaient à moins d'un kilomètre. Arkero suggéra que quelques-uns se dévouent pour aller les accueillir à l'extérieur, au corps-à-corps, afin d'égrener ceux qui atteindraient l'intérieur. Une vingtaine se proposèrent, dont Oranne. Salomé, qui s'était mêlée discrètement à la foule depuis le début, se proposa aussi, bien qu'elle ne se soit jamais réellement battue. Cette nuit était pour elle l'occasion de vivre ses fantasmes guerriers autrement que par procuration. Cette nuit, elle pourrait faire ses preuves et partager cela avec Oranne, comme autrefois. Peut-être retrouveraient-elles ainsi la complicité perdue depuis le départ d'Oranne. Erthur n'y vit pas d'inconvénient : après tout, chacun était libre d'estimer ses capacités. Mais Oranne connaissait celles de son amie.

— Salomé… Je ne suis pas sûre que cela soit une bonne idée.
— Pourquoi ne devrait-il y avoir que toi pour te battre, Oranne ? Moi aussi, je veux me rendre utile.
— Alors tu devrais te mettre en retrait avec les archers, ils seront rapidement d'une aide précieuse. Mais s'il te plaît, ne va pas au corps-à-corps, ils vont te massacrer.
— Et toi alors ? Tu es invincible ? Tu es de chair et d'os autant que moi.

Oranne ne répondit pas et capitula, sachant que, quoi qu'elle dise, Salomé ne céderait pas.
— Reste près de moi alors.
Salomé sourit, bien qu'agacée par le ton condescendant de son amie.

Après s'être armée, la troupe sortit de l'enceinte Oniscide et se divisa en duos.
— Il faut les tuer ? demanda naïvement Salomé.
— De préférence, oui. Maintenant, plus un bruit. Suis-moi.

Les deux jeunes femmes contournèrent une escouade de six individus pestant contre les ronces qui leur agrippaient les jambes et contre les branches dans lesquelles ils se cognaient régulièrement.

— Franchement, s'énerva l'un d'eux, qui voudrait vivre ici ? Sommes-nous seulement sûrs qu'il y a ces sauvages d'Oniscides dans ce merdier ?
— D'après nos sources, ils ont été aperçus dans le coin. On les trouve, on les tue tous et on fait cramer leurs cabanes. Point barre. Ce sont des bêtes sauvages, ça va être simple.

La présence de Salomé s'avérait être plus un handicap qu'un avantage. Oranne allait devoir non seulement faire le travail pour deux, mais aussi veiller sur elle. Elle fit signe à son amie de la suivre en rampant. Telles deux prédatrices, elles se faufilèrent à quelques mètres de leur proie, prêtes à bondir. Salomé tremblait, à la fois terrifiée et électrisée par l'adrénaline qui montait. Elle sentait son cœur battre à un rythme effréné, ajustant maladroitement son arbalète. Oranne banda la sienne, visa le talon du Myrmidon fermant la marche et décocha un carreau. Celui-ci se planta dans sa cible, qui se mit à hurler de douleur. Les autres se retournèrent, pointant l'obscurité de leurs armes, cherchant avec leur lampe l'ombre d'une menace. Le blessé retira le carreau en serrant les dents et tourna sur lui-même, faisant des signes silencieux à ses compères. Un second carreau se ficha dans sa nuque, le faisant tomber à terre. Les autres paniquèrent, incapables d'identifier d'où venait la menace.

— À terre ! ordonna l'un d'eux.

Aussitôt, les cinq Myrmidons se plaquèrent au sol, disposés comme les pétales d'une fleur afin de couvrir le plus d'espace possible et de surveiller les arrières de leurs voisins. Oranne tenta d'expliquer son plan à Salomé et s'éloigna d'elle. Elle grimpa à un arbre, atteignit une branche au-dessus des Myrmidons, puis fit signe à Salomé de lancer l'assaut. Celle-ci décocha plusieurs carreaux, visant les rares zones de peau nue de l'ennemi. Oranne tira les siens à son tour et se lança sur eux, machette à la main. Ce que vit alors Salomé la choqua tant qu'elle ne parvint plus à viser justement. Son amie d'enfance bondit de son perchoir et se jeta sur l'un des Myrmidons auquel elle trancha la gorge. À peine relevée, du revers de la main, elle trancha l'arrière du genou d'un autre, puis, après une roulade pour éviter les balles du dernier, saisit l'arme d'un cadavre et vida le chargeur sur sa dernière cible. L'Oniscide se releva lentement puis se dirigea vers le Myrmidon à la jambe à moitié sectionnée et lui dit :

— Maintenant, tu peux vraiment dire que nous sommes des sauvages.

Elle lui enfonça sa machette dans le front avant qu'il ne tire.
Après avoir récupéré les armes des Myrmidons, elle se dirigea vers Salomé, terrorisée.

— Tiens, dit Oranne en lui tendant un revolver. Cela peut être utile.
— Alors c'est cela que tu as fait à Perspicaris ? Tu as appris à tuer des Myrmidons ?
— On en discutera une autre fois. Viens.

Salomé ne suivait plus son amie, mais une étrangère, un fauve, assoiffé de chair et de sang. Comme elle avait eu tort de croire qu'Oranne serait toujours la même. Elle éprouvait pour elle un mélange d'admiration et de crainte.

Après quelques minutes de marche silencieuse, Oranne s'arrêta brusquement, tendant le bras pour retenir son amie. Un Myrmidon était tombé dans un des pièges Oniscides, une grande fosse où l'avaient accueilli de longs pieux aiguisés. À entendre ses plaintes, il devait être bien amoché, et ses coéquipiers, à plat ventre, tentaient de le sortir. Oranne et Salomé échangèrent un regard complice et foncèrent sur les Myrmidons pour les pousser dans le piège. Mais la cible de Salomé lui attrapa la cheville et l'entraîna avec lui. Ses deux partenaires ayant amorti sa chute, il n'était pas blessé et pointa une arme sur la tempe de Salomé, l'autre en direction d'Oranne.

— Maintenant, ça va être très simple, dit-il. Soit tu m'aides à remonter, soit je la tue.

Pour la première fois de sa vie, Salomé se retrouva paralysée par la peur. Son corps tremblait, incapable de réagir malgré les cris d'Oranne. Cette dernière se baissa et tendit la main au Myrmidon. Celui-ci lâcha Salomé et de l'autre main s'agrippa au rebord du piège. Oranne profita que son équilibre dépende de la main qui tenait l'arme pour brandir sa machette, cherchant à la lui planter dans la nuque. Mais elle mésestima son adversaire qui lui saisit la cheville et la ramena vers lui, lui faisant perdre l'équilibre. Oranne sortit un poignard dans son dos et le planta dans la main de l'homme, puis lui donna un coup de pied dans la tête. L'homme retomba en arrière sur un carreau que tenait Salomé. Celle-ci, plutôt que de l'achever, se servit de l'amoncellement humain pour se hisser hors du trou. Elle sortit ensuite son revolver, mais Oranne l'arrêta.

— Non, surtout pas. On va alerter tout le secteur avec la détonation.

Elle balaya les alentours et saisit une grosse branche avec laquelle elle frappa la tête du Myrmidon jusqu'à sentir la boîte crânienne céder.
— Rentrons maintenant.

Les deux Oniscides rentrèrent rapidement. Les archers avaient pris leur place en haut des falaises, des séquoias, de chaque point culminant entourant leur empire sylvestre, prêts à repousser l'ennemi. Oranne souhaitait rester au corps-à-corps et, si besoin, se servir de son arbalète, mais refusait que Salomé la suive. S'était-elle enfin rendu compte qu'elle n'avait pas le niveau suffisant ? Qu'il ne suffisait pas d'avoir des armes et de la volonté pour vaincre ? Bien que des ordres aient été donnés et des plans établis depuis longtemps, l'Oniscide préférait agir seule et comme bon lui semblait. Erthur, escorté d'une dizaine des siens, donna ses dernières directives d'un air serein, tandis que l'angoisse montait chez le peuple.

Tout était en ordre, il ne manquait plus que l'ennemi. Oranne comptait sur Perce-Neige pour donner le signal. L'excitation croissait chez chacun d'entre eux, bien décidés à se battre pour la justice, pour ce qu'ils avaient mis des années à bâtir, pour que leur famille puisse continuer d'y vivre sereinement. Mais était-ce seulement possible maintenant que la milice connaissait l'emplacement ? Quand bien même ils la repousseraient, d'autres reviendraient et perturberaient leur tranquillité. Fallait-il vraiment se battre ? Malgré ces remarques qu'Oranne fit à Erthur en le prenant à part, celui-ci estima que oui.

Ils se devaient non seulement de protéger leurs biens, mais aussi de montrer toute la puissance Oniscide, d'honorer la légende et les autres peuples. Par loyauté et reconnaissance, tous les Oniscides le suivraient, quoi qu'il en coûte. Erthur n'avait qu'un ordre à donner pour tous les sauver : fuir. Mais son orgueil l'en empêchait, il leur imposait ainsi sa volonté, sa bêtise. Les autres duos rentrèrent au compte-goutte, échangeant leurs impressions, puis Perce-Neige surgit de l'ombre et donna l'alerte avant de se poser sur l'épaule d'Oranne.

Ils étaient là. Erthur lança le début de l'assaut et s'éloigna, escorté de ses gardes du corps. La première vague d'archers déferla une pluie de flèches alors que les Myrmidons n'étaient plus qu'à une centaine de mètres. Puissantes et précises, elles se plantèrent dans les parties vulnérables du corps des ennemis, là où leur équipement laissait passer la mort. L'obscurité ne leur permettait pas d'anticiper la trajectoire des flèches ni de localiser les arbalètes dissimulées dans la végétation. Ayant appris de leur mésestime des Oniscides, les escouades suivantes s'avancèrent, armées de casques et de boucliers, réduisant l'efficience des archers à néant.

Oranne décida de ressortir, se sentant inutile à l'intérieur, afin d'éliminer les survivants de la première vague de

Myrmidons. Elle s'éclipsa pour empêcher Salomé de la suivre et se rendit à l'extérieur. La cité Oniscide était cernée. Les flèches pleuvaient, couvrant les plus courageux qui, à l'instar d'Oranne, terminaient le travail des archers. L'Oniscide se mouvait dans la pénombre, achevant les blessés, décapitant les rescapés, jouant avec les plus alertes. Dès qu'elle en avait l'occasion, elle dépouillait les cadavres de leurs armes afin d'en approvisionner les Oniscides. La seconde vague de Myrmidons approchait dangereusement.

Combien étaient-ils ? Iraient-ils crescendo, réalisant que les sauvages qu'ils venaient tuer n'étaient pas aussi faibles qu'ils le pensaient ? Oranne se hâta d'achever son office, puis, se sentant en danger, décida de contourner les escouades pour les abattre par surprise et anticiper une éventuelle troisième vague. Les Myrmidons atteignirent les premiers remparts dont ils devinaient les ombres colossales et menaçantes. À peine les avaient-ils frôlés que des coulées de sèves de chélidoines, affectant les muqueuses et les voies respiratoires, et d'arum maculé, provoquant des troubles cardiaques à forte dose, dégoulinèrent sur eux. Pour finir, les Oniscides lâchèrent des cuves de latex de mancenillier et de palétuvier aveuglant.

Des cris et des quintes de toux s'élevèrent. Oranne et les autres Oniscides restés dehors profitèrent de la cécité de l'ennemi pour fondre sur eux et les massacrer, ne leur laissant aucune chance. Oranne aperçut Salomé, à plusieurs dizaines de mètres, figée devant l'innommable auquel elle assistait. Elle était incapable de tuer, pourtant les circonstances lui facilitaient la tâche. Ceux qu'elle connaissait depuis son enfance, ses voisins, ses amis, ceux qu'elle côtoyait au quotidien, arrachaient la vie, montrant toute l'inhumanité dont ils étaient capables.

C'était la première fois qu'elle voyait des individus autres que les Oniscides. Alors c'était cela, l'Homme ? Cette soudaine prise de conscience l'effraya davantage. Pourquoi tous ne pouvaient-ils pas cohabiter, comme les siens ? Pourquoi se déchirer au nom de la vie en la volant aux autres ? Perdue dans ses pensées, elle ne vit pas un Myrmidon foncer vers elle, bien décidé à lui faire porter le poids de la vengeance collective. Oranne perçut la menace, acheva sa victime et se rua vers elle. Mais la distance était trop grande pour qu'elle puisse arriver à temps. Elle hurla le nom de son amie, priant pour qu'elle réagisse à temps.

Salomé réalisa la menace trop tard, mais parvint à sortir son arme. L'homme se jeta sur elle, la plaqua au sol et commença à la frapper. Une détonation se perdit dans les ténèbres. Perce-Neige, jusque-là occupé à s'attaquer à des proies inhabituelles, se rua sur le Myrmidon, piquant son crâne à grands coups de bec, en attendant que sa maîtresse arrive et lui transperce la gorge. Le sang aspergea Salomé, qui se dégagea difficilement, choquée et dégoûtée.

— Mer… Merci, Oranne.
— Remercie Perce-Neige, répondit Oranne en aidant son amie à se relever. Je crois que tu devrais rentrer maintenant.

— J'ai voulu y croire, croire que toi et moi étions encore semblables, que moi aussi, je pourrais aider, changer les choses.

Oranne lui prit la main délicatement.
— Je suis toujours là, Salomé. Tu peux aussi aider et changer les choses. Savoir tuer n'est pas la seule solution. Toi, tu es humaine, c'est ce qui pourra nous sauver.
— Tu l'es aussi, Oranne, derrière… derrière cette façade.
— Parfois, j'en doute. Mais aujourd'hui, je n'ai pas besoin de l'être. Je vais te raccompagner.

Oranne déposa son amie devant l'une des entrées souterraines avant de regagner le front. Après plusieurs heures de lutte, il ne resta qu'un charnier béant de Myrmidons et de quelques Oniscides. Tous attendaient une nouvelle vague, mais celle-ci ne vint pas. Connaissant les Myrmidons et leurs moyens, Oranne doutait que la bataille soit terminée. Était-ce une ruse ? Attendaient-ils le jour ? Dans environ trois heures. La défense Oniscide avait été sans faille. Malgré quelques pertes, ils s'en étaient relativement bien tirés. Après une heure d'attente, les Oniscides se réunirent devant la cathédrale, rapatrièrent les corps à l'intérieur ; quelques-uns s'occupèrent de la thanatopraxie avant de pouvoir leur offrir des funérailles décentes.

— Ils vont revenir, dit Oranne devant l'assemblée. Bien plus armés. Ils nous ont sous-estimés, mais quand ils reviendront, ils ne referont pas les mêmes erreurs. J'ai entendu des Myrmidons dire qu'ils voulaient tout brûler.

— C'est notre plus grande menace, coupa Erthur, feignant d'y avoir pensé seul. Je veux que les cuves d'eau soient remplies en permanence, ainsi que celles de sèves. Préparez les toiles et rechargez tous les carquois. Je veux également un Oniscide devant chaque piège de pierre, en haut des falaises. Et tirez le plus de cordes possible pour faciliter les déplacements. Nous avons peu de temps, tâchez d'être efficaces. Nous avons toutes nos chances. Battons-nous comme nous venons de le faire. Au travail !

Aussitôt, la cité végétale grouilla d'une effervescence guerrière. Galvanisés, confiants, les Oniscides préparèrent la bataille à venir avec zèle. Les cueilleurs récupéraient les sèves toxiques et les faisaient bouillir dans de grandes marmites tandis que, près du lac, s'affairaient ceux chargés de remplir les cuves d'eau. Les poulies effectuaient une danse verticale, baladant à travers les arbres le liquide précieux, les armes, les grandes cuves toxiques ainsi que des sacs de cendres et de feuilles émiettées. Si la marchandise montait, des cordages étaient jetés depuis les falaises et les séquoias, créant un immense saule pleureur dont les bras alanguis frôlaient la terre ferme.

Des pierres de toutes tailles furent hissées en haut des remparts à la force des bras Oniscides, ainsi que de lourds troncs d'arbre. Sur les arêtes des falaises fut ajoutée une seconde rangée de pieux aiguisés et du sable, rendant l'ascension déjà abrupte plus difficile. Tous les embouts des carreaux furent remplis de liquide explosif ou paralysant, les cordes des arbalètes furent changées ou retendues. Chacun devait tâcher de s'armer le plus intelligemment possible selon le poste qu'il occupait. À l'aube, ils étaient prêts. Certains avaient réussi à se reposer afin d'être le plus énergiques possible, d'autres, angoissés que ce repos soit leur dernier, veillèrent et guettèrent l'horizon.

Le ciel se débarrassa de son voile turquin, dévoilant peu à peu les silhouettes ennemies progressant au loin. La cloche d'alerte retentit pour la seconde fois ; tous se précipitèrent sur les hauteurs afin de jauger l'ennemi. Les arbres s'écroulaient un à un sur leur passage ; de gros véhicules déboisaient leur sillage avec barbarie tandis que les escouades à terre dégageaient les branches devant eux. Autour de la cité graminée, la végétation s'inclinait devant une force supérieure. L'Homme faisait ce qu'il savait faire de mieux : détruire son habitat naturel pour son profit. Les feuillus centenaires étaient éventrés, amputés, dépecés, décapités ; les plantes rampantes écrabouillées, souillées de carburant, réduites à néant.

La progression des Myrmidons était rapide, organisée, redoutable. Plus les arbres tombaient, plus les Oniscides apercevaient l'armée monstrueuse qui broyait leur territoire et cheminait vers eux. Oranne avala sa salive. Ils n'avaient aucune chance. Elle se jeta sur une corde et se laissa glisser jusqu'en bas, décidée à parler à Erthur. Mais il demeurait introuvable. Arkero et Isea traversèrent non loin d'elle, chargés d'armes et de carquois. Elle les interpella :

— Vous avez vu Erthur ?

— Non, pas depuis un moment, il était sur les remparts et je l'ai vu descendre avec une dizaine de Myrmidons, répondit Isea.
— On n'a aucune chance. Ils vont nous massacrer. Cette nuit n'était rien à côté de ce qui nous attend, abandonna Oranne, espérant trouver du soutien chez le couple.
— Il faut qu'on essaie, Erthur pense qu'on a toutes nos chances et je le crois aussi. Regarde autour de toi, tous veulent se battre, défendre leurs biens et les leurs. Où est passée ton âme guerrière, Oranne ?
— Elle est là, s'indigna-t-elle. Ce n'est pas la question, je suis juste réaliste. Je n'ai pas envie de piétiner des cadavres Oniscides en tentant de sauver ceux qui restent. Je ne veux pas vous perdre pour une cause perdue d'avance !
— Cette cité est tout ce que nous avons, nous croyons en ses valeurs, alors nous devons nous battre, pour au moins essayer. Ce sont les ordres d'Erthur, tenta de se justifier Isea.

Oranne s'éloigna, écœurée, et entreprit de chercher Erthur pour lui parler avant qu'il ne soit trop tard. Où pouvait-il être ? Soudain, un sifflement sourd retentit ; avant que les Oniscides ne comprennent son origine, les remparts est explosèrent, projetant des débris de bois enflammés qui embrasèrent les alentours. De hautes flammes s'élevèrent, dévorant la forteresse végétale, formant une brèche par laquelle les troupes d'Orbis s'infiltrèrent. Les pièges Oniscides furent déployés, mais la sève n'avait plus aucun impact sur les Myrmidons, casqués, masqués, protégés par des combinaisons. Ceux-ci abattaient froidement tous ceux qui se trouvaient sur leur passage, hommes, femmes, enfants, sans discernement, sans humanité.

Certains furent écrasés par les chars qui tiraient des projectiles à l'aveugle, traversaient les flammes, détruisaient tout sur leur passage. Une centaine de carreaux explosifs s'abattirent sur le brasier, disloquant les véhicules infernaux ainsi que leurs occupants. Tous les Oniscides s'élevèrent pour déverser leurs projectiles dans la vallée. Mais le flot Myrmidon avait déjà envahi les hauteurs, déversé par des véhicules aériens, contournant ainsi les pieux. Postés en haut des falaises, ils balayaient les alentours par rafales de balles, refermant peu à peu leur piège sur les Oniscides. De part et d'autre, comme dans la vallée, ils étaient cernés. Il fallait fuir. Oranne se balançait dans les airs, accrochée à une corde, tranchant tout ce qu'elle pouvait sur son passage. Sa vitesse empêchait les Myrmidons de l'atteindre. Par moments, elle jetait dans les flammes des fioles explosives, puis remontait sur sa corde pour éviter les projections de chair et de sang.

Les pierres et les troncs dégringolaient de part et d'autre des remparts, tant à l'intérieur qu'à l'extérieur. Les Myrmidons proliféraient, ne pouvant atteindre les Oniscides, suspendus entre ciel et terre, protégés par ce qu'il restait de leur puissance végétale et des parois rocheuses. Les enfants lapidaient les Myrmidons, cachés dans les branchages, avec des fioles paralysantes et explosives, alors que leurs mères affolées les appelaient entre deux carreaux. La milice, alourdie par son équipement, peinait à atteindre les Oniscides, rapides et alertes. Seuls leurs explosifs pouvaient prétendre à les anéantir. Il fallait tuer la végétation pour les réduire à néant ; sans elle, ils n'étaient que de petits vers vulnérables. Les chars restèrent à une distance sécurisante et bombardèrent ce qui restait de la cité, la réduisant pour moitié à un tas de sciure et de chair.

Pour Oranne, c'en était trop. Il fallait fuir avant de périr. Erthur restait invisible, elle ne l'avait vu nulle part. Elle arrêta son jeu et se laissa tomber sur une passerelle puis se dirigea vers la cabane de son père adoptif. Vide. Ses affaires avaient disparu. Folle de rage, elle ouvrit les placards : il ne restait que le mobilier, plus aucune trace de lui. Il ne pouvait tout de même pas avoir fait cela. Elle refusait d'y croire. Des craquements interrompirent ses fouilles. Les poutres d'une alcôve du niveau supérieur s'effondrèrent sur celle d'Erthur, puis s'affaissèrent sur le toit avant de le transpercer, laissant juste le temps à Oranne de se jeter sur la passerelle extérieure. Derrière elle, la cabane s'écroula. Elle évita de justesse les débris projetés par l'impact et regarda les alentours. Le nombre de Myrmidons dépassait celui des Oniscides, et bientôt il n'en resterait plus aucun.

Là où la milice échouait, les flammes triomphaient, dévorant férocement le bois qui leur était offert. Les quelques cuves d'eau ne suffisaient pas. Elle croisa le regard d'un des soldats, lequel, devant ses cibles terrifiées, hésitait. Pendant une fraction de seconde, ils partagèrent le sentiment d'absurdité de cette bataille inégale. Oranne resta stoïque, guettant les mouvements de cet humain forcé de tuer par devoir. Un de ses collègues n'eut pas son hésitation, le poussa et tira sur Oranne, qui rattrapa la passerelle un niveau plus bas avant de se laisser tomber dans le lac pour éviter la pluie de balles. En se hissant sur le rebord, elle aperçut Salomé longeant le lac, les bras chargés de carquois. Oranne l'appela plusieurs fois avant que son amie ne la voie, trempée et aplatie dans la boue. L'errante se releva et lui fit part de son idée de fuir. Salomé accueillit l'idée avec hésitation, tiraillée entre sa loyauté envers Erthur et l'évidence que la cité ne tiendrait pas face à cette vague destructrice.

Oranne s'énerva :
— Mais tu te rends compte de la situation ? Regarde, regarde tous ces cadavres ! D'ici peu, nous en serons aussi si nous ne fuyons pas.
— Mais Erthur a dit que...
— Je sais très bien ce qu'a dit Erthur ! coupa Oranne. Et tu trouves son idée brillante ? Concluante ? Tu sais où il est, actuellement ? Non, hein ! Il est parti, il a pris toutes ses affaires et il a fui. Quel héros ! Quel chef !
— C'est impossible, il n'a pas pu faire cela. Tu te trompes.
— Je me trompe ? Tu crois que cela me fait plaisir d'accuser celui qui m'a recueillie et que j'ai considéré comme mon père ? Il nous pousse à lutter, et lui fuit ? Comme un lâche ? C'est ce que l'on a de mieux à faire.
— D'accord, je te suis.
— Il faut le dire aux autres, en prétendant que c'est l'ordre d'Erthur.
— Tous ne fuiront pas.
— Ce n'est pas notre problème. Au moins, ils sauront qu'ils peuvent le faire.

Les Oniscides avaient épuisé leurs pièges, leurs munitions, leurs forces. Salomé leur apporta les derniers carquois avec l'opportunité de fuir. Pour beaucoup, cette possibilité fut un soulagement. Ainsi, les Oniscides se toisèrent, essayant de se persuader que personne ne les jugerait s'ils quittaient leur poste. En quelques minutes, la plupart le quittèrent. Les Myrmidons profitèrent de cette déclaration de forfait pour abattre les moins vigilants, soulagés à l'idée de quitter ce champ de bataille. Oranne attendit que la cité se vide des siens pour déverser les cuves de sèves restantes et de liquide explosif dans la vallée, puis regarda les Myrmidons brûler vifs, se jeter dans le lac, se débarrasser de leur équipement, inhaler de la sève et mourir lentement. La panique générale laissa le temps aux Oniscides d'emprunter les passages souterrains qui menaient en sécurité dans la forêt. Oranne s'assit sur le rebord d'une cavité rocheuse où était entreposé le bois et regarda l'empire sylvestre se décimer.

Pourquoi la milice cherchait-elle Erthur ? Était-ce la raison de cette haine et de cette soif de destruction jusqu'alors injustifiée ?

Chapitre 8

En quelques heures, l'empire des Oniscides tomba sous son propre poids de cendres et de flammes, de sève et de chair, de bois et d'os entremêlés, fondus ensemble pour l'éternité. La fusion parfaite avec la nature qu'ils recherchaient tant s'était, ironiquement, accomplie dans la mort. Le lac, d'ordinaire azur, était devenu amarante, troublé par l'amoncellement de cadavres et de débris que le feu n'avait pas atteints. La milice considérait que les Oniscides ne représentaient plus une menace et que les quelques survivants ne pourraient, de toute façon, plus leur nuire. Ils s'étaient donc repliés, n'ayant pas trouvé celui qu'ils étaient venus chercher.

Les rescapés finirent par revenir sur les lieux du drame, sortant timidement de leur cachette, retenant tant bien que mal les larmes qui bordaient leurs yeux et cherchant désespérément un visage familier. Personne n'osa parler, de peur que l'ennemi ne revienne. Ils étaient comme des enfants bravant l'interdit, des Errants illégitimes, s'excusant d'exister.

Ils se scrutèrent longuement et silencieusement avant de se précipiter sur ce qui pouvait encore être sauvé, sur d'éventuels vestiges. Les derniers combattants redescendirent lentement les rejoindre, accablés par une bataille qu'ils n'avaient pu gagner malgré leur lutte acharnée. Oranne assistait à ce spectacle de désolation depuis son perchoir. C'est alors qu'elle vit Erthur revenir calmement, le visage faussement accablé. Il vociférait des ordres aux Oniscides qui le suivaient, cherchant à couvrir ses arrières. La petite troupe avait longé les parois rocheuses, se protégeant ainsi des balles qui pleuvaient d'en haut et des chars en bas. Plusieurs fois, ils durent éviter les rochers lancés par Arkero et les autres Oniscides, les cuves de sèves, les troncs ; changer de trajectoire pour ne pas croiser Oranne qui, agrippée à une corde, arrachait des vies.

Le chef Oniscide, terrifié, avait talonné les siens, espérant qu'ils soient suffisamment loyaux pour se sacrifier pour lui en cas de besoin. Il n'avait jamais été un chef de guerre, ni un stratège, encore moins un homme courageux. À défaut de se battre, il avait le don d'encourager les autres à le faire à sa place. Il pouvait compter sur Arkero, Oranne, et tous ceux qu'il avait recueillis, sauvés, à qui il avait offert une place dans cet empire. Après tout, ils lui devaient bien cela. Quel intérêt y a-t-il à faire ce que tous feraient pour lui, tant qu'il arrive à les convaincre que c'est pour la bonne cause ? Fuir ? Bien sûr qu'Oranne avait raison. Mais quelle image donnerait-il ? Celle d'un lâche, ce qu'il était et avait déjà été. Et qui plus est, il savait que la milice était là pour lui. Escorté, il était donc repassé par sa cabane afin de rassembler ses affaires et de se terrer en sécurité.

De sa cachette, il voyait ce qu'était devenue sa petite protégée : une redoutable guerrière, peut-être même un monstre. Alors, c'était cela qu'elle avait fait à Perspicaris ? Trancher des gorges, transpercer des cœurs en gardant son visage poupin impassible, sans qu'aucune émotion ne l'effleure ? Son regard avait balayé le brasier et le champ de bataille. Comme il avait été fier de ce qu'il avait vu, tous ces hommes, ces femmes prêts à se battre pour leur vie, pour la sienne sûrement, du moins en était-il convaincu. Ce spectacle de désolation ne l'attristait pas. Ainsi va la vie. Des innocents meurent pour que d'autres puissent continuer à vivre. N'est-ce pas une impitoyable loi universelle ? N'est-ce pas ce qui anime l'Homme depuis toujours ? Cet instinct sauvage, primitif, qui le pousse à écraser ses semblables pour défendre ce qu'il possède ?

Le peuple se rassembla naturellement autour de leur chef, attendant des directives, des mots de réconfort. Erthur s'avança, intérieurement fier de lui. Tous avaient cru à son leurre, à sa comédie épique, sa mascarade héroïque, son imposture guerrière. Tous sauf Oranne, dont il croisa le regard alors qu'elle venait vers eux. Il lut la haine et la déception dans ses yeux clairs. Quelque chose s'était brisé dans la vision qu'elle avait de ce père de substitution, et il le comprit. Plus jamais elle ne le respecterait, plus jamais elle n'aurait d'admiration pour lui. C'était un lâche, un imposteur qui cachait un secret suffisamment important pour que la milice vienne, et il avait fallu plusieurs années et une bataille pour qu'elle s'en rende compte. Erthur finit par détourner le regard et rompit le silence en félicitant les combattants et en adressant ses condoléances, avant d'ordonner aux survivants de se préparer à partir pour s'établir ailleurs.

Au bout de plusieurs heures de préparatifs, il alla trouver Oranne, qui jouait nerveusement avec un bout de bois dans les cendres.

— Je sais ce que tu penses de moi... Et tu as sûrement raison.

Oranne jeta furieusement le bout de bois devant elle, se retourna et le foudroya du regard.

— Tu n'es qu'un traître et un lâche. Tu me dégoûtes.
— Je suis resté, c'est ce que je t'ai promis, non ?
— Tu m'avais promis de te battre si tu estimais que c'était possible, sinon de fuir, de sauver ton peuple. Tu croyais vraiment avoir une chance ? Tu as forcé ton peuple à se battre alors que toi, tu as fui !

Des larmes de colère mêlées à la tristesse coulaient sur ses joues noircies de cendres.

— Ne me parle pas sur ce ton, Oranne, répondit simplement Erthur.

Oranne se leva brusquement, lui faisant face. Ses vêtements, couverts de suie et de sang, partaient en lambeaux ; sa manche droite, déchiquetée, laissait apparaître sa chair abîmée par la bataille. Pendant un bref instant, Erthur la revit à Perspicaris, machette à la main, couverte du sang des myrmidons. Sa fille adoptive lui répondit avec agressivité :

— Ah non ? Je n'ai plus aucune estime pour toi. Tu prêchais la paix, l'entraide, et tu n'as pensé qu'à toi, à ton image. Les Oniscides t'auraient été davantage reconnaissants si tu leur avais demandé de fuir d'emblée, mais toi, tu les as forcés à rester pour défendre une cause perdue d'avance et tu le savais ! Tu le savais ! Tu savais que ta petite personne ne risquait rien, car tu envoyais les tiens comme bouclier. Ils te cherchaient toi ! Pourquoi ?

Le visage d'Erthur changea d'expression. Il n'essaya même plus de se défendre, de justifier sa lâcheté désormais découverte.

— Mais qu'est-ce que tu crois, Oranne ? Que je suis prêt à mourir pour tous les Oniscides ? Tu serais prête à le faire, toi ? On a tous nos secrets.
— Tu connais pertinemment la réponse. Je ne serais pas là sinon.
— Tu es exactement comme moi, Oranne. La même. Je t'ai élevée, je t'ai appris tout ce que tu sais. Ne renie pas tes origines.

À ces mots, Oranne sortit son poignard, se jeta sur Erthur, le plaqua à terre et lui mit la lame sous la gorge.

— Tu n'es pas la personne que je croyais. Tu m'as dupée comme tous les autres. Ce que j'ai tant aimé et admiré chez toi est mort avec le reste. Je ne suis pas comme toi, Erthur. Je suis ce que je pensais que tu étais.
— Arrête ton baratin altruiste, Oranne. On veut tous se sauver, survivre. C'est instinctif. C'est dans notre nature, et dans la tienne, sûrement plus que quiconque.

Oranne relâcha Erthur et s'éloigna de lui, dégoûtée.

— Alors pourquoi ne pas l'avoir fait ? Tu pouvais te sauver et épargner ton peuple !

La voix d'Oranne porta jusqu'aux survivants, qui se retournèrent sans parvenir à entendre distinctement ce qui se disait. Erthur craignait qu'elle le dénonce, qu'elle révèle à tous sa lâcheté. Mais Oranne se tut, puis déclara avant de rejoindre le reste des Oniscides :

— Tu n'es pas digne de ton peuple ni de la confiance qu'ils t'accordent. Je ne dirai rien, ne t'inquiète pas. Ils finiront par s'en rendre compte, si ce n'est pas déjà fait.
— Oranne...
— Quoi ?
— Je veux juste rester en vie...

L'Errante, exaspérée et amère, ne répondit pas.

— Nous allons partir, enchaîna Erthur. Tu viens avec nous ? — Où comptes-tu les emmener ? — Loin d'ici. Sûrement rejoindre la tribu nord des Oniscides. — Au risque de les mettre en danger ? S'ils nous ont trouvés, c'est sûrement parce qu'ils m'ont suivie.

Arkero et Isea vinrent vers eux. Aussitôt, Erthur se tut.

— Nous ne voulons pas fuir, Erthur. On a une revanche à prendre. Où que l'on aille, ils nous traqueront. Si ce n'est pas au sud, ce sera au nord, leur but est de tous nous éliminer. Ne te sens pas responsable, Oranne, ils auraient de toute façon fini par nous trouver.
— Vous voulez vous battre à nouveau ? demanda Erthur d'une voix affolée.
— Oui.

— Mais comment ? Nous ne sommes que quelques rescapés. Quel poids avons-nous face à eux ? Tu as vu aussi bien que moi qu'ils étaient bien plus forts.
— Je sais qui pourrait vous aider, intervint Oranne.
— Qui ? demandèrent en chœur Arkero et Erthur.
— À Perspicaris, il y a un groupe de résistants. Ils ont voulu que je me joigne à eux, mais j'ai refusé.
— Ceux dont tu as massacré les hommes ? répliqua Erthur d'une voix cinglante.
— Oui. Mais ils ont besoin d'aide, et nous voulons nous battre. Alors il faut saisir cette opportunité. C'est au sud de Perspicaris, allons là-bas, et s'ils refusent, vous irez chez les Oniscides.
— Donc tu te joindrais à nous pour te battre, mais si nous allons ailleurs, tu ne viendras pas, c'est ça ?
— Oui. Mais la question n'est pas là. Arkero, qu'en penses-tu ?

Oranne se tourna vers celui qui, selon elle, avait désormais davantage l'étoffe d'un chef. Erthur suivrait de toute façon l'élan collectif, ne voulant pas se retrouver seul.

— A-t-on vraiment une chance de vaincre la milice, honnêtement ? Ces résistants sont-ils suffisamment puissants et nombreux ?
— Je n'en sais rien. Je sais seulement qu'ils ont orchestré de nombreux attentats sans que jamais je ne les voie, ni ne me doute de quoi que ce soit. Ils sont discrets, comme nous, et armés. Très bien armés. J'ignore leur nombre, mais ils sont efficaces. Je pensais que les effectifs de la milice étaient renforcés à cause de mes agissements, mais c'était à cause des leurs. Ils craignaient que mon manque

de discrétion leur porte préjudice et que je sois assimilée à eux. Sans le vouloir, nous étions un handicap l'un pour l'autre.
Erthur se mit à rire nerveusement.

— Donc si je résume, tu es prête à envoyer mon peuple chez des résistants que tu ne connais pas, dont tu as tué plusieurs partisans et sans aucune assurance de réussite ? Qui te dit qu'ils ne vont pas nous massacrer ? Oranne se retint de lui hurler que ce peuple n'était plus le sien, mais se contenta de répondre :
— J'en suis persuadée.

Arkero ne comprenait pas l'animosité des paroles d'Oranne et d'Erthur. Que s'était-il passé pour que leur relation se détériore à ce point ? Était-ce inhérent à la guerre ? À vrai dire, Arkero connaissait la nature d'Erthur, il connaissait son passé sombre, et cette bataille n'avait fait que renforcer l'opinion qu'il avait du prétendu chef des Oniscides. Arkero finit par dire :

— Je te suis, Oranne. On doit au moins essayer.

Le visage d'Erthur se décomposa.

— Moi, je propose de faire deux groupes. Ceux qui veulent se battre viendront avec vous chez ces soi-disant résistants, et ceux qui veulent poursuivre leur vie dans la paix me suivront.
— Très bien, soupira Arkero. Je te laisse le soin de faire ta proposition au reste des Oniscides.
Erthur acquiesça et se dirigea vers son peuple.

Chapitre 9

En progressant vers l'est de la cité, la lumière s'amenuisait. Les éclairages au sol s'arrêtaient net, les quais perdaient l'éclat de leur dallage ivoire et se laissaient étrangler par le chiendent et l'oxalis. La fracture entre Perspicaris et cette zone délaissée était nette. À l'est, on ne s'aventurait pas. Le canal isolé, inexploité, se perdait dans la forêt sauvage. Contrairement à l'ouest, l'homme n'y intervenait pas, ne la contrôlait pas. Ici, la nature avait repris ses droits et imposait sa présence envahissante, rejetant l'être humain. Seule la lisière de la forêt dissuadait quiconque d'y entrer. Les arbres centenaires se dressaient en gardiens, menaçants, leurs branches couvertes de mousse et de lichen semblant défendre leur territoire contre tout envahisseur.

Seuls quelques faisceaux lumineux parvenaient à se frayer un chemin, fugacement. La végétation jonchait le sol, camouflait les pierres glissantes ou coupantes et, sous ses airs fragiles, régissait la vie des lieux, ayant le droit de vie ou de mort sur toute existence. Pourtant, dans les boyaux de la forêt, sur les bords du canal, quelques lueurs flottantes et insolentes perçaient la pénombre omniprésente. À l'embouchure entre le lac et le canal menant vers les landes désertes d'Anaklia, un cimetière de bateaux faisait office de barrage. Des dizaines de flottes abandonnées, défectueuses ou désuètes s'entassaient, à demi émergées. Et pourtant, en avançant davantage, on réalisait que les épaves n'en étaient pas vraiment. La plupart rafistolées avec des planches récupérées, reliées entre elles par des pontons, formaient un village flottant, tandis que ceux à plusieurs étages communiquaient par des ponts de cordage. Au bout de certains mâts, flottait un drapeau dont l'obscurité empêchait de distinguer l'emblème.

Un pont-levis reliait ce village flottant à la rive et, de chaque côté, s'élevaient des tourelles de garde inutiles. Oranne se posta devant, attendant quelques minutes que quelqu'un remarque sa présence. Après une traversée escarpée dans les bois, elle se demanda soudain ce qu'elle faisait ici. Plusieurs fois sur le trajet, elle avait hésité à faire demi-tour et maintenant, elle patientait devant celui qui, quelques jours plus tôt, avait menacé sa vie. C'était irrationnel. Oranne n'eut pas envie d'appeler ni même de s'imposer, n'étant pas certaine d'être au bon endroit.

— Ne bouge plus.
La voix masculine perça le silence. Oranne se retourna et sortit sa machette, par réflexe. Une sentinelle, à la coiffure atypique, vêtue d'un costard grisâtre typique des acolytes de Lookim, confirma à Oranne qu'elle était au bon endroit.

— Qu'est-ce que tu veux ?
Peu habituée à voir quelqu'un débarquer dans cette partie oubliée de Perspicaris, la sentinelle fit signe à ses acolytes, tapis dans l'ombre, de sortir. Si Oranne n'avait vu personne en arrivant, eux l'avaient repérée dès qu'elle avait franchi la lisière.

— Je viens voir Lookim.
— Qu'est-ce que tu lui veux ?
— Je viens accepter sa proposition.

— Tu es Oranne, c'est ça ? demanda l'une des sentinelles, avec mépris.
— Oui.

Les hommes baissèrent leur garde après quelques secondes d'hésitation.

— Suis-moi, ordonna celui qui l'avait trouvée en premier.

Il sauta de la rive au ponton malgré l'écart impressionnant, puis abaissa le pont-levis. L'homme avançait d'un ponton à l'autre avec une aisance déconcertante. Oranne, intimidée par l'eau probablement glacée et l'obscurité, progressait avec précaution. Ils finirent par monter à bord d'un des plus imposants bateaux, doté de plusieurs étages. Après avoir frappé à la porte, l'individu s'éclipsa, laissant Oranne seule face à son destin. Une femme vint lui ouvrir la porte de la cabine, des tresses de longueurs différentes dansant autour de son visage pâle, nuancé par des yeux d'un noir profond.

— Bonjour, je suis…
— Je sais qui tu es, la coupa-t-elle d'un ton glacial. Viens.

Elles montèrent quelques marches et débouchèrent sur une vaste salle à manger, à peine éclairée par des bougies. Lookim se tenait assis nonchalamment dans un large fauteuil, au fond de la pièce. La fumée de son cigare masquait son visage à chaque expiration. La femme alla s'asseoir sur l'accoudoir.

— Bonsoir Oranne, bienvenue sur les Hylas, le rebut de Perspicaris. Je vois que tu as reconsidéré ma proposition. Qu'est-ce qui t'a fait changer d'avis ? Je doute que ce soit mes menaces.
— J'ai mis ma misanthropie de côté. Perspicaris a besoin de nous. Et nous avons besoin de vous.
— Sage décision. Je te présente Cyaléise, ma femme.

Oranne adressa un signe de tête poli, ne lui rendant pas son sourire timide.

— Qu'entends-tu par « nous » ?

Ils traversèrent plusieurs couloirs étroits.

— Les Oniscides se sont fait massacrer par la milice, à peine une centaine ont survécu : hommes, femmes, quelques enfants. Alors, oui, j'accepte votre proposition, mais à mes conditions.
— Je t'écoute.
— Je ne veux pas être infantilisée ou considérée comme inférieure parce que je suis une fille, sachant que je tue tes hommes facilement, comme je t'en ai déjà donné la preuve. Je ne suis pas ici pour me faire des amis. La solidarité, la fraternité, toutes ces utopies, très peu pour moi. En revanche, j'exige que tu acceptes ce qu'il reste des Oniscides dans la forêt, et en échange, ils se battront à vos côtés. Ils sont prêts à se battre.

— Rien que ça ? répondit Lookim, calmement.

— C'est à prendre ou à laisser. L'hospitalité contre de l'aide. Et je pense qu'on en a tous besoin. — Où sont les rescapés ?
— Au nord d'Anaklia. Ils attendent ta réponse pour entrer dans le canal ou partir ailleurs. — Pourquoi ne vont-ils pas rejoindre les leurs ?
— Parce qu'ils ne veulent pas les mettre en danger. Qu'on les trouve, eux aussi.
— Et nous, par contre, ça ne pose pas de problème ?
— Vous êtes déjà exposés, et vos attaques ne font qu'amplifier le risque. Avec ou sans nous, vous continuerez, alors autant renforcer ton armée et acquérir de nouvelles technologies.

Lookim considéra longuement Oranne. Après tout, qu'avait-il à perdre ? Des combattants de plus seraient toujours utiles. Au pire, ils serviraient de chair à canon.

— Très bien, j'accepte ta proposition. Tes conditions seront respectées. En revanche, veille à ce que ton rapace ne s'attaque plus à mes hommes, ou à moi. Je ne le tolérerai pas, et les Hylas sont moins indulgents que moi. Mais je veux discuter avec le représentant de ces créatures des bois et m'assurer qu'ils s'établissent loin du canal. On a besoin de toi, Oranne. Cyaléise va te montrer ta cabine.

— Vous avez autant besoin de nous qu'eux de vous. Et je n'ai pas besoin de cabine, je vais dormir avec les Oniscides.

— La forêt est hostile, tu as dû t'en rendre compte. On peut te prêter un bateau si tu veux, mais je ne garantis pas qu'il soit viable. C'est valable uniquement pour toi. Il est préférable que tu restes près de nous, pour établir le contact avec les Oniscides.

— Soit. Cela ne peut pas être pire que de vivre à Perspicaris.
— Tu as quitté ton campement ?
— Je n'ai pas vraiment eu le choix. Je ne voulais pas vous rejoindre au départ. Je pensais que vous reviendriez pour me tuer, entre autres.
— Je vois.

Il se leva de son fauteuil et prit la main de Cyaléise, comme pour la rassurer. Depuis le début, celle-ci fixait Oranne avec inquiétude. Son compagnon lui avait décrit les agissements d'Oranne, sa capacité à tuer et cette force qui émanait de cette créature solitaire. Cyaléise se méfiait d'elle. Et si elle était revenue pour éliminer la menace de l'intérieur ? Lookim semblait lui faire une confiance aveugle. Certes, la résistance avait besoin de renfort, mais de renfort fiable. Qui étaient ces Oniscides, ces êtres jusqu'alors invisibles ? Étaient-ils dignes de confiance ?

Lookim conduisit Oranne à l'extérieur du bateau. Des lanternes à la clarté faiblarde, crasseuses, balisaient les pontons. Il la mena au milieu du canal, à l'écart des autres habitations flottantes. Il alluma une torche, s'arrêta au bout du ponton. Face à eux, se tenaient des ombres de bateaux échoués, troués, ravagés par le temps. Aucun n'était relié à la passerelle centrale. Lookim confia la torche à Oranne et sauta sur le bateau le plus proche, perçant le plancher en se réceptionnant. Puis il arracha une planche jugée inutile et la posa entre le bastingage et le ponton. Oranne posa un pied, appuya. La planche tint bon. Plus rassurée, elle traversa rapidement.

— Voilà, je n'ai rien de mieux à te proposer. Je te laisse visiter ton palace et t'installer. Si tu as besoin de bougies ou de quoi que ce soit, n'hésite pas.
— C'est parfait. Merci.
— Rejoins-nous demain avec le chef des Oniscides. Nous discuterons. Bonne nuit.

Perce-Neige attendit que Lookim quitte les parages pour se montrer.

— Te voilà, toi ! Je sais ce que tu penses. Mais on n'a pas le choix. Vois le bon côté des choses : tu vas pouvoir pêcher et te remplir l'estomac quand tu veux.

L'animal sembla séduit par l'argument et se posa sur l'épaule de sa maîtresse. Oranne entra prudemment dans la cabine, veillant à ne pas passer à travers le plancher pourri. Après quelques secondes de lutte contre la porte, elle finit par entrer et toussa : la poussière couvrait tout. À droite, un lit surélevé, draps défaits et crasseux, en dessous des caisses entassées, vestiges du propriétaire précédent. Oranne fouilla superficiellement, trouva deux bougies qu'elle alluma aussitôt. La cabine était entièrement en bois, seule une petite fenêtre maculée de toiles d'araignée et de buée communiquait avec l'extérieur. En face du lit, un évier et un frigo qu'Oranne osa ouvrir. Une odeur pestilentielle s'en échappa aussitôt. Des mouches et divers insectes avaient investi les lieux. Sur une étagère au-dessus, elle trouva un fusil dissimulé sous des couvertures, casseroles et vêtements empilés.

Elle fit un ménage sommaire pour rendre le lit accessible et un minimum hygiénique. Elle n'était plus à cela près. Elle verrait le reste le lendemain, à la lumière du jour. Sa nuit fut épouvantable. L'isolation inexistante humidifiait les draps, le vent claquait la lucarne contre son encadrement. À chaque craquement, elle craignait que le plancher ne cède sous son poids et qu'elle finisse dans la cale ou, pire encore, dans l'eau glaciale. Des rêves étranges peuplèrent son sommeil superficiel et entrecoupé. Plusieurs fois, elle se réveilla brusquement, repoussant les draps miteux et se cognant la tête contre un plafond qui s'effritait à chaque choc. À l'aube, elle estima avoir le droit légitime de se lever et entreprit de trier l'intérieur de la cabine. Des carnets empilés dans une caisse l'intriguèrent, mais la frustrèrent : l'encre avait bavé ou s'était tellement imbibée dans le papier qu'il ne restait que des effleurements illisibles.

Après deux heures de travaux et de tri, la cabine était relativement viable et propre. Avec les clous récupérés de son ancien abri, elle consolida l'extérieur et fixa la lucarne.

— Tu ne perds pas de temps, lança Lookim, posté sur la passerelle, une tasse à la main. Tu as mal dormi, non ?
— Oui, mais ce n'est rien. Je n'ai pas besoin de beaucoup de sommeil. Quel est le programme ?
— Déjà, viens manger avec nous. Tu as dû oublier ce qu'est un vrai repas.

Oranne rejoignit Lookim sur la passerelle. À la lumière du jour, elle mesura à quel point l'obscurité avait déformé sa perception du cimetière de bateaux. La veille, le village lui avait semblé miteux. Maintenant, il paraissait majestueux et impressionnant.

— Ce n'est pas luxueux, mais on est bien ici, anticipa Lookim.
— Au contraire, je trouve votre travail remarquable.

Le compliment surprit Lookim. Il l'invita dans sa cabine, lui demanda de s'asseoir. Cyaléise servit pain, beurre, café. Oranne sentit le regard perçant de la femme sur elle, ce qui la dissuada de se servir. Voilà ce qui la rebutait tant dans les relations humaines : il fallait trouver sa place, se la créer, l'accepter, parfois même lutter pour la défendre. Tout était affaire de convenances et de politesse, un monde de codes qu'Oranne ne comprenait pas. Lookim lui fit signe de se servir, ce qu'elle fit timidement, bien qu'affamée.

— Tu as dû remarquer que les troupes d'Orbis ont doublé en peu de temps, finit par dire Lookim.
— Oui, je me demande si c'est la réponse à vos sabotages et à mes meurtres ou s'ils cherchent autre chose.
— Ils ont envahi la Démétrias hier soir. D'après mes hommes, ils fouillent les livres. Les bibliothécaires ont été interrogés, torturés, certains tués.
— Je sais, répondit Oranne, le regard assombri. Que cherchent-ils ?

— Je l'ignore. Peut-être un ouvrage particulier, un document caché à l'intérieur.
— Après l'eau, ils nous dépouillent de nos livres, ajouta Cyaléise, s'asseyant près de Lookim. Quelle sera la prochaine étape ?
— On n'a pas le pouvoir de découvrir ce qu'ils cherchent, mais on peut les ralentir.
— Pour accélérer l'oppression ? s'indigna Cyaléise. Ici, nous ne sommes pas touchés directement, mais il faut penser à ceux du centre, aux agriculteurs, les premières victimes.
— Justement ! Eux ne peuvent pas agir, nous si. Faisons-le pour eux, lança Lookim, les yeux sombres et brillants d'une lueur impétueuse.
— Que veux-tu qu'on fasse ? Nous ne faisons pas le poids face à Orbis. Nous n'avons ni effectifs, ni technologies. Tu sais ce que je pense de cette guerre, Lookim.
— Tu sais ce que cette cité représente pour moi, Cyaléise. Tu le sais...

Oranne se sentit gênée d'assister à cette discussion de couple. Cyaléise devait sûrement la percevoir comme celle qui entraînait son compagnon vers la mort. Mais sacrifier quelques vies pour le bien-être de tous n'était-il pas plus important que la paix d'un couple ?

— On doit au moins essayer, les coupa Oranne, alors qu'ils continuaient d'argumenter, l'ignorant presque. Certes, nous n'avons ni effectifs, ni armes, ni technologies, mais nos attaques ciblées sont peut-être plus utiles qu'une guerre ouverte. Il faut au moins essayer.
— Je peux te poser une question, Oranne ?

— Oui, pourquoi pas.
— Tu n'es pas de Perspicaris, et pourtant tu veux lutter à nos côtés. Pourquoi ?
— J'aime cette cité, du moins j'aimais, et je ne cautionne pas les agissements d'Orbis. Je me sens investie de la mission de la défendre.
— Orbis ne terrorise pas que cette cité. Ils ont aussi pillé les Oniscides, cette cité végétale au sud d'Anaklia. Une cité dont tu fais partie, non ? dit Lookim avec une malice non dissimulée.

Oranne reposa lentement son morceau de pain, saisit son poignard glissé dans sa chaussure.

— Tu n'as rien à craindre. Je m'en doutais en voyant les fléchettes que tu utilisais. Pourquoi venir à Perspicaris si tu appartiens aux Oniscides ?
— Je ne leur appartiens pas vraiment. J'y ai passé un temps, mais je m'en suis vite émancipée. Je suis libre d'aller et venir comme bon me semble.

Lookim n'obtint pas vraiment de réponse, mais il s'en contenta. Il ne voulait pas braquer Oranne. Ses hôtes débarrassèrent la table, retirèrent la nappe, allèrent chercher des chaises, sortirent des documents. Bientôt, une dizaine d'hommes entrèrent, dévisageant Oranne avec haine. C'était elle qui avait tué leurs amis. Ils saluèrent le couple et prirent place. Aussitôt, la pièce s'emplit d'une puanteur effroyable que les courants d'air ne parvinrent pas à chasser. Un mélange de crasse et de vase régnait dans la pièce. Oranne dut faire un effort considérable pour ne pas grimacer et offenser ses hôtes.

— Voici Oranne. Elle va nous aider quelque temps.

Elle se sentit foudroyée de regards fielleux. On lui faisait bien comprendre qu'elle n'aurait pas droit à l'erreur. Lookim étala les plans de la cité, passa en revue les points stratégiques. Les vagabonds de la nuit complétèrent le schéma. Un groupe défendrait la Démétrias, trois autres attaqueraient les stations d'extraction d'eau. Lookim répartit les groupes et les tactiques. Il demanda à Oranne de rejoindre celui qui défendrait la Démétrias. Les deux autres membres, Aslaug et Stig, froncèrent les sourcils, chuchotèrent.

— Un problème avec la composition des groupes, Aslaug ? Stig ?

Les deux échangèrent un regard gêné. Aslaug finit par dire à haute voix ce que tous pensaient :

— Qui nous dit qu'on peut lui faire confiance à cette gamine ? Elle a massacré les nôtres et elle se pointe en pleine nuit pour nous rejoindre ? Tu ne trouves pas cela suspect, Lookim ?

— Écoutez, laissez-la faire ses preuves. Si jamais vous avez raison, je vous laisserai la tuer comme vous voudrez. Mais faites-moi confiance. Vous n'aurez pas à vous en plaindre.

Oranne les ignora. Elle n'avait rien à prouver à personne, encore moins à ces sauvages. Elle était ici pour défendre

Perspicaris, pas pour se faire accepter. Après plusieurs heures de discussions stratégiques, les hommes passèrent à des sujets plus triviaux et pratiques dont Oranne se désintéressa aussitôt. Elle les dévisagea du coin de l'œil, se demandant quand prendrait fin ce calvaire social. Cyaléise, à l'autre bout de la table, semblait tout aussi exaspérée. À force d'échanger des regards avec Oranne, elle finit par traverser la pièce :

— Tu veux sortir ? Les écouter discuter me donne mal à la tête.

Oranne acquiesça et la suivit dehors. Cyaléise était mal à l'aise, ne sachant quoi dire.

— Tu as tout ce qu'il te faut sur ton bateau ? finit-elle par demander.
— Oui. Merci pour votre accueil. Je sais ce que vous pensez tous de moi. Ça ne va sûrement pas te rassurer, mais je ne vous ferai aucun mal.
— Je l'espère. J'espère juste que Lookim a raison de te faire confiance. Tu es si jeune, tu pourrais être notre fille. Pourquoi fais-tu tout cela ? Tu n'as pas de famille ?

Le visage d'Oranne prit une expression aussi triste qu'effrayante, ce qui dissuada Cyaléise d'attendre une réponse. Oranne prit congé des Hylas jusqu'au départ pour Perspicaris et regagna la terre ferme. Cyaléise vit Perce-Neige sortir des bois, venir se poser sur le bras d'Oranne, puis tous deux s'enfoncèrent dans la forêt.

Paradoxalement, la solitude rassurait Oranne. Depuis longtemps, elle n'avait plus peur. Au fil des années, elle avait réussi à éradiquer ce sentiment dévorant, paralysant, qui empêche d'avancer. C'était le poison des faibles. N'ayant plus rien à perdre, elle n'appréhendait plus les traversées solitaires, les nuits blottie dans la pénombre, ni l'insécurité liée à la présence d'autrui. Sa plus grande force était d'être seule, de ne rien devoir à personne, de n'avoir ni attaches émotionnelles ni racines géographiques. Absolument rien ne la retenait à ce monde, si ce n'est cette fureur fauve qui l'animait et l'avait poussée à survivre, envers et contre tout. Enfant, elle avait ressenti le vertige de l'immensité du monde, l'angoisse de sa propre existence. Désormais, tout cela n'était plus que des pans brouillés de souvenirs refoulés.

Elle réapparut deux jours plus tard, au crépuscule, Perce-Neige sagement perché sur son épaule.

— Tiens-toi tranquille, Perce-Neige. Ce sont nos alliés. Il ne m'arrivera rien.

Des torches fendaient la pénombre, se rapprochant de la rive où Oranne attendait.

— Tout va bien ? J'ai cru que tu avais changé d'avis. Tu es prête ? demanda Lookim.
— J'avais juste besoin d'être seule, de réfléchir. Je suis prête. Il faut juste que je me change pour passer inaperçue. N'oubliez pas que tout le monde me recherche.
— D'après mes fouines, ton portrait est partout.
— Génial... J'en ai pour cinq minutes.

Oranne gagna sa cabine, fouilla dans les caisses sous le lit, enfila des vêtements informes, à demi rongés par les mites, dissimula ses cheveux dans un bonnet verdâtre. Elle se regarda dans la vitre : elle ressemblait à un jeune homme. Satisfaite, elle rejoignit le groupe. Lookim esquissa un sourire moqueur. Il espérait simplement que personne ne la reconnaisse et priait pour que la foule lui permette l'anonymat. Les résistants prirent un sentier à peine visible, la végétation s'écartant à leur passage. Beaucoup la bousculèrent, la menacèrent à mi-voix. Oranne retint ses répliques et posa la main sur la tête de Perce-Neige, qui s'agitait.

— Ils finiront par s'y faire. Comprends-les, tu as tué leurs amis. Ils se méfient de toi, tenta de la rassurer Lookim.

Si seulement ce n'était que de la méfiance, pensa Oranne. Elle espérait surtout qu'ils ne la mettent pas en danger par pur esprit de vengeance. En observant la dizaine de résistants qui marchaient d'un pas décidé, elle réalisa qu'elle était la seule femme du groupe. Cyaléise ne participait pas aux excursions.

— Cyaléise ne vient pas avec vous ? demanda soudain Oranne.
— Elle ne cautionne pas trop nos actions, avoua Lookim, gêné. Elle rêve de me voir loin de tout ça. Mais je ne peux pas. Cette cité représente trop pour moi.

Oranne ressentit un soulagement à l'idée que Cyaléise restait à l'écart. Elle allait déjà devoir faire ses preuves pour légitimer sa présence parmi les Hylas, inutile d'ajouter le poids de la suspicion de la jeune femme. Lookim exposa le plan : un discours aurait lieu le lendemain matin devant la Démétrias, par le gouverneur. Tous les citoyens devraient s'y rendre. Les Hylas espéraient glaner des informations et aviser ensuite.

— Il faudrait que tu laisses ton arbalète et ta machette dans les bois, sinon les Myrmidons t'arrêteront.

— Je sais ce que j'ai à faire, coupa froidement Oranne.

Pour qui la prenait-il ? Ce rôle protecteur qu'il voulait endosser auprès d'elle l'agaçait déjà. Elle n'avait pas besoin d'être maternée. Elle hâta le pas, préférant se retrouver seule.

Chapitre 10

Perspicaris grouillait d'un fourmillement inhabituel depuis plusieurs semaines déjà. La bruine crépusculaire enveloppait les habitants, agglutinés devant le parvis du Symbiôsis, guettant avec angoisse l'arrivée du tyran que chacun haïssait en silence. Des centaines de graines asservies s'extrayaient timidement de leur péricarpe et bravaient le froid, emmitouflées dans leurs manteaux, le visage dissimulé derrière une écharpe. Tous se demandaient ce que le gouverneur Venom tenait tant à leur dire pour exiger un tel rassemblement devant le Symbiôsis. Ils se dévisageaient, inquiets et suspicieux. Pourquoi la Démétrias était-elle fermée ? Que s'était-il passé pendant la nuit pour que les effectifs de la milice soient aussi nombreux ? Depuis quelques jours, ils ratissaient la cité, interrogeaient les passants et les marchands au sujet d'une jeune femme dont ils avaient placardé le portrait approximatif sur toutes les façades. Mais personne ne l'avait vue, et ceux qui pensaient l'avoir aperçue se gardaient bien de le signaler.

Les Hylas, Erthur, Arkero, quelques Oniscides et Oranne longèrent les berges pour se mêler à la foule. Pour l'occasion, les résistants avaient fait un effort vestimentaire, dompté leur crinière informe. Oranne, quant à elle, jurait avec la masse, déguisée dans des vêtements ridicules et bien trop grands. Son corps fluet flottait dans cet assemblage de tissus, mi-homme mi-bête, une errante tout juste débarquée dans la civilisation. En se mêlant à la foule, elle s'aperçut qu'elle n'était pas la seule à trancher avec la masse perspicarienne : d'autres vagabonds, reconnaissables à leurs guenilles et à la crasse sur leur visage, s'étaient joints à eux. Oranne se sentit oppressée, peu habituée à tant de promiscuité humaine. Les myrmidons, les encadrant, scrutaient la foule à la recherche d'Oranne, qui gardait la tête baissée, angoissée, fixant le marbre albâtre anormalement piétiné. Sa présence ici tenait de la folie.

— Regardez-moi ces abrutis. Ils se croient tellement puissants, chuchota Lookim.

— Ils cherchent Oranne, dit Aslaug en haussant la voix.

La concernée se retourna et le saisit à la gorge, serrant fort.

— Prononce encore une fois mon nom ici et je t'arrache les cordes vocales à mains nues.

Elle relâcha Aslaug et s'éloigna de lui.

— On est vraiment obligés de supporter cette cinglée ? Elle a de la chance qu'il y ait autant de monde, s'énerva Aslaug, foudroyant Lookim du regard.
— Tais-toi. Vous réglerez vos comptes plus tard.

Lookim se fraya un chemin jusqu'à Oranne, lui attrapa fermement le bras et lui souffla :

— Si tu espères te faire accepter des miens, apprends à te contrôler. Premier et dernier avertissement.
— Si tu espères que je reste à vos côtés pour vous aider, apprends à ne pas me menacer, rétorqua froidement

Oranne. Je n'ai pas envie d'être exécutée ici même parce qu'un abruti a ouvert sa gueule. — Ils ne te trahiront pas, malgré leur haine à ton égard.

Oranne n'en était pas convaincue. Lookim rejoignit finalement les siens, leur ordonna de laisser la nouvelle recrue tranquille, au prix de quelques râlements. Erthur en profita pour se glisser jusqu'à Oranne.

— Tu leur fais vraiment confiance ? Ces hommes te tueront dès qu'ils en auront l'occasion.
— Je ne pensais pas les rejoindre un jour, mais non, ils ne me tueront pas. Et oui, je leur fais confiance. Eux n'ont pas peur de se battre pour ce qu'ils estiment juste. Tu devrais prendre exemple sur eux, répliqua acerbement l'Errante.
— Pendant combien de temps vas-tu m'en vouloir ? Tu ne me pardonneras donc jamais ? Si nous devons mener une guerre, nous devons être soudés.
— Cette guerre n'est pas la tienne. Tu es ici seulement parce que tu ne veux pas être seul, parce que tu n'as pas eu le courage de rejoindre les Oniscides du nord. Ose dire le contraire ?

Erthur ne répondit pas, mesurant à quel point elle avait raison. Sans s'en apercevoir, Oranne avait haussé le ton, et autour d'eux, la foule commençait à se retourner, intriguée. Des bribes de conversation parvinrent aux oreilles d'Arkero, qui, intrigué, s'approcha.

— Taisez-vous ! Réglez vos différends plus tard. Ce n'est pas le moment.

— Erthur ne sait même pas pourquoi il est là, lâcha froidement Oranne.

À ces mots, Erthur la gifla violemment. Surprise, Oranne ne broncha pas. Jamais Erthur n'avait levé la main sur elle. Cet acte n'avait pas seulement fissuré la lèvre d'Oranne : il venait de briser définitivement leur relation. Elle aurait pu lui sauter dessus, se battre, mais en fut incapable.

Les grandes portes du Symbiôsis finirent par s'ouvrir, laissant apparaître Venom et son escorte de myrmidons gradés, dont Oranne ne parvenait pas à distinguer les visages. Aussitôt, la foule se tut et se redressa dans un réflexe de civisme forcé. Le gouverneur monta sur l'estrade métallique, toisa ses sujets, affichant un sourire pincé et hypocrite. Il se tenait fièrement devant une foule qu'il haïssait autant qu'elle le haïssait. Après avoir marmonné quelques instructions à ses sbires, il empoigna le micro, se racla la gorge et entama son discours.

— Bonjour à tous. Si j'ai exigé ce rassemblement, c'est parce que je vous dois des réponses aux nombreuses questions que vous vous posez. Comme vous l'avez remarqué, les effectifs de la milice orbissienne ont augmenté afin d'assurer votre sécurité. Depuis plusieurs semaines, des groupes rebelles s'attaquent aux stations d'extraction d'eau, enfreignant notre accord avec Orbis. Pour préserver la paix, j'ai jugé nécessaire que nous nous mobilisions afin de mettre fin à ces abus. Il est de mon devoir de veiller sur vous, et je compte sur votre collaboration si vous détenez la moindre information sur ceux qui mettent en péril l'harmonie de notre cité, ou sur celle dont le visage pollue vos murs. Tout renseignement fiable sera généreusement récompensé.

Quant à la Démétrias, je sais à quel point ce pôle culturel vous est cher. Nous y réalisons quelques travaux afin de l'améliorer. Les portes seront de nouveau ouvertes sous peu. Remercions Orbis, qui finance les travaux et nous fournit les effectifs nécessaires. Pour pallier le problème de sécurité, Orbis nous a envoyé son meilleur allié : Gamycyn, que je tiens à vous présenter avant de vous exposer les nouvelles lois instaurées pour le bien commun.

Venom fit signe à l'intéressé de monter sur l'estrade. Les myrmidons applaudirent, incitant fortement la foule à les imiter. La plupart des Perspicariens, séduits par ce discours, applaudirent spontanément, heureux que le gouvernement semble se soucier de leurs besoins et de leur sécurité. Les plus lucides et sceptiques s'obligèrent à applaudir pour ne pas éveiller les soupçons, tandis que même les résistants mimèrent la ferveur, par prudence.

Seule Oranne resta stoïque. Lookim, tout en battant des mains de façon hypocrite, lui donna un coup de coude. Mais l'Errante ne réagit pas, pétrifiée. Ce visage, elle le connaissait. Malgré les années, son regard n'avait pas changé : ses yeux havane aux cils courts brillaient d'une lueur féroce et sadique. Il avait ce regard qui portait en lui l'enfer qu'il voulait leur faire vivre. Ses sourcils broussailleux et asymétriques lui conféraient un air hautain lorsqu'il les haussait, exaspéré par la vue de ces gueux attroupés devant lui. Sa calvitie naissante, d'un gris gras, était plaquée en arrière par une pâte, et quelques mèches irrégulières venaient se coller à ses oreilles rougies par le froid.

Par à-coups, son nez proéminent reniflait les prémices d'un rhume. Sa bouche pincée se retroussait dans un rictus immonde lorsqu'il tentait de sourire. Il se tenait là, devant elle, après toutes ces années : le meurtrier de ses parents. Autrefois simple myrmidon, simple pion, il dirigeait aujourd'hui la milice. Était-ce sa double élimination qui lui avait permis de gravir les échelons ? C'était lui qui lui avait arraché son innocence, détruit les derniers mensonges de l'enfance, fait d'elle un monstre. En tuant ses parents, il avait tué celle qu'elle aurait dû être, engendrant la créature assoiffée de vengeance qu'elle était devenue. Des flashs de son passé, si durement refoulé, la lacérèrent soudain. Elle revit la scène, encore et encore : le corps de sa mère, l'exécution de son père, le brasier, sa fuite. Son cœur se souleva, son visage se ferma, ses poings se serrèrent. Elle aurait tant voulu le tuer, lui arracher les tripes, comprendre pourquoi la milice avait, ce jour-là, pris la peine de descendre dans les confins d'Anaklia pour massacrer deux innocents. Son corps fut secoué de violents spasmes. Avant de céder à l'impulsion, elle fit volte-face, bouscula la foule, cherchant de l'air, puis se réfugia dans une ruelle sous les insultes et vomit, encore et encore, jusqu'à la bile, jusqu'à ce fiel qu'elle aurait voulu cracher sur l'assassin de ses parents.

Elle avait envie d'hurler, de le tuer, mais elle ne pouvait pas. Prisonnière de la haine qui la submergeait, une fois de plus, elle se sentit inutile et impuissante. Ce moment, elle l'avait espéré toute sa vie sans jamais croire que leurs deux destinées se recroiseraient. Les chances de le retrouver étaient si minces. Si, enfant, elle avait rêvé de lui vouer sa vie, elle avait compris depuis longtemps que le monde était trop vaste, elle trop insignifiante pour traquer celui qui, sans doute, ne savait même pas que ce matin-là, il avait été observé. Mais maintenant, elle savait où le trouver, et plus rien d'autre ne comptait. Elle allait le tuer, tôt ou tard, mais cet homme ne quitterait pas Perspicaris vivant. Son élimination compenserait toutes les vies qu'elle avait arrachées en l'attendant.

Le discours se termina sur la vaste place, la foule se dispersa, murmurant ses impressions. Les avis étaient partagés : certains comprenaient que tout cela n'était qu'un vaste mensonge, que derrière ces belles paroles se dissimulait le véritable dessein du gouvernement. Beaucoup réalisaient que le joug d'Orbis les conduirait à leur perte. D'autres, naïfs ou idéalistes, préféraient croire à la promesse de paix, prêts à collaborer pour préserver leur cité. Les traqués, quant à eux, se replièrent vers le lac pour débattre. Arkero, qui avait vu Oranne quitter la foule, vint la retrouver.

— C'est la vue des myrmidons qui te donne la gerbe ? dit-il en riant.

Mais, en voyant le visage déformé de douleur d'Oranne, il comprit que sa blague tombait à plat.

— Ça va ? s'inquiéta-t-il. On est sur les berges pour délibérer. — Tout va bien, tenta de se convaincre Oranne. Je vais vous rejoindre. Va.

— Je ne vais pas te laisser seule ici. Je vois bien que quelque chose ne va pas.
— Laisse-moi, Arkero, s'il te plaît. J'ai des choses à régler. Surtout, ne dis rien à Lookim. Il me tuerait s'il savait que j'agis sans concertation.
— C'est donc ce que tu comptes faire ? Oranne ne répondit pas, s'étant trahie seule.
— Oranne, que vas-tu faire ?

Voyant les deux Oniscides à l'écart, Lookim vint à leur rencontre.

— Qu'est-ce que vous faites tous les deux ? Venez, on va se faire repérer.
— Rien ! répondit Oranne, foudroyant Arkero du regard. On arrive.

Lookim s'éloigna, au grand soulagement d'Oranne.

— Va avec lui. Je vous rejoindrai plus tard.

L'Errante ne laissa pas le temps à Arkero de répondre et lui tourna le dos. Il la regarda disparaître dans le dédale des rues, impuissant et inquiet. Qu'allait-elle faire ? Pourquoi tenait-elle tant à agir seule ? Les résistants verraient bien qu'elle avait faussé compagnie. Arkero finit par rejoindre le groupe sur les berges.

— Où est Oranne ? demanda aussitôt Lookim.
— Elle avait des choses à faire, elle nous rejoindra plus tard, répondit Arkero avec précaution. — Des choses à faire ? Elle se moque de nous ? Elle devrait être là pour

écouter les décisions à prendre. Qu'avait-elle donc de si urgent ?
— Je ne sais pas. Elle reviendra. Elle revient toujours.

Lookim, sceptique et contrarié, se força à participer au débat engagé par les résistants. Erthur, fidèle à lui-même, tentait de tempérer pour éviter le conflit et les effusions de sang, mais ses arguments peinaient à convaincre Oniscides et Hylas, assoiffés de justice et de vengeance. Lui, qui, quelques jours auparavant, décidait pour son peuple, n'était plus qu'un pion, rétrogradé. Les Hylas obéissaient à Lookim ; les Oniscides faisaient désormais plus confiance à Arkero.

Oranne fuyait la foule, remontant le dédale des rues menant aux quartiers résidentiels à contre-courant du flot humain. La milice se déployait dans la cité pour disloquer les groupes suspects et ramener le calme. Bientôt, il ne resta que ses pas sur les pavés pour briser le silence retrouvé. Avec soulagement, elle gagna la lisière de la forêt. Perce-Neige, absent depuis plusieurs heures, la rejoignit, effrayé par la foule. Rapidement, ils atteignirent les flottes des Hylas. Cyaléise, occupée à laver des guenilles au bord du canal, la vit arriver et se releva brusquement.

— Où sont les autres ?
— Ils arrivent.
— Pourquoi n'es-tu pas avec eux ? demanda-t-elle avec méfiance.
— Je les ai devancés, répondit Oranne en s'éloignant vers sa cabine d'un pas pressé.

— Comment s'est passé le discours ?
— Ils te raconteront.

Elle sauta sur sa flotte, entra dans l'habitacle, enfila ses vêtements, saisit ses armes et ressortit.

— Où vas-tu ? l'arrêta de nouveau Cyaléise.

Oranne s'immobilisa, surprise de devoir rendre des comptes à la compagne de Lookim. Elle la considéra longuement, hésitant entre se confier et lui signifier que cela ne la regardait pas.

— Où vas-tu, Oranne ? insista Cyaléise.
— Je m'absente cette nuit.
— Lookim est au courant ?
— Avec tout le respect que je vous dois, mes agissements ne vous concernent pas. Je suis libre d'aller et venir. Rassurez-vous, je ne vous mettrai pas en danger, répondit-elle froidement en réajustant la bretelle de son sac.
— J'y compte bien. Prends soin de toi, Oranne.

Oranne esquissa un sourire et disparut dans la forêt, espérant ne pas croiser les résistants. Elle n'avait aucun plan précis pour s'introduire dans le Symbiôsis. C'était l'antre du pouvoir, le repaire de la milice, la fourmilière de la répression. Pourtant, sa cible était à l'intérieur. C'était sûrement l'action la plus risquée de sa vie, mais la haine avait pris le pas sur toute prudence. Perce-Neige virevoltait au-dessus d'elle, s'arrêtant sur les cimes pour attendre sa maîtresse.

Lookim et sa troupe regagnèrent le campement alors qu'Oranne quittait la forêt. En constatant son absence, Lookim questionna aussitôt Cyaléise.

— Tu n'as pas vu Oranne ?
— Si... Elle est venue se changer, a pris ses armes, puis est repartie. J'ignore où elle allait. Elle m'a dit qu'elle n'avait pas de comptes à rendre et ne mettrait personne en danger.

— Ce n'est pas possible ! s'énerva Lookim. Elle n'a pas intérêt à faire une connerie ! Il hurla pour que tout le monde l'entende :
— Quelqu'un sait où est passée cette sale gamine ?

Personne ne sut lui répondre. Arkero n'osa pas soutenir son regard, sachant pertinemment qu'Oranne allait commettre un acte grave. Son silence était une manière de les protéger. Les Oniscides finirent par se disperser dans les bois tandis que les Hylas regagnaient leurs bateaux, laissant Lookim rongé par ses craintes.

Perchée sur le toit d'une résidence, Oranne faisait face au Symbiôsis. Des myrmidons arpentaient le parvis sous la bruine, se plaignant parfois de leurs conditions de travail. Comment entrer ? Le bâtiment était cerné de toutes parts. L'escalader, ce serait se faire repérer aussitôt. Elle ignorait jusqu'à l'emplacement de l'appartement de sa cible, ni même s'il s'y trouvait ce soir. Sa soif de vengeance anéantissait toute prudence. C'était ce soir ou jamais.

Soudain, des femmes s'approchèrent du bâtiment, tirant Oranne de ses pensées. Pauvrement vêtues, outrageusement maquillées, elles échangèrent quelques mots avec deux myrmidons, furent fouillées puis entrèrent au Symbiôsis sans difficulté. Oranne descendit de son perchoir, s'approcha d'une vitrine et se contempla. Jamais ils ne la laisseraient entrer avec une telle apparence : elle avait l'air d'une tueuse, d'une Errante, non d'une femme publique. Elle devrait pourtant leur ressembler. Peu importait le moyen, seule comptait la fin.

Derrière la vitrine s'étalaient des vêtements propres, colorés, féminins, qu'elle n'avait jamais eu le luxe de porter. Poussée par la nécessité, elle s'engouffra dans la boutique. Aussitôt, une petite femme au chignon serré surgit de l'arrière-boutique et se faufila entre les rayonnages.

— Que puis-je faire pour toi, jeune fille ?

Oranne sortit son poignard, le pointa vers elle, gênée, mais contrainte.

Le visage de la vendeuse ne se crispa pas. Il resta étonnamment impassible.

— J'ai besoin de vêtements. De beaux vêtements. — Pour quelle occasion ? demanda la vieille femme, nullement troublée par l'arme.

Oranne, étrangère à ce monde, hésita.

— Laisse-moi te conseiller, proposa la vendeuse. Nous allons trouver ce qu'il te faut. Tu peux poser ton arme. Je ne dirai rien. Tu es une Errante, je l'ai reconnu à tes vêtements. Tu es sûrement recherchée.

Oranne, surprise, hésita quelques secondes, puis rangea son poignard. La vendeuse lui tendit plusieurs robes, un sac et un manteau, et lui indiqua où se changer. Oranne en essaya trois. Pour la première fois depuis qu'elle était devenue femme, elle se vit réellement comme telle. Malgré la crasse, les égratignures, elle se trouva presque jolie, et regretta de découvrir sa féminité en de telles circonstances.

— Prends celle que tu veux, je te l'offre. Et le manteau aussi.

La voix la tira de sa contemplation. Elle se rhabilla et sortit.

— Merci.
— Peut-être veux-tu utiliser une salle de bain ? Je peux te prêter la mienne, au fond de l'arrière-boutique.

Était-ce un piège ? Avait-elle l'intention d'appeler la milice ? Mais la femme, lisant sa méfiance, la rassura :

— Ne crains rien. Je veux juste t'aider à ma façon. J'ignore qui tu es, peu importe. Laisse-moi t'aider.
— Si vous me trahissez, je vous tuerai. Soyez-en sûre.

La vendeuse sourit, l'invita à la suivre dans l'arrière-boutique puis dans la salle de bain, vétuste mais fonctionnelle. Pendant plus d'une heure, Oranne redécouvrit les commodités de la civilité, se réappropria son corps trop souvent perçu comme une arme. En se regardant dans le miroir, elle peina à se reconnaître : cet accoutrement vulgaire n'était pas elle. Débarrassée de sa crasse et de ses armes, elle se sentait nue, vulnérable. Durant toutes ces années, son animalité l'avait protégée. À présent, elle n'était qu'une Perspicarienne ordinaire, essayant de survivre en profitant des libidineux.

Elle finit par sortir, et la bienfaitrice accourut, la contempla.

— Ils vont tous se battre pour toi... Tu es splendide.
— À vrai dire, je veux en battre un seul, soupira Oranne, déjà dégoûtée à l'idée des regards que les hommes porteraient sur elle.

Ce n'était pas tant plaire qui la dérangeait, mais d'être perçue comme un objet.

— Je vous remercie, vraiment. Merci pour tout.
— Je ne dirai rien sur ta venue, sois tranquille. Laisse tes vêtements et tes armes, je les cacherai. Il y a un double fond dans le sac, si tu veux y glisser quelque chose. Reviens quand tu veux. Je m'appelle Cataleya. Comme la fleur.
— Oranne.
— En or...
— Je n'en sais rien. En chair et en sang, pour l'instant.

Tout cela semblait irréel. Elle laissait ses armes à une inconnue, peut-être pour toujours. Elle glissa seulement les deux poignards de son père dans le double fond, incapable de s'en séparer. Cataleya sourit, la regarda partir de sa démarche féline et sauvage. En regagnant la rue, Oranne fut envahie par un sentiment de solitude et de fragilité. Perspicaris ne lui appartenait plus, même en civile. Inconsciente mais déterminée, elle feignit une assurance propre à la féminité et s'élança vers le Symbiôsis, désarmée. L'adrénaline montait, empêchant toute lucidité. Son cœur tambourinait, menaçant de perforer sa poitrine à chaque pas.

Elle monta les marches du Symbiôsis. Deux myrmidons l'arrêtèrent.

— Pour qui viens-tu ?
— Pour Gamycyn. Je suis son cadeau de bienvenue.

Les deux hommes la dévisagèrent, la fouillèrent, profitant de leur statut. Trop obsédés, ils négligèrent son sac. Oranne se mordit les joues pour ne pas les tuer. Lorsqu'ils eurent terminé, ils ouvrirent la porte. Oranne pénétra dans le vaste hall suintant le luxe, se présenta à l'accueil et fut conduite à la chambre du monstre par deux myrmidons.

Gamycyn ouvrit la porte, vêtu d'un peignoir. Satisfait, il ordonna :

— Laissez-nous.

Les myrmidons refermèrent la porte. Le monstre posa aussitôt son regard lubrique sur elle.

— Veux-tu boire quelque chose ? Nous avons tout notre temps, après tout.

Il ne lui laissa pas le temps de répondre, servit deux coupes d'un liquide doré et pétillant, lui en tendit une.

— Quel âge as-tu ? Tu as l'air bien jeune...
— Peu importe, répondit Oranne avec désinvolture.

Devait-elle agir tout de suite ? Le mettre en confiance ? Elle devait le tuer proprement et silencieusement, que la milice ne découvre le meurtre que le lendemain matin. Son angoisse croissait à mesure que son cœur s'emballait. Gamycyn vida son verre d'une traite, s'approcha d'elle en déboutonnant sa chemise, puis son pantalon. Soudain, Oranne revit sa mère, ce chemisier déboutonné, puis les myrmidons réajuster leurs pantalons sur le seuil... Elle saisit un poignard, se leva brusquement, lame brandie.

— Un mot, et je te saigne comme le porc que tu es.

L'homme, surpris, resta bouche bée, croyant à un jeu. Mais il aperçut le manche sculpté du poignard.

— Où as-tu eu ce poignard ? Où l'as-tu trouvé ? demanda-t-il, paniqué.
— Il appartenait à mon père.
— Ton père ? Tu ne peux pas... balbutia-t-il.
— Être sa fille ? Si, j'étais là. J'ai tout vu ce jour-là. J'avais dix ans.
— Alors tu as survécu ? Ne te voyant pas, on a pensé que tu finirais par mourir de faim, ou tuée, ricana-t-il.

— Oui, j'ai survécu, comme tu le vois.

Gamycyn se mit à rire bruyamment.

— Tu as attendu ce jour toute ta vie, hein ? C'est mignon. Tu veux venger tes parents ?

Il lut la réponse sur le visage d'Oranne, éclata de rire.

— Tu crois que tu sais à quoi tu t'attaques ? Tu crois que tu as une chance de me tuer ? Te faire passer pour une femme, c'était réussi. Mais tout cela ne servira à rien. Tu as tant espéré. J'en ai presque les larmes aux yeux. Maintenant, pose ce couteau avant de te blesser. C'est la première fois qu'une pute essaie de me tuer.

Oranne resta de marbre, sentant quelque chose de monstrueux monter en elle, mélange d'adrénaline, de souffrance et de haine.

— Pourquoi les avoir tués ? finit-elle par demander, luttant pour contenir ce qui grondait en elle.

Gamycyn se mit à rire de nouveau, à gorge déployée.

— Tu crois que j'ai des réponses ? Je n'ai fait qu'exécuter des ordres. Ce double meurtre m'a fait monter en grade, tu n'imagines même pas ce que j'y ai gagné. Si tu veux des réponses, c'est à Orbis qu'il faut aller, trésor.

Oranne se sentit soudainement misérable. S'était-elle trompée toutes ces années ? Avait-elle mésestimé l'ennemi ? Qui étaient réellement ses parents, pour que leur exécution soit commandée par Orbis ? Elle avait cru à un simple acte de sadisme, à de la violence gratuite. Mais Gamycyn ne lui donnerait rien. Elle devait l'exécuter.

— Pose cette arme. Tu veux aller à Orbis ? Mes gardes vont t'y escorter gentiment.

Oranne feignit de poser son arme, puis, d'un bond, se jeta sur lui, plantant un premier coup de poignard dans le ventre, et de l'autre main, étouffa son cri. Elle l'éventra lentement, prenant garde à ne pas tuer trop vite. Sa chemise blanche se couvrit de sang. Son visage se tordit dans un rictus hideux de douleur qui ravit l'Errante. Elle retira la lame, la fit tourner autour du cœur.

— J'ai tellement envie de te faire souffrir que je ne sais même pas comment m'y prendre pour être satisfaite, susurra-t-elle.

Elle le poignarda dans le cœur, puis encore et encore sur l'ensemble du buste. Se relevant brusquement, elle contempla le carnage, les larmes coulant sur ses joues. C'était fini. Pourtant, elle ne se sentait pas soulagée. Elle s'effondra sur lui, le rouant de coups au visage. Le meurtre de ses parents repassait par bribes insoutenables. Il avait fait d'elle le monstre qui venait de le tuer. Elle frappa jusqu'à ne heurter plus qu'un tas de chair et la moquette. C'est fini, se répétait-elle, il a eu ce qu'il méritait.

Ses parents étaient vengés, mais la vengeance ne laissait qu'un arrière-goût amer. Oranne, la robe maculée de sang, l'esprit assailli de questions, regarda le cadavre méconnaissable. La mort de Gamycyn ne lui apportait pas la plénitude espérée, juste une paix éphémère. Elle ouvrit la fenêtre. La brise de Perspicaris envahit la pièce, la libérant de l'oppression. Oranne s'accroupit sur le rebord, guetta les va-et-vient des myrmidons. Quelques mètres la séparaient du sol.

Elle jeta un dernier regard à la scène, sauta sur la gouttière quand les myrmidons étaient aux angles opposés, atterrit, courut aveuglément, sans se soucier d'être suivie. Après quelques minutes, elle tambourina à la porte de la boutique de Cataleya. Cette dernière ouvrit après un instant d'angoisse.

— Je ne m'attendais pas à te revoir, dit-elle tandis qu'Oranne s'engouffrait à l'intérieur. Cataleya la considéra à la pâle lumière d'une ampoule nue : la robe qu'elle avait offerte était alourdie de sang, déchirée. Qu'avait-elle fait ?

— Je suis désolée..., s'excusa Oranne en voyant la grimace de son hôte.
— Ce n'est rien. Je ne suis juste pas habituée... Tout s'est passé comme tu le voulais ?
— Plus ou moins. Je venais chercher des réponses, je n'ai trouvé que plus de questions.
— Parfois il vaut mieux l'ignorance que la vérité, surtout si elle est douloureuse.
— Peut-être..., murmura Oranne. Je vais reprendre mes affaires et ne pas t'ennuyer davantage.

L'Errante enfila ses vêtements, prit ses armes, mit son sac sur ses épaules.

— Merci, Cataleya. Sincèrement.
— Reviendras-tu me voir ? Tu es la bienvenue.
— C'est gentil, mais je ne pense pas. Prends soin de toi.

Oranne quitta la boutique. Perce-Neige fondit sur elle, enserra son épaule de ses serres.

— Désolée, mon grand. Je suis là maintenant. Un long voyage nous attend. Nous partons pour Orbis.

Chapitre 11

Ce n'est que lorsque les hauts remparts de Perspicaris furent derrière elle qu'elle songea à ceux qu'elle laissait, à ceux qu'elle abandonnait avec leurs questions. Mais, après tout, elle n'était pas indispensable. Les Hylas et les Oniscides réunis formaient la résistance avec ou sans elle. Ils penseraient sûrement qu'elle était morte, que le jeu dangereux auquel elle s'adonnait avait fini par la tuer. Seul Arkero saurait qu'elle était responsable de la mort de Gamycyn, et il penserait sûrement qu'elle y avait péri elle aussi. Être morte aux yeux de tous ceux qu'elle connaissait était un poids en moins. Pour avancer, elle devait être seule, retrouver une non-existence aux yeux du monde, de tous.

Les montagnes se dessinaient devant elle, presque menaçantes dans leur immensité et leur éloignement. Pourtant, elle devait les franchir, aller loin, là où Orbis était nichée. La solitude ne lui faisait plus peur depuis longtemps, elle avait appris à l'apprivoiser, à en faire une force. Elle refusait de croire que l'union faisait la force, ayant vu la fausseté de ce principe dans la division des Perspicariens, et parfois même chez les Oniscides. La solitude évitait le partage des larmes, d'avoir à évoquer sa vie passée ou à ressentir la douleur de la nostalgie. Ce qui l'effrayait, c'était ses semblables, les relations humaines et leurs conventions. Ces liens si fragiles, qui unissent les Hommes pour survivre ou se détruire, toujours éphémères, souvent illusoires. En étant seule, elle ne pouvait compter que sur elle-même, mais ne devait rien à personne. Elle était libre d'aller et venir à sa guise. Elle jouissait de ce privilège depuis toujours, mais savait qu'au-delà des remparts d'Orbis, ou dans les ruines de Perspicaris, il n'en serait rien.

Les sentiers autrefois si souvent empruntés menant aux imposants monts du Chkahara avaient fini par disparaître, dévorés par la végétation, déformés par la neige qui venait parfois étouffer les plaines. La seule chose qu'Oranne savait, c'était qu'Orbis se trouvait tapie quelque part derrière la chaîne de montagnes. Le reste de ses connaissances n'était qu'un ramassis de mythes et de légendes terrifiantes, autant sur Orbis que sur les montagnes hostiles du Chkahara. Nul n'en était revenu. Était-ce parce que ce qu'ils avaient trouvé de l'autre côté était plus attrayant que la contrée d'Anaklia, ou bien parce que les montagnes les avaient engloutis ? Pourtant, les convois venus d'Orbis parvenaient à franchir ce chemin pour piller Perspicaris.

À peine eut-elle parcouru quelques kilomètres dans les plaines que le dénivelé se fit sentir. À chaque pas, elle gagnait en altitude. Dans quelques jours, elle atteindrait les monts saupoudrés de neige éternelle. Ce voyage lui rappelait celui qu'elle avait entrepris pour retrouver les Oniscides, mais celui-ci s'avérait bien plus long et périlleux, qui plus est, en territoire ennemi. À plusieurs reprises, elle découvrit, étouffés par les ronces, des vestiges du monde d'antan. Des villages entiers dont elle devinait les toits et quelques murs, écrasés sous des années d'amoncellement de feuilles mortes et de végétation, détruits par le temps. Oranne aurait aimé s'y attarder, fouiller ces ruines, mais d'autres avant elle étaient déjà passés, avaient tout pillé pour survivre.

La plupart des maisons n'étaient plus qu'un amas de pierres, chargées d'histoires individuelles, brisées par un drame universel. En songeant à ces existences happées par l'Histoire, elle frissonna. À la Démétrias, elle n'avait eu accès qu'à quelques bribes du passé. Mais quelle était leur exactitude ? N'était-il pas écrit par les vainqueurs, pour fleurir leur image et leur idéologie ? Elle reprit sa route, songeuse. Au loin, des légions de pins s'étendaient jusqu'aux pieds du Chkahara, protégeant la forteresse neigeuse.

Son périple s'étala sur une dizaine de jours avant qu'elle ne les atteigne. Si le temps s'était montré clément jusque-là et avait facilité sa progression, bientôt les sols devinrent humides, spongieux, puis nappés de neige. Les légionnaires pinastres s'écartaient parfois pour laisser filer un ruisseau dans la vallée. Oranne en profita pour remplir ses gourdes et se débarbouiller, bien que l'eau soit glacée. Le soleil commençait sa descente alors elle décida de s'établir ici, dormirait sous un pin. Dans les livres, elle avait lu que sous le pied d'un pin, la température augmentait de plusieurs degrés. Protégée de ses couvertures, elle survivrait. Après avoir allumé un feu et mangé un peu de ses provisions, elle s'étendit sous le pin et s'endormit rapidement, bercée par l'écoulement régulier du ruisseau et les murmures du monde.

Le lendemain, elle foula les flancs du Chkahara après plusieurs heures de traversée d'étendues immaculées.

Face à ces monstres immémoriaux, elle se demanda comment elle ferait pour les franchir sans mourir. La neige ne faisait que dissimuler leurs pièges, leurs carapaces impénétrables et leurs crocs acérés. Les légendes sur le Chkahara s'avéraient fondées : peut-être n'en reviendrait-elle jamais, serait-elle dévorée par ces créatures rocheuses et pétrifiées ? Malgré tout, elle commença son ascension, tâtonnant prudemment avec un bâton devant elle pour éviter les trous ou les pierres enfouies. Pourtant, cette précaution ne fut pas suffisante. Soudain, le sol craqua puis se déroba sous ses pieds et l'engloutit. Elle chuta sur plusieurs mètres, glissa sur la glace et s'écrasa lourdement, inanimée.

Des gouttes glacées dans sa nuque la réveillèrent. Elle ouvrit brusquement les yeux et se redressa. Où était-elle ? Après quelques secondes d'observation, elle comprit qu'elle était tombée dans une des mâchoires de la montagne. Des stalactites et stalagmites menaçaient de l'empaler. Derrière elle, le monstre crachait une eau argentée. Oranne hurla le nom de Perce-Neige, espérant qu'il surgisse pour lui montrer une issue. Mais l'animal ne répondit pas et ne vint pas.

Pourtant, la lumière du jour parvenait à pénétrer la cavité : il devait donc exister plusieurs sorties. Mais où ? Elle se releva tant bien que mal ; par chance, son lourd sac chargé de couvertures avait amorti sa chute. L'Errante s'aventura dans la grotte. En avançant, l'image monstrueuse de cet endroit s'estompa, remplacée par la majesté du lieu. Elle se trouvait dans le palais glacé qu'elle avait tant rêvé, enfant. Une lumière opalescente colorait les hautes parois suintantes d'humidité et de glace fondue. Seuls les cliquetis irréguliers des stalactites brisaient le silence. Après avoir fait le tour du palais glacé, elle dut se rendre à l'évidence : la lumière provenait des hauteurs inatteignables. Jamais elle ne pourrait escalader jusqu'à cette source lumineuse qu'elle devinait à peine.

Ses sentiments se brouillèrent. Elle était partagée entre sa sensibilité, ses souvenirs d'enfance et la peur d'être prisonnière à jamais. Son instinct de survie lui hurlait de se dépêcher de trouver une issue, mais son cœur lui murmurait de s'attarder. Pour l'instant, la lumière emplissait la cavité, mais bientôt, l'obscurité tomberait. Son évanouissement lui avait fait perdre la notion du temps. L'instinct prit le dessus et elle se mit à tourner en rond dans la cavité, tel un fauve en cage. Elle s'approcha du petit lac où l'eau stagnait. L'obscurité la rattrapa, l'engloutissant dans un noir oppressant. Elle allait devoir passer la nuit ici et attendre le lendemain pour tenter de sortir. Son angoisse grandissait. Du monde extérieur, aucun son ne lui parvenait. Elle était totalement coupée, et elle savait que personne ne viendrait la chercher. Elle chercha ses couvertures à tâtons, s'enroula dedans et s'étendit sur le sol pierreux. Mais le sommeil ne vint pas. Parviendrait-elle à sortir d'ici ?

L'aube la délivra de ses peurs. Dès que la lumière fut suffisante, elle bondit hors de ses couvertures, les rangea et entama un énième tour du lieu. Armée d'une pioche qu'elle emportait toujours au cas où, elle entreprit de gratter les parois dans l'espoir d'y découvrir une brèche. Plusieurs tentatives ne lui valurent que de buter sur des remparts de pierre. À bout d'espoir, elle hurla de nouveau le nom de Perce-Neige, le siffla. En vain. Puis soudain, ses cris perçants résonnèrent faiblement à l'autre bout de la cavité, près du lac. Elle s'y précipita, s'immergea dans l'eau glacée jusqu'aux genoux et leva les yeux. À une dizaine de mètres au-dessus d'elle, elle aperçut une fente horizontale de quelques centimètres. Elle n'avait pas le choix, elle devait l'atteindre. Les parois offraient peu de prises et la plupart lui écorchaient les mains, si bien qu'à peine à vingt centimètres du sol, elle chuta une première fois. Lorsqu'elle atteignit la brèche, elle dut se maintenir d'une main et de l'autre élargir l'entrée avec sa pioche. Par chance, après quelques mètres d'étroitesse, le boyau s'élargissait et elle put ramper à l'intérieur. Son sac s'accrochait à chaque aspérité, ralentissant sa progression. Elle priait pour que la toile ne cède pas et qu'elle ne sème pas ses affaires. Elle rampa longuement dans l'obscurité, s'efforçant de contrôler sa respiration. Soudain, elle sentit un souffle d'air.

L'espoir renaissait. Elle redoubla d'efforts, ses mains heurtèrent de la neige. Combien de centimètres ou de mètres faudrait-il encore pousser avant de voir le ciel ? Avec patience, elle se fraya un chemin, progressant lentement jusqu'à ce que la vue du ciel la délivre. Elle s'extirpa du trou, se jeta à plat ventre dans la neige, emplissant ses poumons d'air pur. Perce-Neige survolait au-dessus d'elle. Vivante, elle était vivante. En se relevant, elle ne reconnut pas le paysage : où étaient la forêt de pins, le ruisseau ? De quel côté était-elle ? Anaklia ou Akhmeta ? En regardant la position du soleil, elle eut sa réponse. Elle se trouvait encore sur le territoire d'Anaklia. Elle n'avait traversé qu'une montagne. Le plus dur l'attendait, mais au moins, elle était dehors.

Sa traversée s'étendit encore sur six jours. L'Errante était épuisée. Ses nuits étaient entrecoupées de froid, du besoin d'alimenter le feu, des bruits venant des profondeurs de la montagne. La nourriture était rare, les animaux difficiles à traquer. Pourtant, malgré l'hostilité de cette nature inviolée, Oranne s'émerveillait. Ses yeux rougis, agressés par le froid, admiraient l'immensité sauvage de ces décors immaculés. Peut-être serait-elle la seule à avoir vaincu le Chkahara. La neige finit par laisser place à la glaise au bout du sixième jour. Oranne constata avec soulagement qu'elle entamait la descente. Du haut de son promontoire, elle surplombait tout le territoire d'Akhmeta. Pour la première fois de sa vie, elle voyait cette partie du monde, aussi méconnue que crainte, abritant Orbis. Elle aperçut en contrebas une grande tour métallique d'où partait un câble. Oranne sourit et décida de s'y rendre. Après tout ce qu'elle avait traversé, la descente fut une promenade. Elle atteignit sans peine l'immense tour de barres de fer entrecroisées et l'escalada. Le câble filait tout droit dans la vallée.

Elle ignorait l'usage de cette construction, mais à en juger par l'usure et la rouille, elle datait d'un autre temps. L'Errante vérifia que son sac était bien accroché, retira sa ceinture, la passa autour du câble, regarda autour d'elle et se jeta dans le vide sans hésiter. La sensation de la chute la fit rire de bonheur. Plus elle prenait de la vitesse, plus elle perdait en altitude. Bientôt, elle s'écraserait quelque part. Mais peu importe, elle préférait savourer ce moment.

Elle traversa un bosquet, se prenant quelques branches au visage et dans les côtes. L'une d'elles, plus grosse, la frappa violemment au ventre. Oranne suffoqua et lâcha prise.

En se relevant péniblement, elle saisit instinctivement sa machette. Trois hommes au visage rabougri et pâle, aux yeux plissés, la tenaient en joue avec des armes inconnues. Ils la reniflèrent bruyamment, tels des loups. Que faisait ici cette chair fraîche, puante et armée, tombée du ciel ? Oranne les observa. Ils n'avaient pas l'air d'être des Myrmidons, dont elle connaissait l'uniforme, mais leur anatomie difforme l'effraya presque autant. Leurs vêtements étaient faits de peaux d'animaux et de cuir, comme les siens. Elle se réjouissait que leurs guenilles cachent ce qui ressemblait à un corps humain.

— Pose ta machette, gamine, demanda calmement l'un d'eux.

Oranne n'en fit rien. La livreraient-ils à Orbis ?

— Tu es sourde ?

Face à son silence, l'homme ordonna aux deux autres de la désarmer. Les étranges créatures s'approchèrent. Oranne recula.

— Ne m'approchez pas !

Les trois hommes rirent, moqueurs, et s'avancèrent. Oranne serra convulsivement le manche de son arme, encore sonnée par la chute.

— Qu'est-ce qui se passe ici ?

Un quatrième homme surgit de nulle part et renifla Oranne avec curiosité. Ses vêtements sentaient la terre, la sueur, la crasse et le sang.

— Tiens, une Errante, dit-il amusé.
— Elle n'est pas d'ici. Elle pue l'ouest et Perspicaris.
— Je ne suis pas de Perspicaris, se défendit Oranne, espérant que sa réponse l'épargnerait.
— D'où viens-tu alors ? Que viens-tu faire ici ?
— Elle vient s'installer à Orbis, ricana un des hommes.

Les deux autres se mirent à rire, dévoilant leurs dents manquantes ou jaunies.

— Ta gueule, Gathered. Laisse-la parler. Alors, tu viens faire quoi ici ? Tu es une espionne de Perspicaris ?
— Je viens de vous dire que je n'appartenais pas à cette ville, s'énerva Oranne.

Elle ne savait que penser d'eux. Leur air sournois et malicieux la poussait à la méfiance. Que feraient-ils d'elle ?

— Alors, qu'est-ce que tu fais ici ? insista le quatrième.
— Je me balade, dit-elle avec un sourire.

— Tu te balades ? Comme c'est mignon ! Tu me prends pour un con ?
— J'en ai l'air ?

L'insolence d'Oranne l'agaça. Il ordonna à ses hommes de l'attraper. Ils se ruèrent sur elle après avoir rangé leurs armes. Sans hésiter, Oranne trancha la main du premier, planta un couteau dans l'épaule du second et allait égorger Gathered quand leur chef intervint, à la fois choqué et amusé.

— Arrête ! Je te crois. Tu n'es pas de Perspicaris. Bienvenue chez nous. Tu es notre hôte.

C'était tout ? Était-ce un piège ? Fallait-il simplement ne pas appartenir à Perspicaris ? Oranne lâcha Gathered, reprit son couteau, rangea sa machette. Elle n'était pas habituée à la bienveillance, surtout d'inconnus, dans la région d'Orbis. Mais ils auraient pu la tuer d'emblée, si elle avait représenté une menace. Le supérieur aurait pu la tuer pendant qu'elle s'occupait des autres. Il lut sa méfiance et tenta de la rassurer :

— On n'est pas d'Orbis, si c'est ce qui t'inquiète. On n'a rien à voir avec eux, ni avec la milice ou le gouvernement. Au contraire.
— Qui êtes-vous alors ?
— Les Annélides.

Oranne n'en avait jamais entendu parler, même dans les mythes de l'ouest, ni dans les livres de la Démétrias. Il l'invita à le suivre, ce qu'elle fit, suivie des blessés se traînant derrière eux.

— Je m'appelle Josh, et toi ?
— Oranne, répondit-elle après un instant d'hésitation.
— Où vis-tu ?
— Dans les bois au sud d'Anaklia.

Elle préféra ne pas en dire plus, ayant promis à Erthur de ne pas mettre les Oniscides en danger.

— Tu sais ce que tu risques en t'aventurant ici ? Je ne sais pas ce que tu viens y faire, mais c'est dangereux.
— Oui, je le sais.

Josh s'arrêta devant un arbre, balaya les feuilles mortes du sol d'un geste et ouvrit une trappe en bois. Un étroit escalier s'enfonçait dans l'obscurité. Oranne était à la fois sceptique et intriguée.

— Ça fait toujours cet effet la première fois, dit-il en commençant à descendre.

Oranne hésita, ne voyant rien. Allait-il finir par allumer une torche ? Mais Josh et les blessés s'enfoncèrent dans les ténèbres avec aisance.

— Ah oui, excuse-moi, fit Josh. Il s'arrêta, puis revint vers Oranne avec une torche.

— Mais… vous voyez dans le noir ? demanda naïvement Oranne.

— Non, nous sommes aveugles, pour la plupart, répondit-il naturellement en poursuivant son chemin.

Oranne suivit, tendue, regrettant presque sa confiance. Après une centaine de marches, ils bifurquèrent à gauche, débouchant dans un couloir étroit orné de petites clochettes.

— Je vais t'emmener devant notre chef.

Derrière, Gathered marmonnait contre celle qui avait failli le tuer.

Brusquement, le couloir s'élargit, s'ouvrant sur une vaste salle soutenue par d'immenses troncs d'arbres. De part et d'autre, Oranne devina des escaliers desservant plusieurs étages de petites cases creusées dans les cloisons de terre, d'où sortaient hommes et femmes qui reniflaient la nouvelle venue par-dessus les balustrades. Au centre de la salle commune, des tables entourées de rondins servaient de sièges. Des voix féminines montaient d'autres pièces creusées sous les escaliers. Oranne laissa son regard errer dans le plafond où s'entrecroisaient des poutres supportant la terre, puis sur les habitations encastrées, enfin sur les habitants. Pour la première fois, elle voyait une cité souterraine, nichée dans les boyaux creux de la montagne, dans les blessures de la Terre qu'eux-mêmes avaient creusées. Leur existence était clandestine. Tous fuyaient la folie d'Orbis.

Josh lui expliqua que l'Annélide se divisait en cinq croissants semblables ; celui-ci lui appartenait, il en était le gestionnaire. Deux seulement étaient artificiels et creusés par l'homme, les autres se dissimulaient dans des cavités naturelles. Il l'invita à le suivre jusqu'à leur chef, Herkam. Pour cela, ils traversèrent les croissants terreux et pénétrèrent plus profondément dans la montagne. Aucun ne se ressemblait, aucun n'était au même niveau. Josh imposait un rythme empêchant Oranne de s'attarder, de contempler les lieux. Ils empruntèrent un escalier en colimaçon descendant encore plus profondément.

— Je te préviens, Herkam se méfie des étrangers venus de l'ouest. On a eu de mauvaises expériences.
— J'aurais pu dormir à la surface...

Josh frappa quatre coups à une lourde porte en bois. Une femme, dont la beauté étrange frappa Oranne, leur ouvrit. Ses traits, durs, semblaient figés, sans expression perceptible. Dès qu'ils pénétrèrent, une forte odeur de moisissure piqua le nez d'Oranne. Il n'y avait qu'un bureau et une chaise. La femme, visiblement voyante, scruta l'étrangère avec un dédain à peine dissimulé. Qu'est-ce que Josh leur avait encore ramené ? Il avait la manie de recueillir tous les égarés et bien souvent, il s'était trompé sur eux.

— Enéla, annonce-moi à Herkam, s'il te plaît.

La jeune femme grommela et disparut derrière une porte, revint peu après :

— Il vous attend, dit-elle froidement en s'asseyant.

Josh entra le premier dans le bureau du roi où une odeur de crasse accompagnait celle de moisissure. Oranne se retint de se boucher le nez. La pièce était si sombre que, malgré son exiguïté, elle chercha où se trouvait le roi. Sa silhouette se devinait derrière un amas de livres en braille et de papiers gribouillés. Josh s'approcha, et Oranne distingua son visage marqué par les épreuves, caché sous une barbe et une moustache grisâtres. Sa pâleur extrême et ses creux sous les yeux trahissaient un long séjour ici, où il se fondait dans le décor.

— Qu'est-ce que c'est que cela ? demanda-t-il d'une voix caverneuse, sentant la présence étrangère d'Oranne, irrité qu'on vienne le déranger.
— Je m'appelle Oranne. Je viens d'Anaklia, mais…
— De Perspicaris ? l'interrompit Herkam, agressif.
— Non, répondit calmement Oranne. Je vis dans les bois, mais je n'appartiens à aucun peuple, mentit-elle.
— Que viens-tu faire ici alors ? Tu as dû franchir les montagnes ? Pourquoi te donner tant de mal ? Oranne se sentit prise au piège. Devait-elle révéler ses intentions ? Si elle mentait et qu'ils s'en rendaient compte, elle mourrait. Rien ne justifiait vraiment sa présence. Rares étaient ceux qui franchissaient la montagne pour passer d'est en ouest ou inversement.

— Je suis venue intégrer Orbis, osa-t-elle avouer.
— Qui t'envoie ? demanda Josh, choqué.
— Personne, mentit-elle plus ou moins. Je suis venue de mon propre chef. Je vous l'ai dit, je n'appartiens à aucun peuple.

Herkam ricana en crachotant dans sa barbe.

— Comment fais-tu pour survivre et voyager seule ? Josh sentait qu'Herkam se méfiait de plus en plus.

— J'ai pu constater qu'elle savait se défendre...
— Je vis seule, je n'ai besoin de personne, renchérit-elle.

La force qui émanait de ses propos surprit le chef.

— Si tu crois que tu as une chance de rentrer puis de ressortir d'Orbis vivante, tu te trompes. Tu sens l'Errante. Ils les détestent, le savais-tu seulement ? Ils t'utiliseront jusqu'à ta mort.
— Oui, je le savais.
— La plupart des nôtres qui ont tenté n'en sont jamais revenus. On ne sait même pas s'ils sont entrés, alors je te conseille d'abandonner. Tu es une fille, qui plus est une gamine. Tu n'as aucune chance. Quel âge as-tu, d'ailleurs ?
— Dix-huit ans, je crois.

Il se mit à rire, moqueur.

— La fougue de la jeunesse, ses ambitions... C'est beau, ironisa-t-il. Retourne d'où tu viens, Oranne. Préserve ta vie et ta liberté. Nous t'offrons l'hospitalité pour la nuit, mais demain Josh te raccompagnera.

Oranne jugea bon de ne pas le contredire, mais ses actes seraient tout autres. Elle n'avait pas fait tout ce chemin pour rien. Herkam s'adressa à Josh :

— Montre-lui ses appartements.
— Merci de votre gentillesse, monsieur, dit-elle poliment.

Josh et Oranne quittèrent le bureau. Aussitôt, Enéla s'approcha de Herkam.

— Qui est cette fille ? Elle sent l'animal sauvage.
— Elle s'appelle Oranne, dix-sept ou dix-huit ans. Elle veut aller à Orbis, pour une raison que j'ignore. J'ai tenté de la dissuader, mais je sais qu'à l'aube, elle partira là-bas.

Enéla comprit la demande implicite de son mari.

— Tu ne veux pas tout de même pas que je la suive ?
Herkam acquiesça d'un signe de tête.

— Je ne vais pas risquer ma vie pour une gamine inconsciente reprit Enéla. On ne la connaît même pas. Qui te dit qu'elle ne ment pas ? Et que Perspicaris ne l'envoie pas ?
— Je ne sais pas. Elle a quelque chose de particulier qui m'a touché. Tu es la seule voyante qui connaisse le chemin vers Orbis. Assure-toi qu'elle franchisse la Géode. Rien de plus.
— Tu auras ma mort sur la conscience, grogna Enéla en claquant la porte.

Josh conduisit Oranne à la case où elle passerait la nuit, dans le quartier qu'il dirigeait. Les habitants humèrent Oranne avec suspicion. Les profondeurs grouillaient de vie. Une microsociété s'y était établie. La morphologie des

Annélides s'était adaptée : leur ouïe et leur odorat étaient affinés, leur peau pâle ne supportait plus les faibles lueurs du jour. Leur taille avait diminué, ils étaient petits et minces, capables de se faufiler dans les tunnels les plus étroits. Reclus sous terre, la vue leur était devenue inutile et avait disparu en quelques générations. S'adapter pour survivre : l'instinct le plus primitif de l'homme.

Josh s'arrêta devant une porte, sortit un trousseau de clés et, après plusieurs tentatives, ouvrit. Une petite pièce irrégulière s'étendait devant elle. Dans un coin, un lit fabriqué à partir d'un toit de voiture retourné, entouré d'un rebord en bois, recouvert d'une couverture rapiécée. Chaque meuble était fait de matériaux récupérés : une baignoire en guise de table, un tonneau comme fauteuil. Josh ouvrit une autre porte sur ce qui semblait être une salle de bain : une bassine, une serviette, un miroir, des fioles colorées, du savon vert, des toilettes sèches.

— On t'apportera de l'eau chaude pour le bain. Si tu as faim, descends dans la salle commune quand la cloche sonnera. Je demanderai aussi qu'on te donne des bougies.
— Merci pour ton accueil.

Il sourit et quitta la case. Oranne contempla les lieux irréels, puis retira ceinture, sac, manteau, chapeau. Peu après, on toqua : des femmes entrèrent, chargées de jerricans d'eau fumante, les versèrent dans la bassine et déposèrent un panier de bougies avant de repartir. Oranne les remercia, ferma le loquet, se déshabilla, alluma ses bougies. L'eau brûlante détendit ses muscles, mais se noircit rapidement. Elle se savonna, se plongea dans l'eau.

La cloche sonna plusieurs fois. Tous les habitants, hommes, femmes, enfants, sortirent de chez eux et descendirent prendre place en contrebas. Elle, qui croyait la race humaine en voie d'extinction, s'était trompée. Rejoindre le groupe l'intimidait, sachant que tous les nez se tourneraient vers elle, l'étrangère. Affamée, elle prit sur elle et descendit dans la salle commune, sa torche à la main, sans savoir où se placer. Josh n'était pas là, et voir toutes ces créatures agglutinées autour de plats peu appétissants l'effrayait.

Une femme aux traits bienveillants vint vers elle :

— Viens t'asseoir avec nous, l'étrangère. N'aie pas peur !

Oranne s'exécuta, mal à l'aise. Que dire ? Comment réagir ? Pourtant, elle avait tant de questions sur leur mode de vie. Leur civilisation semblait avoir fait un bond de plusieurs siècles dans le passé, ce qui la troublait autant que cela la fascinait. On lui servit une écuelle de viande et de bouillie à base de pommes de terre et de racines. Oranne s'amusa à observer le ballet des mains sur la table, se servant, coupant, passant, allant et venant, avec une dextérité remarquable malgré la cécité. L'impression d'irréel s'accentuait devant cette harmonie collective.

— Tu comptes rester parmi nous ? demanda une vieille femme à la voix nasillarde.
— Non, je repars demain dans la région d'Anaklia, mentit-elle. Je n'appartiens pas à Perspicaris, rassurez-vous.
— Si c'est le cas, je te tuerai de mes mains, siffla Enéla en passant derrière elle, répandant une âcre odeur de lavande.

— Ne fais pas attention à elle, dit la vieille femme. Elle est comme ça avec tout le monde, aigrie et méchante. Depuis qu'elle est avec Herkam, ajouta une jeune fille à peine plus âgée qu'Oranne.

La différence d'âge entre Herkam et Enéla surprit Oranne, elle n'aurait jamais imaginé qu'ils soient ensemble.

— L'extérieur ne vous manque pas ?
— Pas vraiment, non. On s'habitue à l'odeur de la glaise. Les plus âgés, encore voyants, sortent pour chasser, ramener du bois, des provisions. Certains n'ont jamais vu le ciel, les plus jeunes. Nous pouvons tenir des mois sans remonter, surtout l'hiver. Nous avons des grottes suffisamment exposées à la lumière pour cultiver légumes et plantes. On évite tout contact avec l'extérieur, sauf en cas de besoin. Aux beaux jours, on stocke des provisions dans des salles de réserve. Pour nous, dehors représente le danger.

Le dîner se termina. Oranne aida à débarrasser, à emmener les plats dans la cuisine creusée. La vaisselle était déposée dans un lac d'eau naturelle alimenté par un ruisseau. Oranne s'agenouilla et aida à laver avec du sable. Quand tout fut rangé, elle prit congé et retourna à sa chambre. Mais alors qu'elle franchissait le seuil, Enéla surgit, la poussa à l'intérieur et referma la porte derrière elle.

— Qu'est-ce que tu viens vraiment faire ici ? Je peux te voir, tu sais. Et j'ai vu que tu mentais. Tu ne retourneras pas à Perspicaris comme tu l'as dit à mon cher mari.
— Je n'ai rien à te dire.

— Tu pues le sang humain, en plus de la crasse. Qui es-tu ?
— Qu'importe, je partirai demain matin, tu ne me reverras plus. Enéla savait pourtant qu'elle allait l'accompagner à Orbis à son insu.
— Ne t'avise jamais de revenir ici, ni de révéler notre existence à quiconque. Herkam est trop naïf, il accueille n'importe qui…
— Je ne reviendrai pas, je n'ai aucune raison de le faire.
— Bien. Maintenant c'est clair, dit-elle en sortant.

Le sommeil mit du temps à venir. L'appréhension du lendemain grandissait. Comment entrerait-elle à Orbis ? Qu'y trouverait-elle ? La cloche sonna, résonnant dans toutes les cavités. Oranne se souvint de la veille. Il fallait partir. Quelle heure était-il ? Elle rassembla ses affaires, fit son lit, chargea son sac.

— Salut Oranne, dit Josh adossé à la balustrade.
— Tu m'attendais ?
— Je dois te raccompagner jusqu'au sentier.
— Ah oui… j'oubliais, soupira Oranne.

Ils descendirent dans la salle commune encore inoccupée, puis remontèrent les cent marches menant à la surface. Le jour à peine levé éblouit Oranne. De l'air frais, de la lumière. Le vrai luxe.

— Suis-moi, demanda Josh. Mais Oranne n'en fit rien.
— Qu'est-ce que tu attends ? Dépêche-toi !
— Je n'ai jamais eu l'intention de rentrer, Josh. Je suis venue pour entrer à Orbis et j'irai.

— Je vois… Rien ne te dissuadera ?
— Non. Merci pour tout.
— Tu n'as qu'à aller vers le nord à partir d'ici, tu trouveras rapidement la Géode. Si tu reviens, passe me voir.

Bien sûr, Josh n'y croyait pas.

— La Géode ? Et comment te retrouver ? Vous n'êtes pas vraiment visibles… Josh sourit.
— Tu ne pourras pas la manquer. Je te laisse découvrir ce qu'est la Géode. Et tu sais, à partir du moment où quelqu'un pose le pied sur notre territoire, nous le savons. On n'a pas la vue, mais tous nos autres sens sont plus développés que chez aucun humain.

Oranne marcha une demi-heure avant de quitter le toit des Annélides. Elle ignorait combien de jours de marche la séparaient d'Orbis. Seule cette mystérieuse Géode, sûrement visible de loin, pourrait la guider. Elle reprit son périple, songeant à la chaleur humaine ressentie chez ce peuple jusque-là inconnu. N'est-ce que dans le besoin que les Hommes s'entraident et parviennent à vivre ensemble ?

Chapitre 12

Dans la vallée, des landes de désolation s'étendaient à perte de vue. L'horizon n'était qu'un amas de poussière ocre et bis, où venaient mourir faune et flore. Quelques espèces survivaient malgré tout, timidement, dans cet espace inhospitalier et hostile, rasant le sol, quémandant une once d'humidité pour perdurer. Les herbes folles, grillées et rabougries, semblaient de pauvres victimes d'une guerre dont elles n'étaient pas parties prenantes. Le paysage désertique de cette contrée d'Akhmeta ne pouvait qu'être le berceau du mal, l'utérus putride dans lequel Orbis fécondait tranquillement, à l'abri des regards, au détriment des innocents.

Perce-Neige, qui d'ordinaire devançait sa maîtresse à la vue de plaines inconnues, restait perché sur son épaule, scrutant de son regard ambré l'étendue mortuaire. L'épiderme terrestre, ridé et craquelé, avalait entre ses sinuosités toute lueur de vie, étouffant les racines assoiffées et désespérées des carcasses d'arbres. Pourtant, derrière l'Errante, même les crêtes des montagnes du Chkahara restaient fécondes, grouillantes de vie, contrastant avec le paysage qui se dressait devant elle, capturant les nuages pour en priver Akhmeta.

Orbis devait être à l'origine de ce cimetière, pensa l'Errante, et par conséquent, ne pouvait être loin. Pourtant, en balayant l'horizon, elle ne distinguait rien qui puisse ressembler à une cité monstrueuse et légendaire. Son imaginaire avait modelé Orbis au fil des années, à partir des récits entendus tant chez les Oniscides qu'à

Perspicaris, ou encore lus dans les livres. Elle s'attendait à voir une gigantesque forteresse de pierres sombres et rugueuses, nichée dans la pénombre, où seules quelques ombres inquiétantes et opalescentes se mouvaient. Dans son esprit, une aura maléfique s'en dégageait. Mais, à cet instant précis, alors qu'elle se pensait proche du but, elle n'avait sous les yeux, sous le soleil déclinant, que ce décor apocalyptique, qui lui glaçait le sang. La descente vers cet enfer asséché s'annonçait suffisamment longue et périlleuse pour qu'Oranne décide de ne l'entamer que le lendemain matin. Elle établit son campement au bord du précipice, à quelques mètres seulement du territoire ennemi. À la lueur des flammes, les montagnes derrière elle formaient des ombres monstrueuses, ravivant de vieilles peurs longtemps enfouies. Tandis que, face à elle, le néant s'étendait à perte de vue, dans son immensité ébène et vertigineuse, lui rappelant sa petitesse et sa vulnérabilité.

Oranne s'endormit difficilement, d'un sommeil superficiel et agité, peuplé de cauchemars où elle finissait tragiquement ses jours à Orbis. Un vent glacial l'arracha à ses songes. Elle entrouvrit les yeux : une brume opaque planait au-dessus de la vallée, enveloppant le relief et venant embrasser les nuages. L'Errante piétina les braises encore chaudes et rangea ses affaires. L'aridité révélait la falaise, dévoilant des sentiers sinueux menant jusqu'aux steppes en contrebas, dans lesquels elle s'engagea. Plus elle perdait en altitude, plus une sensation ineffable et mêlée l'envahissait. De son promontoire, elle dominait le versant d'un monde, de contrées vastes et inconnues à explorer. À la contemplation se mêlait l'excitation d'être sûrement l'une des premières d'Anaklia à pénétrer cet ailleurs mythifié, mais aussi la peur de ce qu'elle allait y trouver. À ces considérations s'ajoutaient ses propres préoccupations, à une échelle plus humaine. Elle devait trouver des réponses, tant pour son histoire personnelle que pour celle des peuples et de Perspicaris.

Elle termina sa descente en début d'après-midi et décida de marcher droit devant elle, sans savoir où aller, ni si sa réserve d'eau serait suffisante pour survivre à cette traversée indéfinie. Pendant des années, elle avait sillonné Anaklia, connaissait Perspicaris, les Annélides, avait exploré marécages, forêts, monts et vallées. Akhmeta s'offrait à elle dans son infinitude et sa splendeur farouche, aussi attirante qu'effrayante. Cet autre côté éveillait sa curiosité. Elle parcourut plusieurs kilomètres sans trouver la moindre trace de vie humaine. Seules quelques empreintes animales trahissaient des présences invisibles, ce qui la rassura quant à sa potentielle survie dans ces contrées. Combien de kilomètres allait-elle devoir parcourir avant de trouver Orbis ? La cité serait-elle facile à localiser ? Aucun rempart, aucune tour ou édifice n'était visible à l'horizon. Il n'y avait que ces steppes arides, de la poussière dans son sillage, et un silence suspect. En fin de journée, en relevant la tête, elle aperçut du relief au loin, s'apparentant à des vallons. Orbis était-elle nichée derrière ? Plus loin encore ?

Pour le savoir, elle devait marcher, encore et encore. Si elle avait économisé son eau durant la journée, elle savait que ses réserves ne suffiraient pas à sa marche du lendemain. Trois semaines sans manger, trois jours sans boire, se répétait-elle pour se rassurer. Elle décida de s'arrêter afin de se reposer, pour parcourir le plus de chemin possible dès l'aube. Des rainures magenta et macassar déchiraient le ciel indigo où l'Errante se perdit, allongée dans la poussière. Comment pouvait-il y avoir un tel contraste entre la nature et la race humaine qu'elle accueillait ? Comment l'hôte avait-il pu saccager à ce point sa terre d'accueil et paradoxalement s'y déchirer pour sa conquête ?

Aux aurores, elle reprit la route vers l'est, en direction des montagnes. Perce-Neige la devança, fonçant vers elles, tout en ponctuant sa trajectoire de percées furtives sur de petits rongeurs courageux. Oranne poursuivit donc seule sa traversée, durant laquelle seuls ses mouvements perçaient le silence. La rare végétation se mouvait au rythme d'un léger vent, mais Akhmeta semblait en sourdine, vouloir ne solliciter aucun sens. La vue se perdait dans la monotonie du paysage à des kilomètres à la ronde ; aucune odeur ne parvenait à stimuler son olfaction. Quant au soleil, il n'était ni assez présent pour réchauffer sa peau, ni assez masqué pour la faire frissonner. Elle ne ressentait que la soif, la sécheresse de son palais ; à défaut de pouvoir se concentrer sur autre chose, elle se focalisait sur ce besoin primaire inassouvi. Il lui restait bien quelques gorgées, mais elle préférait attendre que la soif soit insupportable afin d'économiser le précieux liquide tant convoité par Orbis.

Soudain, des grondements sourds retentirent sans qu'elle puisse en déterminer la provenance. Par réflexe, elle se plaqua au sol. Les grondements se rapprochèrent, devinrent des ronflements furieux de moteurs. Des camions-citernes cheminaient vers Orbis, traversant à une centaine de mètres devant elle dans un nuage de poussière, puis fonçaient vers les monts. Oranne attendit qu'ils disparaissent de son champ de vision, se releva et se dirigea vers la route principale, poussiéreuse et encore tiède. Au bout de cette route se trouvait donc Orbis. Jusqu'alors, elle avait naïvement cru qu'Orbis était au nord, au-delà des montagnes du Chkahara, alors que la cité semblait se trouver à l'est. Les contes et légendes étaient donc faux, transmis de bouche à oreille, extrapolés, altérés. Le peu que l'on pensait savoir d'Orbis était erroné. Qu'en était-il alors du reste ?

Oranne suivit la route, à une distance suffisante pour entendre les prochains convois et se cacher. Les allées et venues des camions ne cessèrent jusqu'au lendemain. Les citernes déchargeaient leur précieux liquide, changeaient de conducteur, puis repartaient pour Perspicaris. Plusieurs fois, Oranne fut tentée de s'agripper à l'un d'entre eux pour abréger son périple, mais elle se ravisa, par prudence. Durant des heures, elle vit défiler des litres et des litres d'eau alors qu'elle, n'avait plus que quelques gorgées à disposition. De plus, elle était crasseuse. Si, chez Cataleya, elle avait eu le luxe d'une douche, il n'en restait plus aucune trace. Ses vêtements et son visage étaient couverts de poussière mêlée à la sueur. D'ordinaire, elle appréciait la solitude de ses voyages, mais depuis plusieurs jours, marcher était devenu un calvaire. Elle n'aspirait plus qu'à une chose : trouver Orbis et un moyen d'y pénétrer. Le moyen le plus simple semblait être les camions-citernes.

Encore fallait-il qu'elle réussisse à s'y cacher sans se faire remarquer.

Elle passa encore une nuit dans cet enfer, les sens en alerte à chaque bruissement, réveillée par le passage des camions, même si elle s'était éloignée de la route pour que leurs phares ne la trahissent pas. Perce-Neige n'était toujours pas revenu depuis qu'elle était descendue dans la vallée. Avant que la nuit n'étouffe le monde de son voile sélénite, elle avait longuement scruté le ciel dans l'espoir de l'apercevoir, en vain. Elle n'était pas vraiment inquiète ; si l'animal n'était pas revenu, il avait sûrement trouvé un paysage plus alléchant ailleurs. Cela lui insufflait un regain d'espoir.

Aux aurores, elle arriva enfin aux pieds des vallons, épuisée et assoiffée. La végétation y était déjà plus dense, plus verdoyante. À travers les pins, Oranne devinait des sentiers tortueux, poussiéreux, piégés de pierres anguleuses et gris perle. La route s'enfonçait dans un tunnel sous une montagne, disparaissant dans ses entrailles. Où menait-elle ? L'Errante la contourna vers l'ouest et entreprit son ascension. Mais, une fois arrivée sur le plateau herbeux, elle fut déçue : rien, seulement d'autres montagnes. Où était cette Géode dont Josh lui avait parlé ? La route ne ressortait d'aucun côté. Orbis devait être quelque part. Peut-être sa réserve d'eau était-elle cachée à l'extérieur de la cité. Mais plus au nord, l'horizon n'offrait qu'un panel d'arbres, d'herbes folles et de petites fleurs timides. Agacée, Oranne s'assit sur un rocher pour réfléchir.

— Tu chauffes, Oranne.

La voix la fit sursauter. Elle saisit sa machette et se retourna. Enéla se tenait devant elle, un rictus amusé aux lèvres.

— Qu'est-ce que tu fais là ? Tu m'as suivie ? demanda Oranne, agressive.
— Oui. Mais on ne peut pas rester là, c'est trop dangereux.
— Il n'y a pas de « on ». Enéla lui empoigna le bras, l'entraîna quelques mètres plus bas, derrière des pins.
— Qu'est-ce que tu veux ? dit Oranne, se dégageant de l'étreinte.
— J'ai pour ordre de mon cher mari de veiller à ce que tu trouves Orbis.
— Je n'ai pas besoin de ton aide. Retourne chez les Annélides.
— Laisse-moi t'accompagner, soupira-t-elle, presque suppliante.
— Pourquoi ferais-tu cela ? Tu voulais que je parte, c'est ce que j'ai fait. Alors pourquoi me suivre ?
— Je connais Orbis, toi non. Et puis, j'ai besoin d'air, j'étouffe à vivre comme une taupe.

Oranne était sceptique. Pouvait-elle vraiment lui faire confiance ? Quel intérêt avait-elle à l'aider ? À mettre sa vie en péril pour celle qu'elle menaçait de tuer au moindre faux pas ? Mais l'Errante dut se rendre à l'évidence : elle était perdue. Enéla connaissait l'emplacement d'Orbis et sûrement comment y entrer.

— Je te préviens, j'ai l'habitude de voyager seule, je ne sais pas penser pour deux.
— Je ne te le demande pas, répliqua Enéla, prenant l'agression d'Oranne pour une validation. — Parfait.
— Suis-moi.

Les deux femmes contournèrent le mont à travers bois. Oranne ne comprenait pas pourquoi Enéla prenait tant de précautions alors qu'elles auraient pu passer par le plateau.

— À quoi tu joues ? finit-elle par demander.
— Tais-toi, suis-moi.

Oranne, intérieurement furieuse, s'exécuta, impuissante. Enéla finit par s'arrêter entre deux rochers. En marchant rapidement derrière elle, Oranne n'avait pas prêté attention au paysage. Encore une fois, elle ne voyait que des montagnes sauvages et anguleuses.

— Oui, et ?
— Tu ne vois rien ? s'amusa Enéla.
— Des montagnes. Encore des montagnes.
— C'est tout ?
— Oui ! s'énerva Oranne. Que devrais-je voir ?

Enéla lui désigna la plus haute crête face à elles.

— Regarde plus attentivement celle-ci. Oranne fixa longuement la montagne sans y voir la moindre anomalie. Elle était semblable à toutes les autres, bien que plus imposante.

— Je ne vois toujours rien. Qu'a-t-elle de particulier, cette montagne ?
— Ce n'est pas une montagne, justement. Oranne la regarda, interloquée. Que voulait-elle dire ?
— Comment ça, ce n'est pas une montagne ? Qu'est-ce que c'est alors ?
— Tu as devant toi Orbis.

Oranne ne comprenait toujours pas. Orbis n'était-elle donc qu'une montagne parmi d'autres ? Où était la cité légendaire et crainte dont tout le monde parlait ? Cette ville grouillante de myrmidons, riche, éclatante, n'était-elle qu'un mythe ?

— C'est une blague ? demanda-t-elle, espérant qu'Enéla allait mettre fin à cette plaisanterie.
— Pas du tout. C'est bien Orbis. Seulement, elle est totalement différente de ce que tout le monde imagine. Ce n'est pas une montagne, mais un hémisphère réfléchissant, appelé la Géode. Il capte la lumière et les images alentours pour se camoufler dans le décor.

L'Errante resta bouche bée, contemplant la Géode, les yeux écarquillés d'émerveillement et d'interrogations.

— Y entrer est très facile, contrairement à ce que l'on pense, et les Orbissiens n'ont rien contre les Errants. Je vais te guider jusqu'à l'administration demain matin, puis je t'y laisserai. Ne compte pas sur moi pour t'accompagner plus loin.
— Je ne te demande rien, répondit distraitement Oranne, incapable de quitter la Géode du regard.

— C'est fascinant, n'est-ce pas ? Et tu n'as encore rien vu.
— Tu es déjà entrée ?
— Plusieurs fois. Il faut juste passer des tests et obtenir l'examen. Mais ma vie n'est pas à l'intérieur, elle est chez les Annélides.
— Pourtant, tu disais y étouffer…
— J'ai de bonnes raisons d'y rester malgré tout, répondit mystérieusement et tristement la jeune femme.
— Comment est Orbis ? Que dois-je savoir avant d'y entrer ?
— Tout dépend de tes intentions. Tu veux y vivre ?
— Plus ou moins, oui.
— Alors tu vas être éblouie, subjuguée par ce que tu vas voir, entendre, goûter même. Mais c'est un piège. Orbis noie le vice dans son ostentation, son faste, dans lesquels chacun se laisse porter. Mais tu te rendras vite compte que tout n'est pas aussi idyllique que la ville le laisse croire. La plupart n'en reviennent jamais, trop séduits par la vie qu'Orbis leur offre. Pourquoi tiens-tu tant à y aller ?

Enéla voyait en Oranne une petite créature fragile, une Errante bercée par les mythes d'Orbis et qui, comme beaucoup, espérait y trouver une vie meilleure.

— J'ai des réponses à trouver là-bas, avoua-t-elle.
— Quelles réponses ?
— Peu importe. Nos chemins se sépareront demain matin, inutile d'étaler nos vies respectives. — Comme tu voudras… Allons chercher un endroit où passer la nuit.

Enéla, à la fois déçue et intriguée par le silence d'Oranne, descendit en contrebas, vers les massifs rocheux, à la recherche d'une cavité pour y passer la nuit. Plusieurs fois, elles s'égratignèrent les mains, glissèrent sur des pierres humides, se rattrapant aux branches ou dégringolant jusqu'à ce qu'un arbre arrête leur chute. Toutes deux encaissèrent la douleur en silence, les sens en alerte, scrutant les alentours à la recherche d'un abri. Le soleil déclinait peu à peu, accompagnant leur descente.

Enéla trouva un renfoncement rocailleux suffisamment profond pour les abriter, y déposa ses affaires et, instinctivement, prit un rôle protecteur envers Oranne, qu'elle mésestimait, la voyant comme une jeune idéaliste et naïve. Sans un mot, elle s'enfonça dans l'obscurité pour trouver du bois. Oranne déposa à son tour ses affaires et fit le tour de l'abri à la recherche d'un éventuel danger. Des feuilles bruissèrent à quelques mètres dans la nuit.

— Enéla ?

Aucune réponse. Les craquements se rapprochèrent. Machette à la main, Oranne guetta la menace. Mais rien ne sortit de l'ombre. Après plusieurs minutes, elle se ravisa. Perce-Neige fendit l'air, fonça sur elle et déposa un lapin à demi déchiqueté à ses pieds.

— Idiot ! Tu m'as fait peur ! Te voilà enfin. Qu'as-tu trouvé de si attrayant pour t'absenter aussi longtemps ?

L'animal frotta sa tête contre la joue de sa maîtresse, percevant sa contrariété.

— Merci pour la prise, s'adoucit-elle.

Enéla réapparut, les bras chargés de branches. En voyant Perce-Neige si proche d'Oranne, elle s'immobilisa :

— Surtout, ne bouge pas, ou tu finiras comme le lapin.
— Il n'est pas méchant, c'est mon compagnon, répondit Oranne naturellement.
— Ton compagnon est un aigle ?
— Oui, depuis des années. Et il a ramené le dîner.

Enéla observa Perce-Neige, découvrant pour la première fois cet animal d'aussi près, puis déposa le bois dans l'abri.

— Faisons un feu. La lune est masquée par les nuages, la fumée ne se verra pas. J'ai faim, qui plus est.
— Moi, j'ai soif, se plaignit Oranne.

Enéla lui tendit sa gourde. Après avoir allumé le feu, elle dépeça le gibier, l'embrocha sur une branche et le mit à cuire. Les deux jeunes femmes dînèrent en silence, jugeant dérisoire tout ce qu'elles auraient pu se dire. Leur rencontre était éphémère ; chacune prendrait le lendemain une direction différente. À quoi bon échanger ?

Elles s'étendirent à même le sol près du feu et s'emmitouflèrent dans leurs vêtements, parant ainsi la fraîcheur montagnarde. Oranne peina à s'endormir, consciente que l'ennemi était tout proche. Elle tenta vainement d'empêcher son esprit de s'interroger sur ce qui l'attendait à Orbis, où son entrée était désormais imminente. La respiration apaisée d'Enéla finit par la calmer.

Les glâtissements aigus de Perce-Neige la firent sursauter. Elle se leva d'un bond, réveilla Enéla et saisit ses armes. Elles étaient en danger. Pourtant, Oranne ne vit personne devant le renfoncement, mais le faucon persistait, virevoltant furieusement dans le refuge.

— Qu'est-ce qu'il se passe ? chuchota Enéla, les yeux encore lourds de sommeil.
— Je ne sais pas, mais nous sommes en danger. Perce-Neige prévient toujours de cette façon. — Il pourrait être moins brusque, grommela l'Annélide en rassemblant ses affaires.

Elles s'apprêtaient à sortir quand trois individus perchés sur le rocher au-dessus sautèrent devant elles, bloquant la sortie. Vêtus de haillons bistre et acajou, le visage déformé par les cicatrices et le temps, ils menaçaient les deux femmes de poignards ébréchés.

— Tu vois que c'est deux femmes, j'ai l'ouïe fine, se vanta le plus jeune et hideux des trois.

Son grand corps décharné flottait dans des guenilles informes, ses bras maigres révélaient tout un réseau de veines violacées, tandis que ses chevilles ballottaient dans des chaussures trop grandes. Oranne ne put s'empêcher de rire devant ce spectacle.

— Vous souhaitez rentrer à Orbis ? demanda un quinquagénaire aux cheveux gras et gris.
— Non... balbutia Enéla. Nous sommes juste de passage.

L'homme dévisagea Oranne et reconnut en elle une Errante, tout comme lui et ses compagnons. Les Errants ne passaient pas près d'Orbis par hasard, tous espéraient y vivre. Mais la femme qui l'accompagnait n'avait rien d'une Errante : ses vêtements ajustés et colorés, incrustés de pierres, laissaient penser qu'elle vivait confortablement. De plus, d'élégantes perles argentées pendaient à ses oreilles. Une proie idéale. Non seulement ils élimineraient une concurrente, mais ils pourraient s'enrichir de leur butin. Il fit signe à ses acolytes d'attaquer. Oranne serra le manche de sa machette, prête à bondir. Enéla, jusque-là téméraire, semblait submergée par la peur, sans autre arme que le couteau du lapin.

— Que voulez-vous ? Si c'est des biens que vous voulez, je peux vous en donner.
— Tu ne leur donneras rien, trancha Oranne. Ce qu'ils veulent, c'est notre vie.

Le visage d'Enéla se tordit d'effroi. Les Errants s'engouffrèrent dans la cavité, leur futur tombeau.

— Non seulement tu vas me donner ta vie, ma belle, mais aussi tout ce que tu possèdes. Une fois morte, je prendrai tout ce qui me plaît sur ton petit corps froid, dit calmement le troisième homme, fixant avidement Enéla et Oranne.

Il s'approcha d'Enéla, lui caressa la joue de sa main crasseuse. L'Errante fondit sur lui rageusement, trancha d'un geste une tête qui roula aux pieds d'Enéla, tétanisée. Dans une volte-face, elle planta sa lame dans le cœur puis dans la fémorale du dernier. Du sang gicla sur les parois du renfoncement, dessinant un océan abstrait, signant l'œuvre d'Oranne. Elle traîna les corps au fond de l'antre, les fouilla, les dépouilla, puis les recouvrit de feuilles mortes avant de revenir vers Enéla.

— Tu vas bien ?
— O… oui… bafouilla-t-elle.

Le regard d'Oranne, ou du moins ce qu'elle en percevait, la terrifia. Ses pupilles dilatées étaient injectées de haine, d'une impassibilité inhumaine, d'une fureur fauve.

— Où as-tu appris à te battre comme ça ?
— La vie ne m'a pas laissé le choix. C'était la mienne ou celle des autres. Beaucoup d'Errants cherchent à entrer à Orbis ?
— Un certain nombre, oui. Des gens comme toi, qui pensent y trouver une vie meilleure.
— Je n'y vais pas pour changer de vie. Je ne compte pas m'y établir. J'ai juste des choses à régler là-bas. Et toi, tu n'as pas d'armes ?
— Juste un couteau pour la chasse et la cueillette.
— C'est tout ? Rien pour tuer ?
— Non. Herkam refuse que j'aie une arme à feu. Et je préférais éviter de tuer si possible.
— Pourquoi refuse-t-il ? s'étonna Oranne.
— Il estime sûrement que je n'en ai pas besoin.

Oranne ne répondit pas. Ce n'était pas son problème. Elle fouilla les corps, saisit une arme et la tendit à Enéla. Sa vie dépendait désormais de la sienne, autant l'armer. Pourquoi

Herkam refusait-il qu'elle soit armée alors qu'il l'envoyait à Orbis ? Savait-il ce qu'elle risquait ? Comment pouvait-il faire preuve d'autant d'insouciance et mettre ainsi sa femme en danger ? Enéla était la seule à sortir des Annélides, à oser s'aventurer au-dehors. Les autres se complaisaient dans la vie tranquille qu'ils avaient bâtie, loin de l'horreur, de la tyrannie d'Orbis, et d'Anaklia, réputée pour sa folie et sa décrépitude. Mais Enéla n'était pas comme eux. Elle avait soif d'aventure, de savoir ce qui se passait ailleurs. Si elle restait, c'était par loyauté envers son mari, non par amour. Cela faisait des années que ce n'était plus le cas. Herkam avait été attiré par sa fougue, son intrépidité, et désormais, il lui reprochait. Pourtant, il en profitait. Enéla, la rebelle, la paria, jouissait de privilèges que d'autres n'avaient pas, profitait de la clémence de son mari, bien qu'elle sache que la voir partir l'attristait autant que cela l'énervait.

— Partons, finit par dire Oranne. Montre-moi l'entrée de la Géode. Le jour va bientôt se lever.

Enéla acquiesça et précéda l'Errante, qui n'était décidément pas celle qu'elle croyait. Si l'Annélide avait toujours survécu par la douceur et le dialogue, Oranne arrachait la vie sans hésiter, obéissant à la loi sauvage de la survie. Pendant deux heures éprouvantes, elles descendirent jusqu'au pied de la Géode, sous les premiers rayons de l'aube. D'autres Errants, reconnaissables à leurs vêtements abîmés et leur lourd chargement, sortirent des bois et se rassemblèrent au pied de l'édifice.

— C'est ici que nos chemins se séparent. D'ici peu, une porte s'ouvrira, vous accéderez aux sas d'entrée. Attends-toi à passer des tests. Parmi vous tous, seuls quelques-uns seront retenus.
— Très bien. Je te souhaite bonne continuation, et merci de m'avoir guidée jusqu'ici, dit poliment Oranne avant de rejoindre les autres Errants.
— J'espère que tu parviendras à tes fins, Oranne. Bonne chance !

Oranne s'avança vers les siens avec appréhension, après avoir longuement expliqué à son aigle qu'elle ne l'abandonnait pas, qu'elle l'aimait profondément. Il ne comprenait sans doute rien, mais le lui dire apaisait un peu la douleur de la séparation. Les Errants attendaient en silence, le cœur gonflé d'angoisse et d'espoir devant la Géode. Ce matin-là, ils étaient une centaine, venus des tréfonds du monde, espérant intégrer cette puissante cité et y mener une vie meilleure. L'attente fut interminable. Oranne ignorait depuis combien de temps elle se tenait devant la Géode, assez pour scruter chaque concurrent. Puis une porte dérobée s'ouvrit, laissant apparaître un petit homme trapu, rasé avec précision et vêtu avec goût. Escorté de deux myrmidons, il s'avança face aux Errants. Oranne frémit à la vue de leur uniforme et se mordit les joues.

— Bonjour, je suis Estrel, responsable de l'Errance et de la citoyenneté orbissienne, annonça-t-il en toisant les gueux avides d'intégrer une cité dont ils ne verraient que les bas-fonds. Avant tout, poursuivit-il, nous allons procéder à une petite sélection que j'appellerai naturelle. Mettez-vous en rang devant moi.

Docilement, les Errants s'exécutèrent. Oranne se plaça en dernière position, se demandant comment elle allait se retenir de tuer cet individu condescendant et ses deux sbires. Estrel détailla chaque prétendant, les fit tourner, autorisa ou refusa l'entrée d'un simple geste. Il élimina les plus frêles, ceux dont le visage lui déplaisait, les plus âgés, une femme et son fils. Finalement, une cinquantaine furent retenus. Le tour d'Oranne vint. Elle serra les poings et fixa Estrel, qui la dévisagea longuement, étonné de voir une si jeune créature seule et armée. Mais ici, elle n'était qu'une Errante parmi d'autres, une main-d'œuvre en état de servir quelques temps. Estrel lui fit signe d'entrer dans la Géode. Elle se retrouva dans une pièce vide et bétonnée où attendaient les autres sélectionnés.

— Félicitations, vous venez de passer le premier test. D'autres suivront, mais je dois vous présenter ce que nous proposons aux nouveaux venus. Nous accueillons les Errants contre leur participation à l'effort collectif, au service de l'eau. Plusieurs possibilités s'offrent à vous : les Galemys creusent et puisent dans les nappes phréatiques, les Levantis s'occupent de la tuyauterie, les Scapanus de la conservation et de la phytoépuration, les Notoryctes de la distribution, enfin les Condyluras de la récupération à l'extérieur.

Soit les pilleurs de Perspicaris, pensa Oranne, à laquelle elle pourrait vouloir appartenir, mais elle savait qu'elle n'était pas assez impartiale pour l'intégrer sans massacre.

Pendant les tests, elle ferait en sorte de ne pas montrer ses capacités au combat, pour être reléguée chez les gestionnaires, à l'intérieur de la cité. Aller à Perspicaris ou ailleurs pour piller l'eau ne lui permettrait pas d'accéder aux confins d'Orbis.

— Et toi, gamine, dans quelle caste voudrais-tu être ? Estrel la fixait, attendant une réponse. — Je n'en sais rien.
— Il va falloir te décider, et vite.

Il poursuivit :

— À l'issue des tests, si vos résultats coïncident avec votre choix, vous suivrez une formation de quelques semaines et, après un examen, commencerez à travailler et à devenir citoyen d'Orbis. Si vous échouez, vous serez redirigés vers une autre profession. Vous avez droit à une redirection. Si vous échouez encore, vous serez expulsés de la cité.

Oranne peinait à enregistrer toutes ces informations. Son séjour à Orbis s'annonçait plus long que prévu, à condition de réussir les tests, l'examen, et de devenir citoyenne. Elle regarda les autres Errants, aussi effrayés qu'excités, et se sentit infiniment seule parmi eux. Leur objectif était de devenir citoyen, d'avoir une vie décente, un travail, une reconnaissance. Les desseins d'Oranne étaient plus sombres.

Cinq portes coulissèrent devant eux, les noms des castes s'illuminant au-dessus. Estrel invita les Errants à se diriger vers la leur. Oranne s'arrêta devant celle des Condyluras, dans laquelle les plus vaillants et combatifs s'engouffrèrent. Elle hésita, puis choisit finalement celle des Levantis. Douze firent le même choix. Pourquoi cette minorité ? Elle suivit le long couloir opalin, où se reflétait sa silhouette maigre et poussiéreuse. Les autres Errants se ruèrent vers la sortie, la bousculant au passage. À la sortie du tunnel, un homme l'accueillit.

— Bonjour, on m'appelle Lakrass. Je vais vous faire passer les tests et décider si vous êtes aptes à partager mon univers.

Oranne considéra l'individu avec amusement, trop obnubilée par son apparence et ses mimiques pour se concentrer sur ses paroles. Il entrecoupait chaque phrase de soubresauts nerveux, chassant une menace invisible de grands gestes maladroits. Ses cheveux roussâtres, ébouriffés, dansaient comme des flammes soumises à un vent violent. Des taches de rousseur parsemaient son visage aux traits fins et rieurs. Une joie de vivre, de la bienveillance, une certaine candeur se dégageaient de lui, malgré ses quarante-trois ans. Oranne sentit chez lui la même bonté que chez les Oniscides et les Annélides. Ce sentiment la rassura.

Lakrass appuya sur un bouton au mur. Aussitôt, les parois disparurent, dévoilant l'entrée sombre de tuyaux de diamètres divers sur une dizaine d'étages.

— Voici votre premier test ! dit-il fièrement. Chez les Levantis, il n'y a qu'une devise : « Il faut que ça tienne. » Vous serez comme des taupes dans vos galeries, responsables de la tuyauterie, des joints, de l'installation et du fonctionnement. Cela paraît ignoble, mais si vous le devenez, vous en serez heureux et fiers. Vous accéderez à tous les confins, certes crasseux, d'Orbis ! Nous sommes l'élite, ceux sans qui la cité ne serait qu'un trou boueux infecté de petits vers de terre. Être Levantis, c'est un honneur ! C'est tellement commun d'être Condyluras ou autre métier d'eau bas de gamme. Nous sommes les guerriers et magiciens de l'ombre ! Une lueur passionnée s'agitait dans ses yeux châtaigne. Enfin, tout cela pour vous dire que vous allez tous choisir un tuyau, bien sûr défectueux sinon ce ne serait pas drôle. J'ouvrirai des vannes à l'autre extrémité, et l'eau circulera. Vous devrez trouver la faille, la réparer, puis progresser jusqu'au bout ; sinon l'eau s'infiltrera et vous serez propulsé à la case départ, éliminé. Il y a trois tests, vous devez en réussir au moins deux.

Lakrass observa les candidats, terrifiés.

— Ah, j'oubliais ! Vous allez choisir votre kit de réparation. Peut-être qu'il correspondra à la faille, peut-être pas. Petite surprise. J'espère que personne n'est claustrophobe, sinon il vaut mieux renoncer maintenant.

Deux Errants abandonnèrent et furent expédiés dans le sas avec la possibilité de tenter un autre métier. Lakrass fit sortir une table d'outils du sol. Les Errants se précipitèrent dessus pour choisir les meilleurs. Oranne profita de sa petite taille pour se faufiler, saisit une sorte de pâte caoutchouteuse et un marteau, se demandant comment les deux pouvaient être compatibles. La plupart se ruèrent sur les tuyaux les plus larges. Lakrass les regardait, amusé.

Oranne s'engouffra dans celui qui pouvait contenir son corps allongé, rampa en tâtant les parois, cherchant une anomalie, une faille, voire de l'air. Elle progressa sur une trentaine de mètres sans rien trouver. Soudain, elle entendit un grondement. Lakrass avait dû ouvrir les vannes.

L'eau se rapprochait, poursuivant sa course. Des cris retentirent dans les tuyaux voisins. Oranne commença à paniquer, bientôt ce serait son tour si elle ne trouvait pas cette foutue faille. Elle saisit son marteau, frappa devant elle avec acharnement, jusqu'à ce que la fonte cède. Puis elle fit pareil au-dessus, de sorte que les deux failles se superposent. Elle sauvait ainsi la personne du dessus et sacrifiait celle du dessous, n'ayant pas le choix. L'eau finit par gagner le tuyau supérieur, s'écoula dans le sien puis dans celui du dessous. Oranne continua à percer son conduit, jusqu'à trouver la faille. Elle écrasa la pâte dessus, limitant l'écoulement, puis se hissa jusqu'à la sortie, utilisant les parois humides. Elle s'écrasa sur le carrelage blanc, la première à s'en sortir. Lakrass était planté devant elle, mains sur les hanches, théâtral.

— Félicitations ! Peux-tu m'expliquer comment tu as fait pour être aussi rapide et sèche ? Quels outils avais-tu ?
— Une pâte et un marteau. J'ai percé des trous au-dessus et en dessous, pour que l'eau s'écoule, et quand j'ai trouvé la faille, j'ai bouché avec la pâte.
— Donc tu as probablement noyé l'Errant du dessous ?
— Oui, avoua Oranne, gênée.

Lakrass éclata de rire, gesticulant plus encore.

— Toi, tu me plais ! Sans pitié et ingénieuse, tu as ta place parmi nous. Débrouille-toi pour réussir les autres tests.

Un conduit vomit alors un individu détrempé, qui expira bruyamment, cloué au sol à réapprendre à respirer.

— On inspire, on expire, une deux, une deux ! l'encouragea Lakrass, dansant sur sa propre musique.

Dans les minutes suivantes, sept autres sortirent, à demi noyés, suffoquant, les yeux rougis. Le précieux liquide de Perspicaris perlait sur le sol orbissien.

— C'est tout ? s'indigna Lakrass. Seulement neuf réussites ? Soit, allons récupérer les perdants.

Oranne se demanda qui avait échoué par sa faute. Elle eut sa réponse lorsqu'un homme l'interpella bruyamment.

— Hé, toi la gamine ! Tu m'as renvoyé toute ta flotte ! J'ai failli me noyer !

Il se rua vers elle. Oranne s'apprêta à lui régler son compte, mais se rappela qu'elle devait cacher ses talents guerriers si elle ne voulait pas finir Condyluras. Elle ne savait pas si elle pouvait se fier à Lakrass. L'homme, rouge de colère, la fit tomber et la roua de coups. Lakrass intervint.

— Du calme, cher ami. Si tu veux te battre, va chez les Myrmidons. Si tu veux rester, il te reste deux tests pour prouver ta valeur. Lâche-la, elle a juste été plus maligne. Mets ton ego de côté !

L'homme relâcha Oranne et s'éloigna, jurant que rien ne se perdait. Lakrass invita les candidats à se regrouper près des murs et appuya sur un bouton avec fierté. Chacun de ses gestes semblait vital. Des centaines de barres métalliques tombèrent du plafond, une nouvelle table apparut, présentant lunettes et machines. Le but était de construire un échafaudage jusqu'à des trappes au plafond, une dizaine de mètres plus haut, le plus vite possible. Les Errants s'armèrent de lunettes et de soudeuses. Oranne observa les autres, ne comprenant pas ce test ni comment utiliser la soudeuse. Tout cela lui semblait absurde.

— Tu essaies de souder par la force de ton esprit ? l'interrompit Lakrass. Si tu veux réussir, sers-toi de tes mains.

Oranne traîna les barres dans un coin. Elle avait pris du retard et, en observant autour d'elle, conclut qu'elle n'avait pas besoin de soudures pour atteindre les trappes. À contrecœur, elle imita les autres, construisant d'abord un socle solide. Mais cela était trop long. Elle fixa cinq barres en deux colonnes puis sur le socle, mais la structure tanguait. Agacée, elle la poussa contre un mur et n'en fixa qu'une, parallèle à celui-ci. Mais il manquait encore des mètres. Certains étaient déjà en haut, cherchant à ouvrir la trappe sans tomber. Tant pis pour les consignes. Oranne grimpa sur la colonne avec ses bras et jambes. À cinq mètres du but, la structure vacilla. Elle vit alors, en bas, l'homme qu'elle avait failli noyer frapper la colonne, jusqu'à la déséquilibrer. Il se rua sur sa propre structure et grimpa facilement. Oranne chercha désespérément une prise, ne trouva que le rebord d'un néon mural. Avant de tomber, elle se jeta dessus, s'y accrocha tant bien que mal.

— Débrouille-toi pour descendre, gamine ! lui lança Lakrass. Tu as perdu.

Un matelas sortit du sol sous elle. Oranne lâcha prise, s'écrasa sur le matelas, puis se releva d'un bond.

— Il a saboté ma structure !
— Je sais, mais tu as failli le noyer, et si tes soudures étaient correctes, ta colonne n'aurait pas cédé. Vous êtes quittes ! Tâche de réussir le prochain test.

Oranne ravala sa colère. L'ultime test ne concerna que huit candidats. Les autres, ayant échoué deux fois, étaient éliminés. Les Errants, guidés par Lakrass, entrèrent dans une nouvelle pièce vide. Le formateur recommença ses gesticulations.

— Jusqu'à présent, les tests étaient individuels. Mais être Levantis, c'est travailler en équipe. Pour ce dernier test, vous allez collaborer en binôme que je vais composer moi-même. Si l'un échoue, vous échouez tous les deux.

Lakrass s'amusa à créer les duos les plus improbables. En suivant sa logique, Oranne craignit de comprendre avec qui elle allait devoir collaborer. Il confirma ses inquiétudes d'un large sourire satisfait.

— Et on ne discute pas mon sens inné de l'alliance ! anticipa-t-il.

Les deux ennemis se foudroyèrent du regard, misant sur le silence pour s'intimider. Lakrass observait, ravi, ces duos s'apprivoiser par nécessité. Le binôme d'Oranne vint à sa rencontre, traînant les pieds.

— Écoute, gamine, c'est dans notre intérêt à tous les deux de réussir ce test, alors tu as intérêt à te bouger. C'est clair ? Oranne s'apprêta à répliquer, mais cela ne ferait qu'aggraver la situation. Elle hocha la tête docilement, esquissant un sourire forcé, bouillant intérieurement. Pour réussir, il leur fallait mettre leurs différends de côté, mais elle doutait de l'intelligence de son acolyte.

Lakrass expliqua ce dernier test : débarrasser une place publique artificielle de ses déchets, la nettoyer, les trois duos les plus rapides seraient qualifiés. Oranne grimaça devant la futilité du test. Quel rapport avec les précédents ? En quoi consistait vraiment la caste des Levantis ? Nettoyer ?

Lakrass invita les concurrents à monter dans un ascenseur aux murs miroitants. Oranne, qui détestait la promiscuité et son binôme, fut contrainte de supporter les deux et les reflets multiples. Après quelques secondes de calvaire, les portes s'ouvrirent sur une vaste place dominée par un gigantesque saule pleureur. Des bancs entouraient un bassin d'eau azur, de grandes colonnes supportaient de petits logements cylindriques. Lakrass ricana en voyant les Errants s'émerveiller.

— C'est beau, n'est-ce pas ? Les concurrents acquiescèrent. Lakrass appuya sur un bouton : des débris, de la poussière, des déchets, tout ce que l'être humain peut jeter, dégringolèrent du plafond, recouvrant la place.

— Maintenant, ça l'est moins ! À vous de nettoyer ! Des bennes sont à disposition, chaque binôme la sienne. Pas de triche, ni de sabotage, je vous surveille ! Ah oui, à mains nues, servez-vous de vos petits corps.

Lakrass braqua son regard sur Oranne et son compère, puis lança le test. Les Errants se précipitèrent. Son partenaire l'empoigna, lui ordonnant de ne ramasser que les déchets volumineux pour remplir la benne plus vite. Oranne se dégagea violemment, retenant sa colère, mais obéit, sachant qu'il avait raison. Elle repéra des cartons, les remplit d'ordures, puis vida le tout dans la benne, réitérant plusieurs fois. En quelques minutes, leur benne fut pleine, les autres n'étant qu'à moitié. Lakrass vint les féliciter : premiers vainqueurs.
Oranne jubilait. Elle avait réussi et gagné son entrée en territoire hostile. Son partenaire se réjouissait plus encore. Dans un élan d'euphorie, il s'approcha et lui tendit la main.

— Je m'appelle Brynjolf. Mais tout le monde, enfin les rares personnes que j'ai côtoyées, m'appellent Bryn.

Oranne hésita puis lui tendit la sienne.

— Oranne.

Chapitre 13

— Oranne, quelles sont les trois qualités indispensables d'un Levantis ?

L'Errante cessa ses gribouillages et releva la tête, rêveuse, regardant alternativement les autres Levantis, assis sagement dans l'amphithéâtre, et Lakrass qui gesticulait devant eux, passionné et passionnant.

— La discrétion, l'agilité et le perfectionnisme ?

Lakrass acquiesça, satisfait de son élève, quoique dissipée, mais vive d'esprit.

— Tu as de la chance, c'est presque indécent, lui murmura Bryn, assis à sa droite et habitué aux prouesses intellectuelles d'Oranne, même lorsqu'elle n'écoutait que la moitié des cours.

Pendant plus d'un mois, Oranne suivit docilement sa formation de Levantis, avec une assiduité et une attention toute relative, sans jamais voir la cité d'Orbis. Les citoyens en devenir cohabitaient dans une résidence à part et ne côtoyaient les étudiants orbissiens que dans les amphithéâtres. À la fin de la journée, chacun repartait par des portes opposées. L'Errante accueillait les cours avec une certaine méfiance, tentant de ne pas se laisser bercer par l'illusion orbissienne. La propagande, bien qu'absurde à ses yeux, s'avérait pourtant alléchante. Plusieurs fois, elle fut tentée de se laisser envelopper par toutes ces promesses d'une vie idyllique, cette dynamique si bien ordonnée. Estrel et Lakrass, les deux principaux intervenants, en parfaits rhéteurs, parvenaient, à l'instar de Lookim, à exalter les foules.

Le rêve orbissien chatouillait l'imaginaire de tous les Errants, les enveloppait d'une douceur d'exister presque oubliée et les poussait à donner le meilleur d'eux-mêmes. Être Levantis devenait un honneur, la clé d'accès à ce paradis tant convoité. La tâche de cette caste, bien que difficile et ingrate, devenait, à travers les mots des deux professeurs, un devoir honorifique. Eux, les Levantis, étaient les guerriers de l'ombre, ceux qui contribuaient à l'éclat d'Orbis. Mais Oranne, contrairement à la plupart des Errants et rejetons d'Orbis, connaissait les véritables agissements de la cité, savait ce que masquait tout ce faste, cet ordre d'apparence si parfait. Elle connaissait la vérité.

Bryn et l'Errante étaient devenus inséparables et partageaient leur méfiance à l'égard de cette cité en apparence parfaite. Bryn avait davantage l'âme d'un Annélide que d'un Orbissien. Souvent, Oranne s'interrogeait sur sa présence ici, sur ce qui l'avait poussé, malgré son aversion pour Orbis, à tenter d'y entrer. Était-ce par sécurité ? Par vengeance, comme elle ? Mais Bryn restait toujours évasif ou changeait de sujet, marmonnant des propos inaudibles dans sa barbe. Il donnait pourtant bien le change, toujours attentif lors des cours, souriant et sociable. Il avait même sympathisé avec l'original Lakrass. Seule Oranne savait que cette façade n'était qu'hypocrisie et mascarade. Les autres Errants, quant à eux, se démenaient pour réussir, pour enfin devenir citoyens d'Orbis et avoir un avenir prometteur.

L'examen final eut lieu après un mois et demi de formation intensive. Tous, Errants comme Orbissiens, étaient exténués et sur les nerfs. Si, jusqu'alors, les étudiants s'étaient soutenus dans cette épreuve, ce matin-là, ils se dévisageaient avec hargne et méfiance. Chacun était susceptible de réussir là où d'autres pouvaient échouer. D'autant plus que les places étaient limitées : Estrel leur avait annoncé, seulement la veille, que sur la promotion de cinquante élèves, seuls cinq deviendraient Levantis et citoyens d'Orbis. Cette annonce brutale avait éveillé des rivalités jusque-là inexistantes. Oranne feignait l'indifférence, pourtant, comme les autres, elle angoissait, jaugeait ses concurrents, tentait d'établir des pronostics, oscillant entre confiance et crainte d'échouer. Mais elle ne pouvait pas échouer, n'avait pas le droit. Cette hypothèse n'entrait pas dans ses plans ; en aucun cas elle n'avait envisagé d'alternative.

Elle avait décidé d'entrer à Orbis et il ne pouvait en être autrement. Pour arriver ici, elle avait dû abandonner Perce-Neige, se forcer à côtoyer ses semblables, vivre en collectivité, subir la propagande ennemie. Elle ne pouvait pas échouer, pas après ce calvaire. L'air était saturé d'inquiétude et de stress ce matin-là ; la nuit avait été courte et agitée. Oranne et Bryn avaient révisé leurs cours théoriques tard dans la nuit. Ce matin, c'était eux contre le reste du monde. Les yeux rougis et cernés, le corps engourdi, ils se traînèrent tant bien que mal jusqu'à la salle d'examen. Sur chaque table étaient posés une pile de papiers et un crayon. Estrel et Lakrass se tenaient solennellement devant eux. Si le costume d'Estrel servait le sérieux de son image, il conférait à Lakrass une apparence carnavalesque. Associé à la rousseur de sa barbe, le déguisement d'un vert malachite l'apparentait à une carotte disproportionnée.

Oranne retint un sourire en le voyant triturer ses mains, s'efforçant de les maintenir jointes et de refréner leur envie de liberté. Estrel leur demanda de prendre place et leur expliqua les modalités d'évaluation. L'Errante tenta de dominer son angoisse grandissante. Autour d'elle, tous trahissaient la leur par des rictus crispés, des gestes nerveux, des échanges de regards perdus. Bryn, quant à lui, se laissa nonchalamment choir sur sa chaise, nullement ému par la situation. Estrel annonça le début des épreuves, celles-ci dureraient six heures. Aussitôt, des mains tremblantes retournèrent les feuilles, des yeux désespérés se levèrent au plafond, des soupirs de soulagement ou d'exaspération s'élevèrent, puis un silence studieux s'installa.

Oranne commença par les questionnaires de connaissances sur Orbis, qu'elle remplit avec facilité. Ce qu'elle redoutait le plus était l'essai, auquel il fallait répondre à la question suivante : « Pourquoi souhaitez-vous devenir citoyen(ne) d'Orbis ? Pourquoi pensez-vous que vous y serez mieux qu'ailleurs ? » Serait-elle suffisamment hypocrite pour être convaincante, sortir du lot ? Jusqu'où était-elle prête à se renier, à renier ses convictions pour atteindre son but ? Elle ne pouvait décidément pas être sincère sur ses intentions. Qu'allait-elle écrire ? Après quelques minutes de réflexion, elle se lança, construisant son récit en alternant histoire inventée suintant le pathos et apologie d'Orbis. La mièvrerie et la bêtise de ce qu'elle écrivait l'exaspéraient, mais elle n'avait pas le choix. Dans un dernier élan mensonger, elle glorifia la cité, à l'instar de ses semblables ignorants et naïfs, prêts à renier une vie de souffrance pour intégrer la cité convoitée. Plus elle alignait les mots, plus elle se dégoûtait. Elle vendait son âme à l'ennemi, même si ce n'était qu'une illusion. Elle perdait son intégrité à mesure que les mots s'accumulaient sur le papier.

Estrel revint au bout des six heures, racla sa gorge et annonça la fin des épreuves. Oranne jeta son crayon comme elle aurait jeté une arme après un meurtre épouvantable, salie et vidée. Les candidats devaient attendre les résultats pendant deux jours, avec obligation de regagner leurs quartiers. Oranne se leva brusquement et se rua dans le dortoir, talonnée par Bryn.

— Alors ? lui demanda-t-il, incapable de saisir la moindre expression sur le visage de son amie. — Si je n'ai pas réussi l'examen, j'aurai au moins fait preuve d'une grande imagination, soupira-t-elle. Et toi ?
— Je suis confiant, j'ai été sincère, du moins à peu près. Je pense faire la différence. Détends-toi, ce qui est fait est fait. On entrera tous les deux à Orbis. Viens manger.

Oranne le suivit à contrecœur dans le réfectoire, où les autres échangeaient impressions et pronostics, ce qui coupa définitivement son appétit. Elle ne put s'empêcher de repenser à ce qu'elle avait écrit. En avait-elle trop dit sur elle-même, même noyée dans les mensonges ? En avait-elle fait assez ? Son dégoût n'avait-il pas ruiné sa crédibilité ? L'arrivée fracassante de Lakrass mit fin à ses questionnements.

— Alors, qui a merdé ? Vous êtes tous stressés ? Eh bien, vous avez raison ! Tous ne seront pas Orbissiens !

Face au mutisme des inquiets, il alla de table en table, cherchant à obtenir des confidences. Mais plutôt que de rassurer, il prit un plaisir sadique à leur rappeler l'enjeu des examens. Il se dirigea ensuite vers Oranne et Bryn.

— Alors, verdict ? demanda-t-il plus sérieusement.

Bryn répondit exactement la même chose qu'à Oranne quelques minutes plus tôt. Lakrass se tourna vers elle, l'ayant affectionnée depuis qu'elle avait manqué de noyer Bryn.

— Et toi alors ?
— On verra, répondit-elle sèchement.
— Je ne me fais pas de soucis pour toi. Espérons juste que tu as été plus prolixe et agréable dans ton essai que d'ordinaire, dit-il en lui adressant un clin d'œil moqueur.

Puis il repartit discuter et taquiner tous ceux qu'il croisait.

— Qu'il est agaçant... soupira Bryn. Il est là, tout sourire, à se foutre de notre gueule et à gesticuler. On dirait une marionnette désarticulée. Comment un fou pareil peut-il avoir de telles responsabilités ?
— Moi, je l'aime bien, ajouta Oranne. Il dégage quelque chose qui me plaît.

Bryn se mit à rire.

— Toi, aimer quelqu'un ? C'est une première ! Tu es si peu... expressive !
— Ce n'est pas parce que je ne montre pas mes sentiments que je n'en ressens pas.
— Certes, je te taquinais, se justifia Bryn. Je sais qui tu es, j'ai appris à te connaître plus à travers tes actes que tes mots. Qu'allons-nous faire pendant deux jours ?
— Une dernière excursion dehors ? proposa Oranne avec malice, oubliant instantanément la pique de Bryn.
— Dehors ? Mais tu es cinglée ! Nous sommes consignés ici !
— Ils ont dit qu'on ne pouvait pas entrer à Orbis, pas qu'on ne pouvait pas sortir dehors.
— Je te suis, espèce de folle, mais uniquement pour te surveiller. Si on se fait prendre, je dirai que tu m'y as traîné de force.

Oranne esquissa un sourire ravi. Les deux Errants quittèrent discrètement le réfectoire, longeant les couloirs métalliques et déserts, le cœur battant la chamade comme deux enfants s'apprêtant à faire une bêtise, avançant à pas feutrés, retenant leur souffle et leurs éclats de rire. La pression des examens retombait ; celle de se faire prendre en pleine évasion d'une cité qu'ils n'avaient même pas encore intégrée montait. Oranne renouait avec ce sentiment particulier qu'elle affectionnait tant, ce mélange d'adrénaline et d'angoisse qui la poussait souvent à dépasser ses limites, du moins celles qu'elle croyait avoir.

Quant à Bryn, ces enfantillages l'amusaient, réveillaient en lui des sensations qu'il pensait perdues.

Ils débouchèrent dans le dernier couloir menant à la sortie, gardée à l'extérieur. Oranne commençait à établir un plan pour détourner les gardes, quand soudain, elle entendit derrière eux :

— Psssst.

Les Errants se retournèrent brusquement. Lakrass était adossé contre le mur, tortillant sa barbe rousse de la main droite. Comment était-il arrivé là sans qu'ils ne l'entendent ? Il leur fit signe de venir, un sourire malicieux aux lèvres. Bryn et Oranne s'exécutèrent, découverts et honteux.

— Vous vous y prenez comme des débutants. Je peux connaître votre plan ? demanda-t-il.

Les deux fautifs échangèrent un regard surpris, s'attendant à être sermonnés, pas à devoir détailler leur plan.

— Notre plan pour... ? répondit Bryn le plus innocemment possible.
— Pas de ça entre nous, voyons ! Vous vouliez sortir, mes petits chenapans, n'est-ce pas ? Inutile de nier.

Son visage prit un air sévère, ce qui déstabilisa Oranne et Bryn. Devaient-ils avouer leur envie d'une ultime escapade ?

— Vous savez ce que votre tentative d'évasion implique ? L'exclusion définitive d'Orbis. Vos chances réduites à néant. Tout ce travail pour rien. Cela valait-il vraiment le coup ? En plus, une organisation aussi brouillonne... se moqua-t-il.

Oranne et Bryn réalisèrent la gravité de leur situation. Leur envie soudaine d'une dernière excursion risquait de leur coûter leur place à Orbis. Le plan d'Oranne s'effondrait, tout comme l'avenir de Bryn. Qu'avaient-ils fait ? Lakrass les foudroya du regard et ajouta :

— Rho, ne faites pas cette tête ! Je ne suis pas une balance, je vais même vous faire sortir ! Il éclata de rire. Vous verriez vos têtes, hilarant !

Les Errants le fixèrent, abasourdis. Mais qui était donc cet homme ? Les certitudes manichéennes d'Oranne sur Orbis furent ébranlées. Où étaient la droiture et la rigueur enseignées par lui-même durant la formation ? En les faisant sortir et en les couvrant, il enfreignait ses propres règles, celles sur lesquelles était bâtie la cité. Lakrass fit demi-tour, emprunta une multitude de couloirs qui les conduisirent jusqu'à une porte réservée aux Orbissiens, composa un code et discuta quelques instants avec les gardes avant de faire signe aux Errants de le rejoindre.

— Allez gambader dans la prairie, mes enfants, mais soyez là demain soir. Je me charge de vous couvrir jusque-là.
— Merci beaucoup, balbutia Bryn, ému.

— Les gardes ne vont pas nous dénoncer ? s'enquit Oranne, trop préoccupée par ce détail pour se réjouir.
— Bien sûr que non. La délation est une chose qui n'existe pas ici. Du moins, je l'espère. Partez tranquille.
— Alors merci pour tout, vraiment. À demain soir.

Lakrass les salua d'une révérence malicieuse, salua les gardes et disparut. Oranne et Bryn s'éloignèrent en trottinant, puis, une fois à distance, s'arrêtèrent, tous deux saisis par les mêmes sensations. Le timide soleil automnal offrait son éclat aux arbres dont les feuillages viraient à l'amarante et au feu. Oranne avait toujours perçu cette saison non comme un déclin, mais comme l'affirmation de la beauté de la nature, jetant à la face de l'humanité tout l'éventail de ses couleurs. Même sans avoir vu Orbis, l'Errante savait qu'elle ne se priverait jamais de ce spectacle.

— On a vraiment eu de la chance, finit par dire Bryn.
— Oui… Toi qui critiquais Lakrass, il y a quelques minutes…

Bryn ne releva pas et se dirigea vers les bois. Oranne, quant à elle, siffla plusieurs fois, cherchant Perce-Neige dans le ciel. Mais l'animal ne vint pas. Elle recommença plusieurs fois sans résultat.

— Qu'est-ce que tu fais ? On va se faire repérer !

Oranne l'ignora et continua, jusqu'à ce que son visage s'illumine. Perce-Neige surgit derrière les arbres, perdit un peu d'altitude et fonça sur sa maîtresse, manquant de la faire tomber. Il se posa sur son bras et blottit sa tête dans le cou d'Oranne.

— Je te présente Perce-Neige, mon aigle, annonça-t-elle fièrement en caressant son plumage.

Bryn regarda l'animal, surpris, non seulement de sa présence, mais surtout de la complicité évidente entre lui et Oranne.

— Où l'as-tu eu ?
— Je l'ai depuis que j'ai dix ans. Je l'ai trouvé dans les bois, se surprit-elle à confier.
— Il est vraiment majestueux. Et ce n'est pas trop contraignant comme compagnon ? J'ai toujours voyagé seul. Je préfère n'avoir que moi à surveiller et à qui faire confiance. Les êtres humains ne sont pas fiables, ces temps-ci.
— Je le sais que trop bien..., souffla Oranne, désabusée.

— Je vais t'emmener dans un endroit magnifique que j'ai découvert avant de venir. À l'est. Ce n'est qu'à quelques heures de marche. Si on se dépêche, on pourra en profiter un peu.
— Je te suis.

Bryn l'entraîna vers la longue chaîne de montagnes bordant Orbis d'un pas sûr. Il lui avoua n'avoir jamais croisé personne dans ces lieux. Personne ne s'aventurait derrière Orbis ; les Errants s'arrêtaient toujours devant la cité, ils n'avaient aucune raison d'aller au-delà de cette montagne artificielle. Oranne foulait un territoire vierge.

Et quand bien même, quel poids avaient les sillages de quelques Errants comparés à des années de siège humain ?

Elle ressentait ce qu'avaient dû ressentir les premiers hommes découvrant la planète, une toute-puissance paradoxalement entremêlée à de l'infinité. Bryn, plus pratique que contemplatif, ramassait du bois pour allumer un feu. Pour la première fois depuis des mois, il attribuait à Oranne des sentiments humains : elle semblait émue, vulnérable. Il espérait de cette soirée si particulière qu'elle serait propice aux confidences, qu'ils apprendraient à se connaître. Oranne était à peine plus âgée que lui. Sûrement avaient-ils vécu des choses similaires. Mais arriverait-il à lui tirer quelques aveux ? Il avait appris à la cerner à travers ses silences, ses gestes.

Lorsque la nuit tomba, elle se dirigea vers le feu.

— Alors, l'endroit te plaît ? lança Bryn.
— Beaucoup, oui, c'est magnifique. Tu viens souvent ici ?
— Quelques fois. Je suis même allé bien plus loin. Et toi, qu'as-tu vu de ce vaste monde ?

Oranne hésita quelques instants, puis répondit :

— J'ai été à Perspicaris, chez les Annélides avant de venir ici, et c'est tout.
— Tu es sûre ?
— Comment ça ? Oui, je sais où j'ai été.
— J'ai vu ton tatouage, Oranne… et j'espère être le seul.

Aussitôt, Oranne porta la main à son avant-bras.

— Je sais ce qu'il représente, et par conséquent, ce que tu représentes. Une Oniscide a été aperçue à Perspicaris il y a quelques semaines. Les nouvelles vont vite chez les Errants, tu devrais le savoir.
— C'est un piège ? demanda Oranne en se levant. Tu m'as amenée ici pour me cuisiner ? Pour me soutirer des informations ?
— Bien sûr que non, se défendit calmement Bryn. Tu peux me faire confiance. Et je n'ai pas besoin de te cuisiner. Je pense avoir deviné qui tu es.
— Et qui suis-je ? s'inquiéta l'Oniscide, anxieuse.
— Tu es non seulement une Oniscide. C'était assez facile à deviner mais tu es aussi l'assassin de Gamycyn et celle qui a massacré tous les myrmidons de Perspicaris.

Oranne se mit à rire nerveusement. Comment avait-il pu deviner ? Qu'avait-elle fait de si flagrant ? Était-il le seul à connaître son identité ? Elle se rassura en se disant qu'elle pourrait toujours le tuer, que personne ne le chercherait ici.

— Rassure-toi Oranne, je ne dirai rien. Tu te demandes comment j'ai deviné, n'est-ce pas ? Eh bien, je t'ai observée. Dès ton arrivée devant Orbis, tu m'as interpellé : tu étais bien armée, tu avais une machette, tu te méfiais de tout, tu dormais peu, tu étais perpétuellement en alerte. Ton portrait était placardé partout à Perspicaris. Il y a énormément de communications entre Orbis et Perspicaris.

Oranne trouvait ses déductions insuffisantes. Des Errants, il y en avait des milliers... Comment avait-il pu savoir que c'était elle ? Bryn, qu'elle considérait jusqu'alors comme un ami, prenait à la lueur du feu un tout autre aspect. Qu'avait-elle fait pour se trahir ? Était-elle si transparente ? Qu'allait-il faire de cette vérité ? Chercherait-il à en savoir plus ? Mais Bryn était bien trop subtil pour poser ses questions maintenant.

Il la rassura encore, lui promettant de ne jamais révéler son secret, de mourir avec. Il demanda à Oranne de lui laisser la chance de lui prouver que tous les individus n'étaient pas aussi pourris qu'elle le pensait. En contrepartie, il commença à raconter sa propre histoire, bien plus banale que celle d'Oranne. Bryn était le fruit d'une liaison entre une Errante et un myrmidon affecté à l'extérieur d'Orbis. Mais cet amour n'avait pas résisté à la fidélité de son père à Orbis et ses privilèges. Sa mère avait tenté de passer les tests, mais trop en décalage avec ce monde civilisé, elle avait échoué et dû retourner à sa vie d'Errante, mettant au monde son enfant dans les confins d'Akhmeta, loin de tout.

Bryn avait donc toujours vécu auprès de sa mère, sans connaître son père, que celle-ci lui avait toujours décrit comme un héros. Mais à sa mort, Bryn découvrit que cette figure paternelle n'était qu'un mythe, que sa mère avait voulu lui cacher son abandon. Bryn était donc venu à Orbis pour retrouver cet homme dont il ne connaissait que le nom et un portrait grossier. Tous deux espéraient intégrer Orbis pour trouver des réponses, chercher leurs origines, leur identité, constata Oranne, se gardant bien de dire qu'elle partageait cette quête. Elle finit par se rasseoir devant le feu, fixant Bryn dont le visage changeait à chaque danse des flammes.

— Peu de gens savent s'émerveiller, finit-il par dire. J'ai été partout où pouvaient me porter mes jambes et à chaque endroit, j'y ai vu de la beauté, une beauté simple, celle qui n'appartient qu'à la nature. Quoi que l'on fasse, elle est là pour proclamer la vie, nous rappeler qu'elle triomphe de tout. Malgré les catastrophes, la bêtise humaine, elle finit par revenir. Tôt ou tard. Je crois que c'est pareil pour nous, les humains. Il y a de la beauté partout et, même si elle disparaît, elle finit par revenir.

— Je vois celle de la nature, mais pas celle des hommes. Regarde ce que nous sommes. Regarde ce que je suis. Où est la beauté ?
— Chez les Oniscides, chez les Annélides, n'as-tu pas senti quelque chose de différent ?
— Si, bien sûr. Mais est-ce suffisant ? Ce ne sont que des marginaux qu'Orbis cherche à détruire, pour je ne sais quelle raison.
— Tu ne sais pas pourquoi Orbis veut détruire les Oniscides ? s'étonna Bryn.
— Pas vraiment. Pendant la guerre, j'ai cru comprendre qu'ils cherchaient notre chef, Erthur, mais j'ignore pourquoi.
— Tu ne sais pas qui est Erthur ?
— Non. Enfin si, c'est celui qui dirige les tribus Oniscides, celui qui m'a recueillie.
— C'est tout ?

— Comment ça, c'est tout ? s'inquiéta Oranne.
— Erthur est avant tout connu pour être le grand traître d'Orbis, celui qui a aidé Kraher, le fameux dirigeant dont on parle tant, à accéder au pouvoir. Puis Erthur a quitté Orbis pour être affecté à Perspicaris, pensant que personne ne saurait ce qu'il avait fait. Sauf que sa participation au coup d'État est connue de tous. À Perspicaris, il a renversé Lookim et permis à Kraher de s'installer. C'est Vénom qui est au pouvoir maintenant, très proche de Kraher. Erthur est un sale type, une fouine.
— Lookim ? coupa Oranne, surprise par ces révélations.
— Oui, tu le connais ?
— Oui, répondit simplement Oranne, sans vouloir en dire plus.
— Bref. Erthur a fini par fuir Perspicaris, se sentant menacé, et personne ne sait ce qu'il est devenu... Enfin, maintenant, je le sais.

Oranne resta interloquée par ces révélations. Lookim était donc l'ancien dirigeant de Perspicaris, ce qui justifiait sa lutte et son attachement à l'ancienne cité. Cet être marginal était un politicien déchu, trompé par celui qu'elle considérait comme son père adoptif. Voilà pourquoi Erthur était si réticent à revenir à Perspicaris. Il y était haï. Voilà pourquoi il s'était reclus dans les bois. Il avait trahi les siens et collaboré avec Orbis. Prise de nausée, elle s'éloigna pour vomir plus loin. Toutes ces vérités lui étaient insoutenables. Comment Bryn pouvait-il encore croire qu'il y avait du beau chez l'être humain ?

— J'ai volé des livres à Perspicaris, des livres importants, relatant toute son histoire, poursuivit Bryn, ignorant les vomissements de son amie. Mais il reste beaucoup de zones d'ombre. Erthur est un beau salaud, bien que je ne le connaisse pas.

— Moi non plus, ajouta Oranne entre deux filets de bile, avant de s'écrouler sur un lit de feuilles mortes.

— Tu as encore beaucoup à apprendre, petite Oranne. Nous, les Errants, avons tellement voyagé, rencontré tellement de gens que nous en savons plus sur ce monde que les vieux sages reclus dans leurs cités et leurs livres. Ne te mets pas dans un état pareil pour des humains. Nous sommes tous régis par le vice et notre intérêt. Certains vendent leur âme pour survivre. C'est comme ça. Garde ton énergie pour ceux qui en valent la peine.

Oranne encaissa silencieusement ses paroles. De Bryn, à peine plus âgé qu'elle, émanait une sagesse que seules les griffures de l'existence pouvaient apporter. Il était de ces êtres rares qui traversent une vie et la changent. Elle se félicita d'avoir quitté Perspicaris et percé à jour la vraie nature d'Erthur. Ses semblables étaient bien plus complexes qu'elle le croyait, bien plus sombres. Comment un être pouvait-il être à ce point tiraillé entre deux forces contradictoires ? Capable du meilleur et du pire. Était-elle pareille ?

Les Errants, espérant ne plus l'être, rentrèrent à l'aube comme prévu. La nuit avait été courte en sommeil, longue en révélations et en réflexions. Oranne se tenait devant la Géode, ébranlée par tout ce qu'elle venait d'apprendre, reconsidérant le monde et ceux qui l'habitent. En voulant venger ses parents, elle s'était immiscée dans quelque chose de bien plus grand, dépassant son histoire personnelle, son individualité.

Lakrass les attendait, discutant avec les gardes. Il vit deux silhouettes se détacher de la pénombre, soulagé.

— La cérémonie est dans une heure, les résultats sont déjà affichés, annonça-t-il en les accueillant.

Bryn et Oranne s'empressèrent de rentrer, laissant Lakrass les conduire dans la salle commune où tous les candidats, agglutinés, cherchaient leur nom sur la liste. Bryn, grâce à sa taille, parvint à se frayer un chemin et aperçut son nom inscrit en petits caractères italiques. Quant à Oranne, elle se fraya tant bien que mal un passage et lut son nom avec soulagement. Des cris et des pleurs s'élevèrent. Les élus se félicitaient, désormais soudés par la même profession. Les recalés s'isolaient, pestant contre un système trop sévère qui, selon eux, ne savait pas reconnaître leur valeur.

Oranne peinait à réaliser ce que sa réussite allait engendrer, ce que son titre de citoyenne lui ouvrirait comme portes, outre celles d'Orbis. Elle se félicita intérieurement d'avoir réussi, d'être parvenue à ses fins. Peut-être avait-elle ici une perspective d'avenir.

Bryn se précipita sur elle, et, dans un élan d'euphorie et d'affection, la saisit dans ses bras et la fit tournoyer en scandant qu'ils avaient réussi, qu'ils étaient citoyens. Les élus furent ensuite conduits dans un amphithéâtre où Estrel les attendait pour son discours de bienvenue et pour expliquer leur intégration. Les nouveaux citoyens disposaient d'une semaine de battement avant de prendre leur poste. Durant ces quelques jours, ils étaient libres de déambuler dans la cité, de poser des questions aux Orbissiens, qui se faisaient un plaisir de les accueillir. Ensuite, ils prendraient place dans leur nouveau logement et commenceraient à travailler dès le lendemain.

Le discours interminable d'Estrel agaçait Oranne, qui n'avait qu'une hâte : découvrir Orbis. Au bout d'une heure, le moment arriva enfin. Les citoyens se levèrent d'un bond et suivirent Lakrass et Estrel jusqu'aux portes les séparant de la cité. Celles-ci coulissèrent lentement sous leurs regards émerveillés.

Ce qu'ils découvrirent dépassait toutes leurs espérances, bien au-delà de ce qu'ils avaient pu imaginer. La réalité surpassait en beauté la puissance de leur imaginaire. Tous, sans exception, avaient rêvé d'Orbis : leur cité idéale, conforme à leurs fantasmes, leurs projections, leur soif de perfection. Ce matin-là, Orbis leur offrait plus encore. La cité, puissante et crainte, leur offrait tout ce qu'elle avait de plus beau, le secret de sa réussite et de son prestige. Les nouveaux citoyens foulèrent timidement les premiers mètres en terre édénique, peinant à croire qu'ils y étaient légitimes. Les portes se refermèrent derrière eux, scellant leur présence à Orbis.

Chapitre 14

Décrire Orbis s'avérait être une tâche difficile pour Oranne, comme pour les autres citoyens. Leur vocabulaire, aussi riche soit-il, ne pouvait rendre avec exactitude, avec toute la puissance de leurs émotions, ce qu'ils voyaient. La cité mariait avec finesse le travertin et la végétation : ces deux opposés trouvaient ici un accord aussi pratique qu'esthétique. Ainsi, le sol laissait jaillir, par interstices, une végétation luxuriante que les Orbissiens refusaient d'étouffer. Ils chérissaient ces résurgences naturelles avec un soin attentif.

La cité, bâtie en cercle parfait dans le cœur de la montagne, arborait fièrement la Géode en son centre, en son sommet. Celle-ci était reliée au travertin par une tour immense d'où s'écoulait, à certains endroits, une large cascade dont l'eau précieuse s'écrasait en nuages de bruine dans un bassin. Derrière ce rideau d'eau, Oranne aperçut de vastes terrasses accueillant des champs de céréales et de légumes. Des passerelles reliaient ces cultures aux habitations des agriculteurs, situées sous la Géode. Les champs s'étendaient au pied de la tour, s'interrompant à quatre emplacements pour laisser place à de grandes allées menant au cœur de la cité.

La vision d'Orbis donnait enfin corps aux cours d'Estrel et de Lakrass : tout ce savoir prenait un sens, des images, des significations. Oranne comprenait désormais le fonctionnement de la cité, de ses bâtiments, de ses mécanismes et de ses panneaux. Cette illustration n'en forçait que davantage son émerveillement, sa fascination.

Bryn déambulait déjà, commentant à voix haute tout ce qu'il découvrait. Orbis contrastait avec la précarité et la rudesse de la vie d'Errante ou d'Oniscide ; même Perspicaris semblait, à côté, une cité antique.

Oranne entrait dans une autre ère, un autre univers. Perspicaris misait sur des valeurs anciennes, sur un modèle archaïque inspiré de ce qui, sans la bêtise humaine, aurait pu fonctionner avant de conduire l'humanité à sa perte. Orbis, elle, conciliait savoir et technologie, tournée vers l'avenir sans se perdre dans la nostalgie d'un passé hypothétique. Orbis acceptait la mouvance du monde et de l'homme, avançait avec le progrès et en tirait le meilleur.

Ainsi cohabitaient la sagesse et les sciences, au service du peuple. Les parois d'Orbis étaient ornées de citations et de maximes couvrant tous les sujets. Tandis que de grands panneaux accrochés aux arbres affichaient des slogans moraux et philosophiques, destinés à inspirer la conduite des Orbissiens.

Oranne s'arracha à sa première contemplation, bien décidée à profiter de cette semaine de battement pour découvrir les méandres de la cité. À peine eut-elle fait quelques pas qu'une sphère de verre l'intrigua. Elle s'avança timidement à l'intérieur, entre deux colonnes ornées de pavages de Penrose. Une mousse sinople tapissait le travertin et formait de petites allées menant aux diverses structures de la sphère. Oranne choisit d'en suivre une et traversa un pont. Elle se demanda quel était cet endroit : il n'avait été mentionné dans aucun des cours reçus. Elle poursuivit sa marche, s'engouffra dans une allée d'arbustes taillés, étroitement liés les uns aux autres. De part et d'autre, des sculptures végétales retraçaient l'histoire d'Orbis, ses travaux, son commencement, son apogée.

Oranne progressait lentement, cherchant à comprendre et à s'imprégner d'une culture étrangère qu'elle n'avait effleurée qu'au travers des mots de Lakrass. Au bout de l'allée, elle gravit un large escalier en colimaçon débouchant sur un promontoire. Face à elle, suspendus à la structure de la sphère, se tenaient des mobiles dorés représentant le globe terrestre, le système solaire et d'autres merveilles entrevues dans les livres de la Démétrias : le monde d'antan. Les mobiles s'activaient inlassablement : la Terre tournoyait sur elle-même, tandis que planètes et constellations suivaient chacune une trajectoire définie, s'entrecroisaient, s'alignaient, s'éloignaient.

En baissant les yeux, l'Orbissienne découvrit au centre de la sphère un plan détaillé de la cité, gravé dans une plaque de laiton incrustée au sol. Une minuscule rosace signalait l'endroit où elle se trouvait. Jamais, en une semaine, elle n'aurait le temps de visiter ne serait-ce que le tiers de la cité. Il n'y avait pas de temps à perdre. Oranne se précipita hors de la sphère, chercha Bryn du regard : ne le trouvant pas, elle décida de poursuivre seule sa visite.

— Je te fais visiter ?

Lakrass se tenait derrière elle, un air malicieux au coin des lèvres. Sa présence rassurait Oranne. Bien qu'elle ne le connaisse pas vraiment, la bienveillance qu'elle percevait dans ses yeux rieurs lui plaisait. Elle acquiesça et le suivit.

— Alors, tes premières impressions ?
— C'est immense ! Je vais me perdre…
— Bien sûr que non, tu prendras vite tes repères ! Je vais te montrer le quartier des Levantis avant que tout le monde ne le découvre et ne s'y presse. Suis-moi. Tu seras heureuse ici, je te le garantis. Je sais que la vie d'Errante n'a rien d'enviable… enfin, j'imagine.

Ces paroles étonnèrent Oranne. Que savait-il, lui, de la vie des Errants ? Il était un Orbissien de naissance, certes original, mais sûrement jamais en manque de rien. Il était né alors qu'Orbis connaissait déjà ses premières décennies d'apogée. Savait-il vraiment ce qui se passait dans les terres d'Anaklia ? Toujours est-il qu'il lui était sympathique. Son pressentiment se confirmait.

Lakrass traversa la place principale, slalomant entre les Orbissiens et les obstacles, courbant son buste de manière exagérée. Oranne trottinait derrière, subjuguée par ce qu'elle apercevait. Bien que souterraine, le cœur d'Orbis n'était pas sombre. Par un mystérieux procédé, la lumière captée à la surface semblait absorbée puis diffusée par la tour et les plafonds des niveaux supérieurs, donnant l'illusion parfaite d'un soleil. Les Orbissiens misaient sur la luminothérapie, pour compenser l'absence du soleil, mais surtout pour préserver leur moral. Ainsi, Oranne distinguait parfaitement tout ce qui l'entourait.

Pour atteindre le quartier des Levantis, ils empruntèrent un interminable escalier en colimaçon, entourant le pilier d'une des plateformes de la place centrale. Chaque plateforme était reliée aux autres par un carrelage de verre, permettant d'apercevoir le niveau inférieur. Ils se retrouvèrent ainsi dans une forêt de séquoias géants, artificiels, en réalité, mais l'illusion était parfaite. Les feuilles bruissaient, les branches s'agitaient sans vent. Les racines s'élevaient hors de la terre à l'approche de Lakrass et Oranne, leur offrant un banc naturel. De petits automates ailés virevoltaient au-dessus d'eux, certains se posant quelques minutes sur une plateforme cachée pour recharger leur moteur à vapeur, puis repartant aussitôt. Les herbes folles, chénopodes, physalis et pâquerettes fuyaient sous leurs pas puis revenaient timidement, replantant leurs racines mécaniques dans la terre.

Oranne sut qu'elle reviendrait passer du temps dans cette forêt artificielle à la première occasion. Lakrass jetait des regards furtifs à sa protégée, ravi de percevoir l'émerveillement sur son visage poupin.

Ils empruntèrent de nouveau un escalier roulant qui les mena au quartier des Levantis. D'autres citoyens s'y trouvaient déjà, accompagnés d'Orbissiens natifs expliquant le fonctionnement des lieux. Lakrass et Oranne parvinrent à l'espace de vie des Levantis : les règles de sécurité défilaient sur des écrans qui décoraient les murs métalliques tandis que le sol, en trompe-l'œil, donnait l'illusion de tomber dans un immense puits sans fond. Les autres citoyens patientaient devant le hall, attendant d'être enregistrés et de se voir attribuer leur logement.

— Tu as la chambre vingt-deux, annonça Lakrass. C'est la mieux placée, tu verras. Suis-moi. — On ne va pas dans la file d'attente ? demanda Oranne, étonnée de ne pas suivre le même protocole que les autres.
— Et puis quoi encore ? Avec la plèbe ? Je me suis arrangé. Ne t'inquiète pas. Ne sois pas surprise non plus de voir des Myrmidons déambuler et vous demander votre identité : simple contrôle de routine. Tâche d'avoir toujours ta carte de citoyenne sur toi.

Oranne ne pouvait pas vraiment s'inquiéter, puisqu'elle ne connaissait rien de cet univers de rouages et de mécanismes dont elle ne comprenait pas encore tout le fonctionnement. Elle se contenta de suivre Lakrass aveuglément. Il s'arrêta devant un mur gardé par une imposante gargouille, vestige d'un monde disparu.

— Pousse-la.
— Pardon ?
— Pousse-la.

Oranne s'exécuta, un peu craintive. La gargouille bascula, dévoilant un couloir cylindrique. Ils descendirent lentement et arrivèrent dans un long corridor dont le plafond transparent révélait les réserves d'eau d'Orbis. Une vie aquatique et microbienne y évoluait. L'eau perspicarienne reposait au-dessus de son futur logement. Oranne s'efforça de faire abstraction de ce détail, même si la beauté de l'eau cyan et lapis, dans laquelle dansaient les nénuphars, était frappante.

— Je t'explique : le quartier des Levantis se trouve logiquement sous Orbis. Il y a deux cents appartements, pour les divers professionnels. Je crois en Bryn et toi, alors je me suis permis de vous attribuer les meilleurs logements. Pour la nourriture, tu n'auras qu'à aller dans le hall central, il y a des distributeurs, ils seront approvisionnés quand ils seront pleins. Mais ce n'est pas ton domaine. Contente-toi de te servir. Prends juste de quoi subvenir à tes besoins pour une semaine, le temps que les distributeurs soient réapprovisionnés. Si tu veux des vêtements ou autres objets durables, rends-toi sur la place centrale et demande ce que tu veux. Tu n'as rien à donner en échange, tu fournis déjà ta main-d'œuvre.

— Et c'est tout ? Je me sers, et je travaille en retour ?
— Eh oui, répondit Lakrass, indigné par la naïveté de la question. La nature nous donne tout ce dont nous avons besoin. À condition de la chérir et de lui donner de l'eau.
— L'eau perspicarienne ? osa demander Oranne, regrettant aussitôt ce qui pouvait passer pour un affront.
— Entre autres, principalement oui. Elle passe d'abord par un système de phytoépuration. Merci la nature. Et nous pouvons en profiter en abondance. Il y a aussi celle de diverses sources alentours. Nous n'avons pas le choix. Vous, les anciens Errants, contribuez largement à ce système. En tant que Levantis, tu participes à l'épuration et la potabilité de cette eau. C'est un devoir, mais aussi un privilège.

Lakrass s'arrêta devant une porte en bois, la numéro vingt-deux.

— C'est le plus grand logement. Tu as de la chance, je t'aime bien. Tu n'y seras que pour manger et dormir, la plupart des Orbissiens préfèrent passer leur temps libre dans la cité, et le reste du temps, tu seras au travail.

Oranne n'avait qu'une hâte : qu'il se taise et lui montre enfin son logement. Mais Lakrass, intarissable, continua :

— Je t'ai choisi la chambre numéro vingt-deux parce que, d'après un vieux livre retrouvé dans les ruines d'un bâtiment d'antan, c'est le chiffre de l'harmonie universelle et de la transformation, une passerelle entre le rêve et la réalité. D'un point de vue professionnel, c'est associé à la force et à de grandes réalisations, et je crois en toi. Et c'est aussi le double de onze, ce qui est merveilleux, tu sais pourquoi ?

— Non... Mais je rêve de le savoir, répondit Oranne ironiquement, espérant qu'il ouvrirait enfin la porte.

— Autrefois, le onze était associé au combat intérieur et à la dissonance cognitive... et quelque chose me dit que cela te correspond parfaitement.

Oranne se figea, décontenancée. Savait-il à quel point il visait juste ? Pourquoi de tels propos ? L'ouverture de la porte la détourna de ses interrogations.

Le toit transparent, voûté, était soutenu par des parois rocheuses flaves formant une alcôve intime. À droite, un lit posé sur un parquet, en face une petite cuisinière à bois dont le conduit s'enfonçait dans la roche. Lakrass lui montra qu'elle pouvait entreposer ses aliments dans un garde-manger enterré et entouré d'eau. Au fond, une salle de bain : douche alimentée par la réserve du plafond, évier, toilettes dont un système permettait l'évacuation grâce à un mécanisme ingénieux. C'était la première fois qu'Oranne voyait cela. Les seules décorations étaient les plantes, les fleurs, abondantes, qui grimpaient le long des murs, s'enroulaient, jonchaient le sol. Oranne se sentit tout de suite à l'aise.

— J'espère que ton nouvel environnement te plaît. Les Levantis travaillent la nuit uniquement. L'hiver, le travail est plus intense que l'été. Tu dois donc être opérationnelle dès le crépuscule.

Oranne ne savait pas si elle devait s'inquiéter ou se réjouir de la vie qui l'attendait, régie collectivement. Quelles seraient les conditions de travail ? Encore une fois, la présence de Lakrass la rassura : si besoin, elle pourrait toujours se tourner vers lui. Réussirait-elle à se sentir chez elle dans cette cité qu'elle avait tant haïe ? Parviendrait-elle à rentrer dans le moule imposé par le cadre du travail ?

Orbis partait du principe que chaque citoyen devait contribuer à l'effort collectif, en échange de quoi la cité subvenait à tous leurs besoins, gratuitement. Elle avait su convaincre chacun de donner le meilleur de lui-même, de travailler plus que l'endurance humaine ne le permettait, et ce, pour un bien-être perceptible et immédiat. Ainsi, les citoyens obtenaient presque tout ce qu'ils voulaient. La frontière entre utopie et tyrannie était mince : pour le bonheur collectif, Orbis contrôlait la masse, tout en laissant à chacun l'opportunité d'exister individuellement en dehors du cadre du travail. Les récalcitrants étaient expulsés. Après tout, ils n'avaient aucune raison de se plaindre : Orbis n'allait pas remettre en cause tout un système pour quelques inadaptés incapables de saisir l'opportunité qui leur était offerte.

La cohabitation et le bien-être de tous nécessitaient une sélection méticuleuse. Oranne, en s'infiltrant si facilement, avait ébranlé ce système sans éveiller de soupçons. À vrai dire, les Errants, sortant d'une vie misérable, étaient prêts à tout pour intégrer la cité ; la plupart ne se plaignaient jamais. En les recrutant, Orbis savait qu'ils seraient suffisamment reconnaissants pour ne pas chercher à nuire, et qu'ils travailleraient avec plus de zèle que les natifs.

Lakrass la laissa prendre possession des lieux. Cela n'allait pas être difficile, puisqu'elle ne possédait rien. Elle n'avait rien à ranger dans les meubles ni dans les tiroirs sous le lit. Pour tout bien, elle n'avait que ce qu'elle portait sur elle ; elle avait dû abandonner ses armes, les cacher, espérant les récupérer un jour.

Heureusement, Orbis anticipait : chaque appartement était pourvu du nécessaire. Oranne put ainsi prendre une douche, se laver les cheveux, renouer avec une féminité oubliée grâce aux accessoires fournis. Elle enfila la tenue offerte par la cité, propre aux Levantis : une combinaison en ramie couleur bis, ceinturée de cuir. En se voyant ainsi costumée, Oranne se sentit coupable. Cet accoutrement faisait d'elle une traîtresse. Qu'était-elle en train de faire ?

N'avait-elle pas commis une énorme erreur en intégrant les Levantis ? Ne s'était-elle pas éloignée de son objectif ? Jamais elle n'atteindrait les représentants de la cité, elle n'était que la suie d'Orbis. Jamais elle ne tiendrait entre ses mains les documents répondant à toutes ses questions. À quoi rimait sa présence ici ? Et si Orbis découvrait un jour qui elle était vraiment ? Que se passerait-il ? Ne se jetait-elle pas elle-même dans la prison ennemie ?

Mais que signifiait encore « ennemie », maintenant qu'elle comprenait le fonctionnement de la cité ? N'y avait-il que l'ignorance pour permettre aux autres de qualifier Orbis de manière péjorative ? Pourquoi rejeter cette cité alors qu'elle n'aspirait qu'à valoriser l'humanité ? Oranne en oublia presque le pillage de l'eau, la raison de tous ses meurtres, tiraillée entre sa vision de la cité et ses propres motivations.

Plutôt que d'aller explorer la cité, elle décida de visiter son futur lieu de travail. Elle sortit dans le couloir, croisa d'autres recrues qui prenaient possession de leur logement. Lakrass venait de quitter Bryn après lui avoir montré son appartement. Oranne proposa à Bryn de l'accompagner.

Au bout du couloir, un autre escalier menait aux tréfonds d'Orbis. Ils descendirent et arrivèrent sur un pont de pierre, surplombant un monstre de terre cuite, de bois et de galeries entremêlées. Les deux néophytes Levantis se regardèrent, inquiets. C'était dans la tanière de cette hydre endormie qu'ils allaient devoir travailler. Ils n'étaient pas prêts. Oranne frissonna.

— Toi aussi, tu te demandes si nous n'avons pas fait le mauvais choix ? lui chuchota Bryn.
— Oui. Maintenant, je cautionne ce contre quoi je luttais avant d'être ici. Regarde-moi ça. Nous sommes enterrés vivants pour contribuer à la beauté orbissienne alors que Perspicaris s'assèche. — Tais-toi ! ordonna-t-il en la poussant. Nous ne sommes peut-être pas seuls ici.

Chapitre 15

Oranne sortit des entrailles d'Orbis au lever du jour. La nuit avait été longue, rythmée de contrariétés et d'imprévus. Depuis que Lakrass l'avait nommée responsable des Levantis, elle rentrait épuisée, couverte de vase et de crasse, mais souriante. À ses yeux, ce rôle n'était pas ingrat. Peut-être avait-elle fini par devenir comme les véritables citoyens, à croire que tout ce qu'elle faisait avait une importance et un sens. C'était un comble : elle, qui condamnait autrefois les pilleurs de liquide précieux, en était désormais responsable au quotidien.

Elle traversa la place centrale déserte, heureuse, se dirigeant rapidement vers le quartier des Levantis avec une seule hâte : se laver, manger, et se coucher. Mais en arrivant devant sa porte, elle trouva Estrel, Lakrass et quatre myrmidons lourdement armés. Les visages graves qu'ils affichaient l'inquiétèrent aussitôt. Que se passait-il ? Elle s'avança et les salua poliment. Aucun ne répondit.

— Que se passe-t-il ? J'ai fait une erreur au travail ? demanda-t-elle, persuadée pourtant de n'avoir commis aucune faute.

Estrel la considéra longuement avant de soupirer, presque mal à l'aise :

— Nous savons qui tu es, Oranne. Enfin, si tu t'appelles réellement ainsi.
— Qui je suis ? fit-elle, étonnée et inquiète, oubliant un instant son imposture.

Estrel s'approcha et releva la manche droite de sa combinaison crasseuse, dévoilant son tatouage. Oranne se pétrifia.

— Et s'il n'y avait que cela..., dit-il en fouillant dans la poche intérieure de sa veste.

Il sortit une feuille de papier froissée, déchirée aux coins, la déplia et la brandit devant Oranne. C'était son portrait, placardé partout à Perspicaris. Même elle ne se reconnaissait plus sur ce dessin, et pourtant, ce gribouillage avait suffi à causer sa perte. Elle ne pouvait croire qu'après tant de mois passés dans l'anonymat, le lien ait été fait si facilement. Elle avait changé, elle n'avait plus rien à voir avec la sauvageonne du portrait. Le monde était si vaste, comment avaient-ils pu deviner ?

— Je... Je me suis trompée à votre sujet. J'aime ma vie à Orbis, tenta-t-elle de se défendre.
— C'est trop tard. Tu es une traîtresse, une tueuse, une terroriste et, par conséquent, une ennemie d'Orbis. Emparez-vous d'elle, ordonna-t-il aux myrmidons.

Oranne se laissa violemment empoigner, paralysée par les événements. De toute façon, elle ne pouvait nier les faits. Elle n'avait rien à dire pour sa défense, aucune excuse valable. Mais comment avaient-ils fait le lien ?

— Comment avez-vous su ? finit-elle par demander alors qu'on la traînait hors du quartier des Levantis, sous les regards interrogateurs.

— Nous avons une source fiable.
— Laquelle ?
— Tu n'as pas à le savoir. Tu vas mourir. Tout se paie.

Lakrass restait silencieux et pensif, presque triste. Son regard avait perdu son éclat malicieux et il évitait celui d'Oranne ; ses mains, d'ordinaire si agitées, étaient immobiles. Les myrmidons la traînèrent à travers la cité, heureusement peu fréquentée à cette heure. Les quelques visages familiers qu'Oranne aperçut la fixèrent, pleins d'incompréhension et de surprise. Tous la connaissaient, de près ou de loin, et savaient quelle ascension fulgurante elle avait accomplie. Oranne, les larmes aux yeux, baissa la tête.

Que diraient ceux qu'elle avait côtoyés ces derniers mois, s'ils savaient qu'elle avait massacré les siens ? Ils ne comprendraient pas qu'elle s'était trompée sur Orbis, qu'elle avait fini par aimer cette vie, par apprécier les Orbissiens, par se sentir l'une d'eux. Mais elle n'aurait pas le temps de s'expliquer. Lakrass fit signe aux curieux de s'éloigner, ce qu'ils firent à contrecœur. Où était Bryn ? Qui allait le prévenir ? Il allait sûrement s'inquiéter.

Pour la première fois, Oranne s'approcha de la Géode. Ils empruntèrent un ascenseur aux parois miroitantes puis débouchèrent dans un immense hall. Oranne fut traînée de couloirs en couloirs, sans pouvoir voir ce qui l'entourait. On la fit tomber à genoux devant un bureau. En relevant la tête, elle reconnut Kraher, le régisseur d'Orbis, qu'elle n'avait aperçu jusque-là que sur des dessins.

— Alors c'est cela ? C'est une blague ?
— Non, monsieur, répondit Estrel. C'est bien elle.
— Sacré coup à notre ego… J'ai rencontré votre source, elle semblait fiable. Je l'ai récompensée comme il se doit, en le changeant de section.
— C'est Bryn, n'est-ce pas, votre source ? intervint Oranne, foudroyée par l'évidence.

Un des myrmidons la frappa au visage du revers de son arme et lui ordonna de se taire. Oranne se retint de répliquer, de peur d'aggraver son cas.

— Comment avez-vous fait pour ne rien voir ? s'indigna Kraher.
— Elle n'a rien laissé paraître. Jamais un mot plus haut que l'autre, jamais de violence. Son travail était accompli chaque jour avec soin et sérieux. On n'a jamais rien eu à lui reprocher, expliqua Estrel, avec regret. Elle était parfaitement intégrée.
— Foutez-moi ça au Vitium. Je lui donne deux jours avant de crever. On verra bien si c'est vraiment une tueuse, lâcha froidement Kraher.

Les myrmidons l'empoignèrent et la firent sortir. Qu'était le Vitium ? En plusieurs mois de citoyenneté, elle n'avait jamais entendu ce mot. On lui mit un sac de toile sur la tête. Sa promenade sensorielle commença : privée de la vue, elle se concentra sur son ouïe et son odorat. Une odeur immonde de crasse, d'excréments et d'humidité l'assaillit. Où l'emmenait-on ? Cette agression olfactive annonçait sûrement le sort peu enviable qu'Orbis réservait à ses ennemis. On la poussa contre ce qui devait être un mur, dur et froid. Puis on lui ôta le sac. La première chose qu'elle vit fut une grille rouillée se refermant devant elle, la cloîtrant dans une minuscule cellule délabrée.

Une peinture verdâtre s'écaillait des murs, mêlée de traînées sanglantes, témoins des actes désespérés des précédents occupants, et de coulures d'humidité. Quant au sol, c'était un mélange de poussière et de sable souillé. Aussitôt, Oranne chercha à gratter sous la porte, mais ses doigts abîmés ne rencontrèrent qu'une épaisse dalle de béton. Un ricanement s'éleva de la cellule d'en face.

— Tiens, tiens, une petite nouvelle : la tueuse de Perspicaris, une terroriste à ce qu'il paraît, les gars ! C'est un honneur de t'accueillir parmi nous.
— Où sommes-nous ? Cela ne ressemble pas à Orbis.

Tous se mirent à rire.

— Et pourtant, nous y sommes. Les Orbissiens ont une idée assez archaïque des prisons.

De son interlocuteur, Oranne ne percevait que la voix, rauque et irrégulière. L'obscurité l'empêchait de voir les autres détenus. Combien étaient-ils, en ces lieux sinistres ?

— C'est ici, le Vitium ?
— Oui, enfin, au-dessus de nous. Mais dès ce soir, tu y seras, ne t'en fais pas, railla la voix.
— Ce soir ? Pourquoi j'irais là-bas ?
— Tu ne sais pas ce qu'est le Vitium ?
— Non, répondit naïvement Oranne.

— C'est une arène de mise à mort. Tu vas devoir te battre, tuer pour ne pas être tuée. C'est la peine qu'ils t'ont attribuée. Mais tu n'as aucune chance, ne t'en fais pas. Ce ne sont que des myrmidons.
— Et vous, alors ? Vous vous en êtes sortis, non ?
— Oui, mais pour combien de temps encore ? Nous sommes en sursis. Nous finirons tous par y passer. Regarde dans quelles conditions nous vivons… même un chien ne dormirait pas ici. — Orbis cautionne cette barbarie ?
— Bien sûr que oui, elle l'adore même, petite ignorante, railla-t-il amèrement.
— Mais jamais je n'ai entendu parler de cet endroit, jamais je n'ai entendu un discours de haine chez les Orbissiens.
— Tous ne sont pas autorisés à venir. C'est réservé à l'élite de la Géode, pas au petit peuple. Pourquoi crois-tu qu'ils soient si hauts perchés ? Pour agir tranquillement, et jeter des miettes au peuple pour lui donner l'illusion de ses droits. On ne vous apprend pas cela à la formation, hein ? Oh non, ils servent une belle propagande, bien organisée, séduisante. Tu n'as rien senti ? Tu as cru à cette mascarade ?
— Oui… avoua Oranne, honteuse.

Un rire collectif s'éleva.

— Les gens sont bons, les Orbissiens sont bons, car ils croient en des valeurs. Mais cela ne sert pas l'humanité, cela sert le pouvoir, la Géode. Pour mieux asservir les citoyens, les naïfs comme toi. Jamais tu ne trouveras quelque chose qui se fait pour l'Homme, d'aussi grand que sa condition. Non, ce sera toujours pour le pouvoir ! Autrefois, l'argent s'ajoutait à l'équation.

— C'est tellement triste...
— C'est dans la nature humaine, que veux-tu. On pourra la modifier, triturer nos gènes, elle restera toujours en nous.

Oranne se recroquevilla sur la terre battue, pensive. Cette vérité concernant Orbis lui déchirait le cœur : elle avait tant voulu y croire, elle y avait même cru, et encore une fois, elle était déçue. Encore une fois, ses convictions s'effondraient. Où était la vérité ? Illusions, trahisons, mensonges : étaient-ce là les ignominies qui unissaient si bien les hommes ? Qui les régissait ?

Tard, dans la soirée, un homme se posta devant sa cellule avec une étiquette au nom de Gryllidae et dit :

— Ce soir, tu ouvres le bal, tout le monde est pressé de te voir et de savoir ce que tu as dans le ventre. Celui que tu couvres n'a pas honte de te laisser dans une telle merde ?

Oranne ne répondit rien et se leva. Après des heures d'inertie, il allait enfin se passer quelque chose, dommage que ce soit pour aller vers sa mort, pensa-t-elle. N'ayant d'autre choix, elle sortit de sa cellule. Aussitôt, Gryllidae la menotta et la poussa devant lui. L'Errante essaya de voir les visages des autres prisonniers, mais ne distingua que des ombres, tapies au fond de leur cage. Comment Gryllidae pouvait-il conduire quotidiennement des personnes à la mort ? Comment pouvait-il ne pas éprouver la moindre empathie ? Les avait-on à ce point diabolisés pour qu'il soit heureux de les jeter au Vitium ?

Après avoir traversé une allée de myrmidons, ils empruntèrent un long escalier, longèrent plusieurs couloirs où seules de petites lueurs jaunâtres leur permettaient de deviner où poser les pieds. Gryllidae ouvrit une porte et poussa Oranne dans un sas, entre deux grilles. Face à elle, le Vitium. La foule piaffait d'impatience.

À peine eut-elle le temps de scruter les lieux que la grille s'ouvrit. Un myrmidon entra, acclamé, fit le tour du Vitium, levant les bras pour galvaniser la foule, pour affirmer sa suprématie et préparer le sacrifice qu'il allait offrir : celui d'une vie humaine. Oranne sentit son cœur se déchirer, l'adrénaline et la haine l'envahir. Elle serra les poings, prête à tuer. C'était lui ou elle. Son choix était fait. À cet instant, son humanité disparut. C'était pourtant la valeur suprême en laquelle elle avait fini par croire à Orbis, mais elle lui serait inutile. En la mettant au Vitium, ils voulaient faire d'elle un monstre, et pour survivre, ne serait-ce qu'une journée de plus, elle serait ce qu'ils voulaient.

Qui pouvait imaginer que, sous les montagnes d'Akhmeta, une telle horreur existait ? Sa grille se leva. Oranne s'avança lentement sous les néons, sous les huées de la foule. Son adversaire explosa de rire, regarda la foule en grimaçant : c'était tout ce qu'on lui offrait ? Une gamine, la soi-disant tueuse de Perspicaris. Pour beaucoup, Oranne couvrait quelqu'un. Cela ne pouvait être elle. Si c'était le cas, jamais elle ne se serait aventurée chez l'ennemi aussi naïvement. Mais peu importait : il était là pour triompher, pour vaincre l'ennemi, pour prouver à Orbis sa loyauté.

L'arbitre sonna le début du combat. Oranne resta stoïque. Le myrmidon, exaspéré, s'élança, mais l'Errante déjoua toutes ses attaques avec une facilité déconcertante. Le jeu dura plusieurs minutes, sans qu'il ne puisse la toucher. Oranne finit par attaquer à son tour. Surpris, il ne put esquiver ; il resta interdit quelques secondes, puis se ressaisit, plaqua Oranne au sol, cherchant à l'étrangler. L'Errante lui jeta une poignée de sable au visage, enfonça ses pouces dans ses yeux. L'homme hurla. Oranne en profita pour se dégager et bondit sur lui, le rouant de coups au visage en tournant autour de lui, l'empêchant de l'attraper. Ses bras chassaient le vide. D'un coup de pied dans la colonne, elle le fit tomber à genoux, plaça son bras sous sa gorge et serra, jusqu'à sentir la vie quitter sa victime. L'homme tomba, inerte. La foule resta silencieuse, choquée, incapable de savoir s'il fallait applaudir ou huer.

Elle venait pourtant de leur offrir ce qu'ils voulaient. Oranne fit volte-face, regagna le sas sans un regard pour la foule. Gryllidae la ramena dans sa cellule, lui ordonnant de faire durer le spectacle la prochaine fois. Et puis quoi encore ? À quoi rimait cette mascarade ? Avait-il seulement une idée de ce que ressentaient les combattants ? La seule chose qu'ils voulaient, c'était vivre. Et ce bourreau osait lui demander de jouer la comédie pour la foule ?

— Va te faire foutre, répondit-elle, je ne suis pas ici pour me donner en spectacle.

Gryllidae s'arrêta net, piqué dans son orgueil. Il sortit son trousseau, hésita, puis se ravisa.

— Tu as peur, Gryllidae ? Je t'effraie ? Tu n'entres pas dans ma cellule ?
— Fais la maligne, gamine. Je ne rentrerai pas dans ton jeu.

Oranne le nargua d'un sourire moqueur, sentant sa faiblesse. Gryllidae s'éloigna en marmonnant. Il aurait d'autres occasions de corriger cette insolente... Encore fallait-il qu'elle survive au Vitium.

— Félicitations, murmura la voix rauque de l'obscurité, dès que Gryllidae fut parti. Tu as triomphé du Vitium une première fois.
— Merci.
— Mon tour va bientôt venir. Si je ne reviens pas, je te souhaite de ne pas trop souffrir.
— Pourquoi es-tu là ? Qu'as-tu fait ?
— Je ne cautionne pas ce que Kraher a fait d'Orbis et cela ne lui plaît pas. Sous l'ère de Thot, les choses étaient différentes.
— Thot ?
— Oui, celui qui dirigeait Orbis avant Kraher. Lui et toute sa famille ont été tués par la milice, des traîtres au service de Kraher. Avant, Orbis avait de vraies valeurs, partagées par tous, non par un peuple asservi. Les inégalités sont tellement grandes.

— En quoi la Géode et le reste des Orbissiens sont-ils si différents ?
— Le savoir, mon enfant. — Le savoir ?
— Il faut décidément tout t'apprendre.

Il ne put poursuivre : Gryllidae ouvrit sa cellule et le força à le suivre. Oranne distingua à peine sa silhouette amaigrie disparaissant dans le couloir sombre. Il devait revenir, poursuivre ses explications. Pour lui offrir la vérité, il devait survivre. C'est ce qu'espérait Oranne.

L'attente de ce voisin qu'elle ne connaissait pas, mais qui détenait une vérité, lui sembla interminable : comme attendre la suite d'un roman qu'elle commençait à la Démétrias et que la lumière du jour interrompait. Elle tua le temps en s'attardant sur ce qui constituait sa cellule. Son attention se porta d'abord sur l'incroyable activité des fourmis, qui, là où Oranne ne voyait que poussière, trouvaient de quoi se nourrir. C'est alors que débutait leur prodigieux travail : à l'image d'une société humaine idéale, telle qu'Orbis l'avait rêvée, chacune connaissait son rôle, était bienveillante avec ses semblables, contribuait à l'effort collectif.

Après de longues minutes d'observation, leur dessein fut perturbé : l'une d'elles se retrouva prisonnière dans une toile d'araignée. Par mimétisme, d'autres suivirent et se retrouvèrent également captives. À l'autre bout de la toile, l'araignée sentit ses fils vibrer au rythme des tentatives désespérées. Mais c'était trop tard. Le piège se refermait, et plus elles se débattaient, plus elles s'engluaient. Leur bourreau s'approchait lentement. Oranne voulut intervenir : d'un coup de doigt, elle pouvait rompre leur destin tragique, être démiurge. Les autres fourmis, après un instant de panique, reprirent leur tâche. Oranne, cependant, resta immobile, fascinée et effrayée par l'araignée habillant ses proies de soie, fil par fil. Était-ce à elle d'intervenir ? Pourquoi prendre parti pour les fourmis plutôt que pour l'araignée qui ne faisait que suivre son instinct ? Elle-même, au Vitium, agissait ainsi, par pur instinct de survie.

Réfléchir sur cette scène l'occupa longtemps. Puis son regard s'arrêta sur les sinuosités des murs, abîmés par le temps et les anciens détenus. Certains avaient tenté de laisser une trace, de ne pas disparaître dans l'oubli. Des traits verticaux et horizontaux comptaient le nombre de combats gagnés : autant de jours passés ici. Oranne constata que ces séries n'excédaient jamais sept traits. D'autres symboles, gravés ou peints avec du sang ou toute substance tenace, décoraient les murs.

Elle gratta ensuite le sable autour d'elle, évitant le territoire des fourmis, et y extirpa ardoises, morceaux de gravats, clous rouillés, lambeaux de vêtements. De quoi se fabriquer une arme, voire deux. Sa confection l'occupa longtemps. Elle n'avait pas tout à fait fini lorsque la porte au fond du couloir s'ouvrit. Oranne enterra ses matériaux et l'ébauche de ses armes.

Gryllidae ouvrit la cellule, mais il était seul. Personne n'entra. Il vociféra, s'impatienta. Deux myrmidons arrivèrent, soutenant un prisonnier. Était-ce celui qu'elle attendait ? Ils jetèrent le corps désarticulé dans la cellule en face, puis s'en allèrent. Oranne se rapprocha de la grille, attendit. En face, quelqu'un gémissait, respirait par saccades.

— Ça va ? demanda Oranne, ne sachant qui lui répondrait, ni même si quelqu'un le ferait.
— J'ai connu mieux, répondit la voix qu'elle espérait. Saletés de myrmidons, ils ont failli m'avoir. Je pense que cette victoire était la dernière, mon corps n'en peut plus... Je veux bien céder aux avances de la mort, si elle continue de m'aguicher ainsi.

Que lui dire ? Elle n'allait pas lui dire de se battre, de croire que cela en valait la peine, puisque tôt ou tard, tous succomberaient. Oranne resta longtemps devant la grille, silencieuse. L'homme était trop mal en point pour qu'elle ose le questionner sur Orbis. Elle retourna au fond de sa cellule et termina ses armes. Elle ne pouvait rien pour ce prisonnier, déjà trop absorbée par sa propre survie. Sûrement ne passerait-il pas la nuit. Mais qui était ce Thot dont elle n'avait jamais entendu parler ? Lakrass ne l'avait jamais mentionné dans ses cours. Qui était-il, ce personnage effacé de l'histoire d'Orbis ? Pourquoi ce mystère autour du savoir ? Leur cachait-on tant de choses ?

L'Errante finit par s'endormir, épuisée. Un myrmidon la réveilla d'un jet de pain à la figure, puis jeta une assiette de soupe qui se répandit dans le sable. Oranne s'en saisit, affamée. La soupe, si tant est que le mot convienne, était si claire qu'elle crut d'abord que c'était de l'eau crasseuse. Elle y trouva quelques morceaux de légumes qu'elle retira et posa sur un bout d'ardoise trouvé la veille. Avec le peu de liquide restant, elle entreprit de se nettoyer le visage et les pieds.

Puis elle s'approcha de la grille, guettant la respiration de son voisin d'en face. Elle l'appela à plusieurs reprises, sans réponse. Elle ne connaissait même pas son prénom, n'avait jamais vu son visage, et pourtant, elle s'était attachée à cette voix, détentrice d'une vérité qu'elle aurait voulue connaître.

La nuit venue, Oranne vainquit facilement son adversaire. La foule était partagée : certains acclamaient cette martyre au visage d'ange, d'autres s'indignaient de sa barbarie. Elle arracha la vie, puis regagna son sas sans offrir le spectacle attendu. Peu après, ce fut au tour de la Voix. Gryllidae le tira hors de sa cellule sous les moqueries. Oranne se colla à la grille, dans l'espoir d'apercevoir son visage, en vain. Elle n'aperçut qu'une silhouette amaigrie et titubante s'effaçant dans le couloir. Cette nuit-là, il ne revint pas.

La perte de la Voix affecta Oranne, la confronta à son propre sort : la mort. Son tour viendrait, c'était inévitable. Un jour, elle n'aurait plus la force de vaincre, son corps ne suivrait plus le souffle fauve qui l'animait. Elle était désormais dans un état second : ses retours en cellule signaient l'arrêt de toute activité cérébrale, elle n'en était plus capable. Elle plaçait le peu d'énergie qu'il lui restait dans ses combats pour la vie. Seuls les contes morcelés de son enfance lui revenaient, la berçant dans l'opacité du désespoir, de la douleur et des lieux.

Chapitre 16

Le divertissement, c'est ce que l'élite de la Géode venait chercher, le temps de quelques heures, au Vitium : vivre par procuration une existence plus exaltante que leurs vies de chiffres et de lettres. Tous misaient sur des vies, tandis que les leurs ne risquaient rien. Quoi de plus normal, pensaient-ils, que de punir les criminels ? Tranquillement installés dans les gradins, ils se délectaient de cette violence punitive, primitive. Depuis les temps les plus reculés, ces jeux morbides existaient, unissant les justes contre les autres, ceux qui n'étaient pas dignes d'être des leurs, alliant le spectacle à l'exécution. Le Vitium exaltait la foule, glorifiait Orbis et la puissance des Myrmidons, tandis qu'en dessous, les ignorants s'affairaient, baignaient dans les douces chimères d'amour et de paix. Mais ici, tout était différent. Le sable épongeait la sueur, le sang, et les larmes. Si un prisonnier parvenait à tuer un myrmidon, cela ne faisait que justifier davantage la violence à leur égard. Il n'y avait pas d'issue : une victoire n'était qu'un sursis, annonçait une mort prochaine.

Les lourds pas de Gryllidae retentirent sur le carrelage défoncé du couloir central, annonçant la mise à mort. Il ouvrit machinalement la grille, sans un regard pour le prisonnier, et l'escorta jusqu'au Vitium. Oranne se demanda ce qui se passerait si elle refusait de sortir de sa cellule et de se battre. Serait-elle tuée froidement pour rébellion ? Kraher tenait-il réellement à ce qu'elle périsse au Vitium, pour servir d'exemple ? De toute façon, quoi qu'il advienne, elle était condamnée à mourir, ici ou là. Alors autant tenter le tout pour le tout. Le prisonnier parti ne revint pas cette nuit-là, jetant à la face d'Oranne la dure réalité de la mort, omniprésente – et sûrement la sienne. Cette disparition la décida à agir dès le lendemain. Perdue pour perdue. Devait-elle demander aux autres de la suivre ? Mais à quel point étaient-ils résignés, passifs ? Avaient-ils seulement encore la force de se battre ? Oranne n'espérait pas vraiment s'enfuir : la seule chose qu'elle voulait était de tuer Gryllidae, ce sadique immonde qui se donnait l'illusion du pouvoir en s'attaquant aux faibles. Devait-elle aussi refuser de se battre, refuser d'adhérer à ce qu'ils appelaient un « jeu » ? Qui pouvait seulement vouloir la place qu'il occupait ?

Mais Gryllidae, hormis le soir pour les combats, ne venait jamais dans les couloirs, selon les dires des autres prisonniers auprès desquels Oranne recueillit des informations. Il ne venait que sporadiquement, lorsqu'il était contrarié, pour se défouler sur un prisonnier trop faible pour se défendre. Il y avait deux autres femmes emprisonnées ; Oranne ne les avait pas encore vues, mais entendait leurs plaintes, leurs gémissements, qu'elles s'efforçaient de rendre silencieux. Pourquoi étaient-elles là ? Avaient-elles une chance de tenir, ne serait-ce qu'un jour, dans cet univers hostile ? De toute façon, elle n'avait plus rien à perdre, sa vie était déjà en sursis, sans le moindre espoir. Si elle parvenait à tuer Gryllidae, elle ne se sauverait sans doute pas, mais au moins, elle éliminerait une figure symbolique du Vitium.

Cependant, avant de mettre son plan à exécution, elle dut se battre une dizaine de soirs supplémentaires au Vitium. Sa violence allait crescendo, comme un dernier souffle de désespoir. Si, au début, elle s'efforçait de se battre avec technique, de façon réfléchie, ses derniers combats n'obéissaient plus qu'à une fureur animale, à un instinct de survie exacerbé. Seuls ses nerfs, sa haine et l'adrénaline la maintenaient debout. Son regard, d'abord durci, s'était figé en un foudroiement fielleux. Son corps décharné portait les stigmates de l'horreur de ses conditions de vie et de la sauvagerie des combats. Orbis lui arrachait l'humanité qu'elle venait tout juste d'acquérir.

Toutes ces valeurs inculquées, ces grandes phrases affichées sur les parois de la cité, auxquelles elle avait cru, n'étaient qu'un leurre. Un moyen de contenir le peuple, de le forcer à cohabiter. N'y avait-il donc que les religions, la promesse d'un paradis ou la menace d'un enfer, pour forcer les hommes à se supporter ? Oranne avait voulu croire que la violence ne résolvait rien, qu'elle était la solution des sauvages, des Errants comme elle, forcés de se battre quotidiennement pour survivre. Pour s'imposer dans une meute qui n'incluait pas les faibles. Apparemment, ces principes s'appliquaient même dans les sociétés se prétendant civilisées.

Pour la première fois depuis la création du Vitium, une femme triomphait aussi longtemps, détrônait les invaincus, malgré sa jeunesse et son apparence frêle. Cette gladiatrice effrayait autant qu'elle fascinait, trop jeune, trop forte, trop violente. Elle éveillait la curiosité, alimentait les fantasmes, agaçait. Tous connaissaient la raison de sa présence. Kraher, qui jusqu'alors doutait encore des accusations portées contre elle, dut se rendre à l'évidence : c'était elle qui, pendant des mois, avait joué avec eux, s'était moquée d'eux. C'était elle, ce petit être redoutable, qui avait incarné leur échec. Et maintenant, elle refusait de mourir comme ils l'espéraient tous. Elle formait une brèche dans leur système si bien rodé. Le peuple ne devait pas savoir que la criminelle tant recherchée n'était pas morte. Ils ne devaient pas découvrir qu'une faille était possible.

Pourtant, Oranne était tiraillée entre son envie de conserver son humanité nouvellement acquise, ce qui impliquait de refuser de tuer, et son envie de vivre, sa soif de vengeance. À ce stade de sa vie, qu'est-ce qui était le plus en accord avec ses valeurs ? Elle n'était plus sûre de rien. Où était la vérité ? Quel était l'acte juste face à une mort certaine ? Que devait-elle laisser comme souvenir d'elle ? Devait-elle seulement en laisser un ? Chaque soir, elle se traînait dans sa cellule avec ce dilemme déchirant.

Triompher dans la barbarie ou mourir avec ses valeurs ? Elle craignait de dormir, bien qu'épuisée. Des cauchemars atroces la réveillaient. Souvent, elle revoyait le visage de ceux qu'elle avait tués, leur dernier rictus, le souffle de la vie qu'elle venait d'arracher. Qu'était-on en train de faire d'elle ? La faim la taraudait jour et nuit. Le pain rassis et la soupe, servis deux fois par jour, ne lui suffisaient pas, ne compensaient pas l'énergie dépensée au Vitium. Son état empirait de jour en jour : blessures s'accumulant, s'infectant, sang et lymphe se mêlant à la crasse de vêtements bientôt réduits à l'état de guenilles. Elle n'était plus qu'une silhouette tapie dans l'obscurité de sa cellule, une machine à tuer sous les projecteurs du Vitium. Que restait-il d'elle ? De sa consistance personnelle ?

Souvent, elle pensait à ses parents. Savaient-ils qu'un tel lieu existait ? Ne l'avaient-ils pas préservée pour l'empêcher de découvrir le versant sordide du monde ? Parfois, des bribes de souvenirs de son enfance lui revenaient, qu'elle avait pourtant tenté d'oublier. Était-ce l'imminence de la mort qui poussait son inconscient à les reconstituer ? Encore une fable revenait peu à peu :

Dès les premiers souffles de l'Humanité
Dans les arcanes terrestres inaltérés
S'échappaient des grondements sourds.
Étrange unisson de haine et d'amour
Lorsque les originelles lueurs délivrèrent
Les dormeurs éternels de la Terre
Aussitôt, ils investirent la cité promise.
Dépourvue d'avidité, de mal et de sottise
Mais certains se voulurent rois des nuages,
Princes de la nature, maîtres des orages.

Ces vers lancinants la hantaient, sans qu'elle n'en comprenne le sens. Ses parents les lui racontaient tous les soirs, à sa demande. Elle les aimait tant. Mais maintenant qu'elle les reconstituait, ils lui semblaient dénués de sens. Ils renvoyaient à des temps immémoriaux, détachés du réalisme, voire absurdes. Elle essayait pourtant de les comprendre, mais leur reconstitution était-elle exacte ? N'était-ce que des mythes pour éveiller son imagination d'enfant ?

Gryllidae sentait sa vulnérabilité, jubilait de sa chute proche. Un soir, il ouvrit la grille, bien décidé à se délester de la haine qu'il éprouvait envers l'Invaincue et à profiter de sa faiblesse. Oranne ne bougea pas, à sa grande surprise. Il donna un coup de pied dans la masse étendue, guettant la moindre réaction, en vain.

— Alors, Oranne, la fin est proche ?

Aucune réaction, pas un mot. Gryllidae s'offensa de ce désintérêt. Il attendait un minimum de défi, d'opposition, pour se rassurer dans sa lâcheté. Il lui donna un coup plus violent dans les côtes.

— Elle est où, la terroriste, hein ?

Aucune réaction, pas un mot. Excédé, il la saisit par le col, la força à le regarder. Son regard le glaça. Il la balança contre le mur, de peur et de dégoût. Oranne tomba lourdement, sans broncher, demeura immobile, lui tournant le dos.

— Viens m'affronter ! À quoi tu joues ? Tu es fatiguée ?

Aucune réaction, pas un mot. C'était le coup de trop. Gryllidae l'avait tuée, si facilement, si pitoyablement. Il pourrait dire qu'elle était morte de sous-nutrition, de ses blessures, inventer n'importe quoi sans répercussion. C'était terminé. Il guetta une éventuelle respiration, puis, souriant et satisfait, se retourna pour ouvrir la porte. Il chercha la clé correspondant à la serrure. Un fourmillement l'envahit, des frissons parcoururent son échine. Il sentit un souffle chaud dans sa nuque, une odeur animale. Il comprit. Il était trop tard. Il sentit sa gorge s'ouvrir, une lame se tourner dans son dos.

— Tu as perdu, souffla Oranne, le laissant se retourner et la regarder une dernière fois.

Les autres prisonniers rampèrent jusqu'à leur grille, peinant à comprendre ce qui venait de se passer. Oranne saisit le trousseau et l'arme de Gryllidae, puis sortit dans le couloir. Personne n'osa faire un bruit, tous imploraient silencieusement qu'on leur ouvre. L'Errante libéra le prisonnier le plus proche et le chargea de délivrer les autres. Puis elle fonça vers le poste de surveillance au bout du couloir, abattit froidement les myrmidons, récupéra leurs armes et un autre trousseau. Dans son élan, Oranne ne vit pas qu'un d'eux s'enfuyait pour donner l'alerte.

Aussitôt, des dizaines de myrmidons firent irruption, ouvrirent le feu, en évitant soigneusement Oranne. En quelques secondes, elle se retrouva seule, debout, au milieu du couloir. Que venait-elle de faire ? Estrel et Lakrass arrivèrent à leur tour, tiraillés entre effroi et mécontentement devant les cadavres.

— Félicitations Oranne, tu viens officiellement d'aggraver ton cas, dit Estrel. Retourne-toi.

L'Errante, horrifiée, ne bougea pas.

— Retourne-toi ! hurla-t-il.

Oranne obéit. À la lumière des flambeaux portés par les myrmidons, elle vit, pour la première fois, le visage des autres prisonniers. Des larmes coulèrent, dessinant des sillons dans la crasse recouvrant son visage.

— Que tu tues des Myrmidons, cela se comprend au vu de ton passé, mais tu viens de tuer tes semblables, des traîtres. Dans quel camp es-tu, Oranne ? Profite de tes dernières heures, demain, je vais tâcher de te faire mourir en martyre.

Lakrass ordonna aux myrmidons de remettre Oranne en cellule. Elle s'y laissa traîner, complètement abattue. À l'aube, elle fut tirée de son sommeil par Lakrass, accroupi derrière la grille. Il lui jeta un sac de nourriture.

— Prends des forces, tu ne dois pas mourir.
— À quoi bon ? Estrel va s'assurer que je crève. Je suis sûre qu'il t'a chargé personnellement de trouver mon meurtrier. J'ai plus envie de lutter. Laisse-moi. Tu es comme les autres.
— Pense à tes parents, Oranne.

Pourquoi lui parlait-il de ses parents ? Que venaient-ils faire ici ?

— Justement, je vais aller les rejoindre.
— Tâche de rester en vie, c'est tout ce que je te demande.
— Pourquoi ? Tu n'as rien à exiger de moi, tu es du bon côté de la grille, toi.

Lakrass sourit, se releva et disparut, laissant Oranne avec ses peurs et ses interrogations. Jamais elle ne s'était sentie aussi seule. Les autres jours, elle partageait son malheur avec les autres parias d'Orbis. Ce soir, elle était seule ici. Pourquoi Lakrass tenait-il tant à ce qu'elle reste en vie ? À quoi bon ? Venir ici avait été une erreur. Elle pensait y trouver un sens à sa vie, et elle allait la perdre. Le lendemain, au crépuscule, elle s'était résolue à mourir. Elle était prête, même. Pendant des heures, elle avait réussi à s'apaiser, à faire son propre deuil avant même de mourir. Elle lutterait comme elle pourrait et s'offrirait à la mort si elle l'enveloppait de sa douce chaleur. Peut-être trouverait-elle un ailleurs dans la mort.

Ce fut Estrel qui vint la chercher alors qu'elle attendait, résignée, derrière la grille. Il portait un assortiment de blanc et de gris, un couvre-chef violet, une cravate ventrale rouge, tandis que la dorsale était bleue. Oranne eut presque envie de rire en le voyant. Autrefois, elle admirait la prestance de ce personnage emblématique d'Orbis. Ce matin, son bourreau avait l'allure d'un clown maladroit, toute crédibilité envolée.

— C'est trop d'honneur de vous être habillé aussi bien pour l'occasion, ironisa Oranne.
— Ne fais pas la maline, nous avons trouvé celui qui va te tuer.
— J'en suis ravie, répondit-elle avec désinvolture. Et qui est l'élu ? J'ai hâte de le rencontrer !
— Tu le sauras bien assez tôt, répondit-il froidement, agacé par le détachement insupportable de la condamnée.

Lorsque les myrmidons ouvrirent la grille, elle ne se fit pas prier pour sortir. Elle avait hâte. Était-ce la fatigue, la sous-nutrition, la lassitude ou la folie qui la mettait dans cet état d'euphorie ? Peu importe. Elle suivit ses bourreaux docilement. Ce combat serait le dernier. Elle ne doutait pas de la capacité d'Estrel à trouver quelqu'un capable de la tuer. Le jeu était terminé : sa survie n'amusait plus le gouvernement d'Orbis. Il avait fini avec son jouet, qui désormais incarnait bien plus que le simple divertissement.

Oranne entra lentement dans le Vitium sous les yeux d'une foule mitigée. Elle avait tué Gryllidae, après tout. Pour certains, sa mort avait réveillé leur conscience sur l'idolâtrie autour d'Oranne. Ils avaient toléré, encouragé des dizaines de morts, légitimes selon eux, car dans un cadre strict. Mais une mort hors du Vitium, non, cela ne se faisait pas. La violence était régularisée, donc acceptable ; hors de ce cadre, elle n'était que barbarie.

Oranne guettait son adversaire. Elle se battrait jusqu'au bout. La grille face à elle s'ouvrit enfin, laissant apparaître une silhouette bien trop familière. Oranne se pétrifia. Bryn. Dans les tribunes, Estrel affichait un large sourire satisfait. Bryn s'approcha, le regard fuyant, incapable d'affronter celle qu'il avait dénoncée et trahie pour gravir les échelons et devenir myrmidon. L'arbitre s'empressa de siffler le début du combat. Oranne était tiraillée entre la haine et la déception, la tristesse d'avoir perdu celui qu'elle pensait être un véritable ami. Comment avait-il pu lui faire cela ? Après tout ce qu'ils avaient partagé…

Le traître observa cette créature qu'il avait offerte en sacrifice à la folie humaine, elle lui faisait face, flottant dans ses guenilles crasseuses et sanglantes, le foudroyant du regard. Pendant quelques secondes, il la contempla, trouvant sublime sa candeur sans innocence.

— Oranne... Je..., tenta-t-il maladroitement en s'approchant.
— Tais-toi.
— Il faut que tu comprennes, écoute-moi...

— Il n'y a rien à comprendre, tu m'as trahie. Je pensais mourir, mais en te voyant, je sais que je vivrai quelques heures de plus. Je vais te tuer, Bryn, annonça-t-elle d'une impassibilité effrayante.

Oranne ne savait plus ce qu'elle devait ressentir. Si son visage ne trahissait rien, intérieurement, c'était le chaos. Elle devait le tuer, se venger, c'était ainsi qu'elle fonctionnait. Elle ne connaissait que cette loi, celle du plus fort, celle du Talion. Et en regardant Bryn, elle savait qu'elle vaincrait. Elle voulait même qu'il lutte de toutes ses forces, qu'il se sente humilié. L'arbitre siffla de nouveau, face au stoïcisme des deux combattants. Chacun attendait la première attaque de l'autre. Bryn ne voulait pas la tuer, il savait qu'Estrel l'avait envoyé pour accentuer le tragique et affecter davantage Oranne. Il n'avait pas imaginé qu'en dénonçant Oranne, il devrait la tuer. Pourtant, il savait que s'il y parvenait, il serait reconnu, promu. Quant à Oranne, elle voulait simplement le tuer.

— Je suis vraiment désolé Oranne, je ne pensais pas que cela irait aussi loin, tenta encore le traître.
— Qu'est-ce que tu croyais ? Qu'ils allaient m'offrir des fleurs ? Qu'ils allaient tout oublier ?
— Je n'ai pas mesuré les conséquences…
— C'est trop tard. Qu'est-ce qu'il y a, Bryn ? Tu as peur de mourir ? Je vais tâcher que ce soit long et douloureux. Tu ne seras jamais promu myrmidon, tout cela n'aura servi à rien. Tu es comme les autres.

La foule, Estrel et Kraher s'impatientaient. Les paroles ne les intéressaient pas, ils voulaient une tragédie sanglante. Bryn finit par s'avancer vers Oranne, sans trop savoir comment la vaincre. Mais il devait le faire. Il devait penser à lui, à sa carrière. Sa vie serait ici désormais. Peut-être fonderait-il une famille, retrouverait son père, serait envoyé à Perspicaris… Toujours est-il qu'il ne pouvait pas laisser gagner Oranne.

Il s'était préparé, avait tenté de trouver des failles dans le style de son adversaire. En tant qu'Errant, il avait déjà tué, mais jamais comme elle. Pour faire ses preuves, un futur myrmidon devait vaincre au Vitium. Bien sûr, personne ne voulait tomber sur l'Invaincue. Mais lui n'avait pas eu le choix. La foule hurlait, réclamant du spectacle.

Oranne finit par se ruer sur Bryn, le déséquilibrant, le projetant au sol. Il la repoussa d'un revers du coude. Oranne encaissa et revint à la charge, bondit sur lui telle une hyène refusant de lâcher sa proie. À cet instant, elle aurait voulu avoir des crocs, des griffes pour l'ouvrir. Bryn parvint à la pousser face contre terre, puis s'agenouilla sur son dos pour l'immobiliser. Oranne tenta de se relever, mais Bryn appuyait de toutes ses forces. Elle était vulnérable. Il lui suffisait de l'étrangler, de lui briser la nuque. Mais Bryn se contentait de la regarder, de scruter le visage apeuré de celle qu'il avait livrée à la barbarie humaine. Il détenait le pouvoir.

Ce n'était pourtant pas la première fois qu'il goûtait à ce sentiment enivrant d'être un démiurge. Mais, cette fois-ci, il légitimait ses actes, les excusait même. Il n'allait pas s'arrêter là, il allait la tuer, montrer à tous ce dont il était capable. Oranne perçut avec effroi le plaisir malsain qu'il ressentait. Il n'avait même pas de remords, il se sentait tout-puissant. Oranne lui cracha au visage. Bryn lui donna un violent coup-de-poing, éclatant son arcade et ses lèvres. L'Errante gesticulait, écrasée par son poids. Il lui caressa la joue.

— Tu es si belle, Oranne… Dans d'autres circonstances… nous aurions pu être ensemble.
— Plutôt crever… lâcha-t-elle avec dégoût.

Bryn retira sa main. Oranne planta ses dents dans son avant-bras, tirant de toutes ses forces. Bryn hurla de douleur et relâcha son étreinte. Oranne se dégagea, s'élança sur lui. Elle lui donna un coup de pied au visage, le projeta à terre, puis le rua de coups. Bryn tentait de résister, mais Oranne revenait sans cesse, son visage en sang, chaque mouvement lui infligeant une douleur insupportable. À cet instant, elle ne ressentait plus rien, son corps et son cœur étaient anesthésiés. Elle actait. Bryn mourut, mais elle ne s'en rendit même pas compte, continuant de frapper un corps inerte.

L'arbitre siffla la fin, mais elle n'entendit rien. La foule était muette, stupéfaite. Oranne était encore en vie. Ce n'était pas ce qu'ils voulaient voir. Tous étaient venus pour sa mort. Ceux qui estimaient Oranne, ou plutôt ce qu'elle représentait, n'étaient même pas venus, ne voulant pas assister à sa chute. Les spectateurs étaient déçus, outrés, dégoûtés. Kraher s'énerva contre Estrel, qui avait juré que Bryn tuerait Oranne.

Mais encore une fois, elle échappait à la mort, à leur contrôle. Oranne finit par s'arrêter, leva les yeux vers les tribunes, les pétrifia de son regard, et sortit de l'arène tant bien que mal. Quand tout cela allait-il s'arrêter ? Elle avait pourtant voulu mourir, s'y était résignée, mais l'identité de son adversaire l'avait poussée à triompher. Était-ce sa soif de justice, de vengeance, qui l'avait maintenue en vie ? Il fallait que les coupables paient, c'était plus fort qu'elle. Et de la justice, elle ne connaissait que le besoin primaire de rendre la souffrance, au nom d'une prétendue équité.

Souvent, elle s'interrogeait sur l'origine de la violence humaine. La nature exerçait sa violence sans intention, par résultante de phénomènes géologiques ou biologiques. L'Homme, lui… Oranne ne faisait que perpétuer ce qu'elle avait toujours connu. Si Orbis n'avait pas fait tuer ses parents, elle aurait été autre. Peut-être avait-elle fini par y prendre goût, au fil des années, et avait cru qu'il n'existait rien d'autre. Du moins, elle avait cessé d'y croire. L'illusion orbissienne avait été éphémère, insuffisante. Tout était sali, perverti, pourri par l'Homme – elle la première. Pourtant, Oranne n'avait jamais cédé au désespoir. Elle avait étanché sa soif d'absolu dans une fusion cosmique, en s'éveillant toujours davantage au monde. Mais à un monde sans l'humain.

Alors tout apparaissait comme un éternel sourire, la plongeant dans une plénitude sans larmes, une quiétude sans joie. Sa joie mystique était porteuse de la certitude que, finalement, tout était bien dans cette entente amoureuse entre la terre et elle-même. C'était au-delà des émotions, innommable, imperceptible. Dans sa solitude, elle avait goûté au ravissement, cédé à l'émerveillement devant les splendeurs célestes. Cela écrasait le reste. La douleur se renversait en ravissement. Oranne s'y accrochait, et c'était surtout d'y renoncer qui pouvait l'accabler. Souvent, elle se demandait comment des forces aussi puissantes et contradictoires pouvaient coexister en un seul être. Elle oscillait sans cesse entre deux pôles. Elle était née de l'ombre et de la lumière, de leur opposition permanente. Mais au Vitium, il n'y avait plus que les ténèbres, aucune lueur d'espérance. Il n'y avait plus de matière pour l'émerveillement, plus de substance pour l'allégresse. Il ne restait que la mort et la violence.

Bryn était mort, certes, justice était faite… Et ensuite ? Devait-elle encore se résigner à mourir ? S'abandonner ? Se dissoudre ? Se laisser aller à l'évidence ? Encore une fois, elle se retrouvait confrontée à une dualité : choisir entre le fragile équilibre qui régissait son existence, l'oscillation entre le lâcher-prise et le tenir bon. En regagnant sa cellule, elle ne doutait pas de la volonté de Kraher et d'Estrel de lui trouver un autre adversaire, qui, cette fois, saurait mettre fin à son règne au Vitium.

Chapitre 17

Et elle ne s'était effectivement pas trompée. Dans son zèle, Estrel était allé jusqu'à chercher des combattants hors d'Orbis, qu'il affublerait du titre de myrmidons pour servir le prestige de la cité en cas de victoire. Aucun myrmidon ne voulait affronter Oranne, par peur de la mort mais aussi de l'humiliation. Beaucoup avaient fini par la voir comme une martyre, pire encore, ils ressentaient pour elle de l'empathie, voire de la sympathie. Ce n'était plus un jeu, et ils l'avaient compris. Le désir de la voir mourir revêtait désormais quelque chose de malsain, étranger aux règles mêmes du Vitium. Les Myrmidons jouaient à gagner contre les exclus, les parias d'Orbis : rares étaient ceux qui survivaient à plusieurs affrontements, car tous finissaient par mourir d'épuisement, de faim ou de leurs blessures. La ténacité d'Oranne semblait surnaturelle et réveillait des croyances primitives qu'Orbis avait tenté d'étouffer. Certains la qualifiaient de sorcière, de démon, ou de créature venue les punir pour leurs propres actes qu'ils percevaient désormais comme inhumains.

Estrel avait donc envoyé quelques myrmidons, ainsi que Lakrass, sur le territoire d'Akhmeta pour retrouver celui qui, assurément, serait capable de mettre Oranne à mort.

Après plusieurs jours de pérégrinations, ils étaient revenus accompagnés. Arun avait été difficile à localiser, et encore plus à convaincre. Autrefois citoyen d'Orbis, il avait été au sommet de la hiérarchie myrmidonne durant des années. Craint de tous, connu pour sa dureté mais aussi sa droiture, il était parti un matin sans explication, sans laisser de trace. Il avait tout abandonné et s'était enfoncé, seul, dans le territoire d'Akhmeta. Personne n'a jamais su ce qu'il était devenu, ni pourquoi il était parti. C'était un combattant hors pair, unique, inimitable : il avait combattu quelques fois au Vitium pour exécuter les traîtres. À vrai dire, ses venues s'apparentaient davantage à des exécutions qu'à des combats véritables. Arun terrassait ses adversaires froidement et rapidement, sans émotion ni hésitation. Il venait, tuait, et repartait. Il avait été le héros du Vitium, adulé par tous… sauf Estrel, qui l'admirait autant qu'il le haïssait. Ils avaient grandi ensemble, tout partagé, notamment le rêve de devenir myrmidons, de veiller à la sécurité de la cité et de conquérir de nouveaux territoires. Mais Estrel s'était avéré piètre combattant, plus intellectuel que guerrier. Il avait donc dû renoncer à son rêve et le vivre par procuration, assistant amèrement à la renommée grandissante de son ami.

Arun fut conduit à Estrel et Kraher. Il les salua d'un geste poli.

— Pourquoi me faire venir jusqu'ici pour une gamine ?
— Ce n'est pas n'importe quelle gamine, répondit froidement Estrel. C'est la tueuse de Perspicaris, une Oniscide, la traîtresse d'Orbis, et l'invaincue du Vitium.
— Beau palmarès. Quel est le problème ?
— Elle doit mourir.
— Et ? En quoi cela me concerne ? Vous avez des Myrmidons pour ça, non ?
— La plupart ne veulent pas l'affronter. Les autres sont morts, ou pas assez formés.

Arun se mit à rire bruyamment devant l'absurdité de la situation.

— Qu'est-ce qui est si risible ?
— Vous êtes en train de me dire que vous êtes dépassés par une gosse que personne ne veut tuer ? Pourquoi ne pas simplement lui mettre une balle dans la tête si elle vous dérange tant ? — Ce serait contraire au Vitium. Le peuple ne l'accepterait pas, cela susciterait trop de mécontentement. Nous préférons faire cela loyalement, en suivant les règles. Les riches paient : nous devons les satisfaire.
— Vous êtes pitoyables, mais d'accord. Je vais la tuer.
— Épargne-nous ta condescendance, cracha Estrel.
— Quand aura lieu le combat ?
— Ce soir, si cela te convient.
— Je n'ai pas l'intention de m'éterniser, et je tiens à ce que personne ne sache que je suis ici. Je combattrai masqué.
— Arun… Ton retour serait pourtant acclamé. La foule en oublierait la mort d'Oranne.
— Je n'en ai rien à faire de la foule. Je ne suis pas là pour un retour triomphal.
— Alors pourquoi es-tu venu ? demanda Estrel.
— Je pensais revoir un ami apaisé par les années, mais je constate que non.
— Apaisé ? Tu plaisantes ? Tu es parti comme un lâche en quittant tous ceux qui t'aimaient, moi compris. Et tu voudrais que je t'accueille à bras ouverts parce que tu daignes revenir ? Qu'as-tu fait toutes ces années ?
— Ce n'est pas le moment d'en parler, trancha Arun. Je veux voir la gamine.

Bien que cela aille à l'encontre du règlement, Kraher accepta, malgré les grimaces d'Estrel. Ils traversèrent un dédale de passerelles et de couloirs pour éviter le peuple, et atterrirent dans les bas-fonds du Vitium. Ils croisèrent Lakrass, qui toisa Arun, puis disparut sans un mot.

— Toujours aussi fêlé, celui-là, dit Kraher pour détendre l'atmosphère. La prison du Vitium est bien vide, tu verras. Oranne a réussi à tuer Gryllidae, puis à libérer les autres prisonniers qu'on a dû abattre.
— C'est toujours aussi sombre, puant et dégueulasse, grogna Arun en marchant sur le carrelage brisé.

Les trois hommes longèrent le couloir aux cellules vides. Estrel prit une torche et s'arrêta devant une grille au milieu de l'allée.

— C'est ici.

Arun s'approcha. La cellule semblait vide, poussiéreuse, creusée par endroit comme le font, par désespoir, les bêtes enfermées trop longtemps. Estrel approcha la torche. Arun distingua un petit amas sombre, recroquevillé dans un coin, entouré de taches de sang. Dormait-elle ? Il ne parvint pas à distinguer son visage.

— C'était prévisible, lâcha Kraher. Partons. Tu auras la surprise demain.

Arun était déçu : il aurait voulu voir le visage de celle qu'il allait tuer, celle qui terrorisait tout Orbis. Ils remontèrent dans la Géode, mangèrent et discutèrent jusqu'au soir. Arun ne révéla rien de sa vie depuis son départ, malgré les nombreuses questions de Kraher et Estrel. Il n'était pas là pour ça. Plusieurs fois, il tenta de renouer avec son ami d'enfance, mais Estrel demeurait blessé, envieux et amer. Il avait hâte qu'Arun reparte. Durant ces années, il avait réussi à s'imposer à Orbis, à occuper la place qu'il voulait sans vivre dans l'ombre d'Arun. La présence de ce dernier, même provisoire et anonyme, le renvoyait aux années de convoitise, de jalousie, d'effacement. Arun ne quitta pas la Géode jusqu'à l'heure fatidique, même si la tentation d'aller parmi le peuple était grande. Après des années d'exil, il s'était résigné : la Géode manipulait le peuple, mais leur donnait aussi l'illusion du bonheur. N'était-ce pas là le principal ? Ce n'était pas juste, mais chacun donnait un sens à sa vie.

— C'est l'heure, dit solennellement Kraher, l'arrachant à ses réflexions.

Arun se leva. Kraher lui tendit un uniforme de myrmidon.

— Tu dois l'être pour ce soir, une dernière fois. Pour la justice.

Il hésita, puis saisit l'uniforme et l'enfila.

— Ne cache pas tes atrocités sous le nom de justice. Je fais cela pour Estrel.
— Fais-le pour qui tu veux, tant que c'est fait.

Arun s'enduisit le visage de peinture pour qu'on ne le reconnaisse pas, puis suivit Kraher jusqu'au Vitium. Mais la foule était déjà au courant de sa présence : Kraher n'avait pas pu s'empêcher de faire circuler l'information. Les spectateurs auraient le spectacle voulu, concentrant leur attention sur le héros d'antan, venu triompher du mal et de la trahison.

En approchant de l'arène, Arun entendit la foule hurler son nom. Il empoigna Kraher et le plaqua contre un mur.

— Je t'avais pourtant dit que je ne voulais pas qu'on sache que je suis ici ! Je devrais te tuer. — Tu ne comprends rien, Arun. Tu n'as jamais rien compris.
— Comment tu manipules tous ces gens ? Comment tu as vendu ton âme au pouvoir ? C'est pour ça que je suis parti, abruti.
— Lâche-moi ou je te fais expulser.
— Ce ne serait pas dans ton intérêt, surtout pas ce soir.

Lakrass apparut au bout du couloir. Arun lâcha Kraher.

— Tout va bien, Kraher ?
— Oui, merci. Arun m'expliquait comment il comptait tuer Oranne.
— Je vais le conduire jusqu'au sas si tu veux.
— Non, je m'en charge.

Les deux hommes descendirent jusqu'aux loges luxueuses des myrmidons. Arun se demanda alors ce qu'il faisait là, ce qui l'avait poussé à revenir à Orbis. Il ne leur devait rien, après tout. Il était revenu, en partie pour Estrel, dans le besoin de se justifier, de partager la vérité, peut-être même de lui ouvrir les yeux. La haine n'avait jamais été bilatérale : Arun n'avait jamais voulu cette querelle. Il allait tuer une criminelle qu'il n'avait jamais vue, dont il ne connaissait que les méfaits par ouï-dire, mais cette cause n'était pas la sienne. Il est vrai qu'en tant que myrmidon, il avait aimé incarner la justice, arracher la vie au nom de la loi et d'Orbis. Lui aussi avait cru au rêve vendu par Orbis, la cité l'avait comblé, lui avait offert tout ce dont il rêvait. Mais jusqu'à un certain point.

— Je dois te laisser, Arun, annonça Kraher. Je vais prendre place dans les tribunes. Fais ce que tu as à faire. Offre du spectacle.

Arun ne répondit pas, regardant Kraher s'éloigner. Il connaissait les mécanismes du Vitium, l'attente, la préparation, les émotions. L'attente le replongea dans les années où son corps vibrait au rythme de la foule. Il avait aimé cette gloire, cette toute-puissance, se galvanisant de sa propre violence. Finalement, c'était chronophage : plus il tuait, plus la foule l'aimait, et plus il voulait tuer. Il s'était enivré d'horreur et de folie, au nom de la justice, de la sauvegarde d'un paradis auquel il avait cru. Ce combat allait être aussi simple que les autres : ce n'était qu'une gamine, pensait-il. Il avait du mal à croire qu'elle soit si forte, comme le disait Kraher, à tel point que plus personne ne veuille l'affronter. Et si tout cela n'était qu'un prétexte pour le faire revenir ?

Il entra dans le sas et observa les Orbissiens massés dans les tribunes, scandant son nom. Il se demanda alors dans quel état d'esprit se trouvait Oranne. Avait-elle peur ? Était-elle résignée ? Aurait-elle la force de lutter ? La grille s'ouvrit : il s'avança, calmement, sous les hurlements ; jamais il n'avait été autant acclamé. Il y avait une telle inadéquation entre lui et les spectateurs : s'ils savaient à quel point leur amour l'indifférait, à quel point il avait envie de vomir face à la glorification du crime... Il s'immobilisa au centre de l'arène, guettant le sas en face de lui. Celui-ci finit par s'ouvrir. Une silhouette menue se traîna de l'ombre à la lumière éblouissante des spots. Arun eut un choc en découvrant son visage. Il s'était imaginé une femme robuste, approchant son âge, au visage carré, couvert de cicatrices. Mais face à lui se tenait une enfant, flottant dans des guenilles. Son regard pétrifiant tranchait avec son visage poupin, maculé de crasse et de sang séché. De cette créature, oscillant entre l'animal et la poupée, émanait quelque chose de terrifiant, de dangereux, mais aussi une profonde souffrance. Alors c'était cela qu'Orbis craignait tant ? Une gamine ? C'était elle, la fameuse Oranne ?

Oranne toisa son adversaire, sachant que c'était sûrement le dernier. Celui-ci, contrairement aux autres, semblait effaré de la voir, et non amusé. Faisait-elle si peur ? Elle sentit quelque chose de différent chez lui, dans son attitude, son regard. Tout paraissait anormal. Était-ce le pressentiment que cet homme allait la tuer ? Que c'était l'élu ? Pourquoi son visage était-il barbouillé ? La foule semblait le connaître, l'adorer. Alors pourquoi n'apparaissait-il que maintenant, après tant de combats ? Décidément, quelque chose clochait. Les avant-bras tatoués de l'homme l'intriguaient. Elle vit qu'il regardait le sien avec intérêt. Qui était-il ? L'arbitre s'avança et siffla le début du combat avant de s'éloigner.

— Oranne, il faut que tu m'écoutes, dit l'homme doucement, mais avec empressement. Je suis là pour te sortir d'ici. Fais-moi confiance. Oranne l'ignora et se tint sur ses gardes.
— Je ne veux pas te faire de mal, poursuivit-il. Fais-toi juste passer pour morte et je m'occupe du reste. Crois-moi. Je suis un ami de Lakrass.
— Va te faire foutre, répondit Oranne.
Lakrass était du bon côté des grilles du Vitium. Certes, il était venu la voir, mais il était comme les autres.
— Tu es sûre ? Épargne-toi des souffrances inutiles. Fais ce que je te dis.

L'Errante ne croyait pas un mot de ce qu'il disait. Son état second ne lui permettait ni réflexion, ni lucidité. Avait-il peur d'elle pour lui proposer une telle issue ? Pour tenter de l'amadouer ? Espérait-il qu'elle coopère ? Elle allait faire comme toujours : lutter jusqu'au bout, tant mieux si elle gagnait, tant pis si elle perdait. Ou l'inverse ; elle ne savait plus ce qui était préférable.

— Ta décision est prise, Oranne, tu ne veux pas m'écouter ?
— Je vais te tuer, comme les autres, siffla-t-elle. Je n'ai plus rien à perdre, et je n'ai pas peur de la mort.
— Ta vie est précieuse.

Elle se rua sur lui, mais, à sa grande surprise, ne parvint même pas à l'effleurer. Arun esquiva facilement, ne cherchant pas à répliquer, tentant encore de la convaincre avant de la blesser. La vitesse et la violence de ses attaques le surprirent. Oranne, vexée, fonça de nouveau. Arun la saisit au vol, la cloua au sol et l'immobilisa complètement. Sous lui, Oranne se débattait, tentait de le mordre, d'attraper du sable pour l'aveugler, en vain. Il sentait cette boule de nerfs lutter pour vivre.

— Tu as conscience que je vais devoir te massacrer pour te sauver ?

Oranne lui cracha au visage, ce qui figea Arun. Pour lui, c'était le comble de l'irrespect : toute négociation était terminée. Il abandonna son plan, son visage se durcit, il la gifla violemment.

— Je m'excuse d'avance pour ce qui va se passer.

Il la saisit par le col, la traîna dans le sable devant la tribune d'honneur de Kraher, Estrel, Lakrass et quelques autres, puis la jeta contre la grille. Oranne tomba lourdement. Avant qu'elle ne puisse se relever, Arun l'écrasa au sol, appuyant sur son dos avec son pied. Oranne hurla de douleur.

— Arrête de lutter, Oranne, tu ne fais qu'empirer les choses.

Mais c'était impossible. C'était plus fort qu'elle, instinctif, animal, elle se battrait jusqu'à la mort. Arun, quant à lui, était écœuré de ce qu'il allait devoir faire, mais il n'avait pas le choix. Il la saisit par la nuque, s'adressa à Kraher en collant le visage de la sacrifiée contre la grille. Oranne vit pour la dernière fois le visage de ses bourreaux : ils n'étaient plus que des silhouettes floues. Peu à peu, ils cessaient d'exister. Les hurlements de la foule devinrent de lointains échos. Elle aurait voulu se battre, mais son corps n'obéissait plus à sa fureur. Elle sentait la vie la quitter.

— Regarde bien. C'est terminé, cria Arun à Kraher.

Il la frappa violemment au visage jusqu'à ce qu'Oranne perde connaissance. Il se pencha sur elle, chercha son pouls, puis déclara :

— C'est fini. Elle est morte.

L'arbitre annonça la victoire d'Arun, permettant aux spectateurs de comprendre ce qui venait de se passer : Oranne était morte, terrassée par le héros d'antan. Celui-ci conservait son titre après des années d'absence. Le corps inerte d'Oranne fut traîné et jeté dans les confins d'Orbis. C'était terminé. Arun regagna sa loge sous les hurlements du peuple vengé. Kraher et Estrel vinrent le retrouver alors qu'il se débarbouillait.

— Merci, Arun. C'était un joli combat. Reste avec nous fêter cela avec les Orbissiens. Tu repartiras demain.
— Hors de question. Je pars maintenant. Je n'ai rien à faire ici.
— Arun… fais un effort. Tant de gens seront contents de te revoir. Juste cette nuit.
— Non. J'ai autre chose à faire.

— Comme quoi ? demanda Estrel. Qu'as-tu à faire de plus intéressant ?
— Peu importe. Je voudrais juste te parler en privé avant de partir, si c'est possible.
— Si tu veux.
— Passe me voir avant de partir, demanda Kraher, avant de quitter la loge.
— Qu'as-tu de si important à me dire ? demanda Estrel. Es-tu seulement revenu pour moi ?
— Tu crois franchement que j'aurais fait ce voyage pour tuer une gamine insignifiante ?
— Non...
— Je suis revenu parce que je te dois la vérité sur mon départ.
— Je t'écoute.
— La vie ici ne me convenait plus. Je ne supportais plus de vivre selon les règles d'Orbis, dans le mensonge imposé au peuple. Je n'en pouvais plus de notre rivalité. Je sais à quel point tu m'as haï parce que j'avais la vie que tu rêvais d'avoir. Mais crois-moi : ton échec est la meilleure chose qui te soit arrivée. J'ai goûté au dehors et j'ai compris que ma vie n'était pas ici. J'ai tué des hommes, j'ai les mains pleines du sang d'innocents. Les méchants, ce n'est pas Perspicaris ou les Oniscides, mais nous. Les salauds, c'est nous, Estrel. Nous et notre soif de pouvoir, d'eau, au détriment de la vie, de la différence. Orbis n'a rien d'une utopie. Et je suis sûrement plus malheureux que toi, car je l'ai compris trop tôt.

Estrel se mit à rire.

— Pauvre Arun, trop lucide pour ce grand méchant monde. Je devrais te plaindre ? Tu crois que j'ignore les secrets de la Géode ? Que je ne les connais pas ? Et alors ? Chacun y trouve son compte. C'est la loi du plus fort, et nous sommes les plus forts. Nous dominons et nous nous servons, surtout en eau. Perspicaris est à nous, les Oniscides seront bientôt exterminés comme cette petite merdeuse d'Oranne et ses copains des bois, quant aux Errants, ce sont nos sbires. Va crapahuter dans la forêt si ça t'amuse, mais ne viens pas me reprocher ta fuite. Disons que la mort d'Oranne rachète ta lâcheté.
— Ma fuite t'a arrangé. Tu as enfin pu exister.

Estrel empoigna Arun, leva le poing. Les deux amis d'autrefois se fixèrent longuement. Estrel se ravisa et relâcha Arun.

— Dis au revoir à ce connard de Kraher pour moi. Adieu, Estrel. Quand tu réaliseras, il sera trop tard. Fuis.

Arun prit son sac et disparut, laissant Estrel seul et pensif. Il se fraya rapidement un chemin vers l'extérieur, connaissant par cœur les moindres recoins de la cité. En gagnant la forêt, il aperçut des campements d'Errants, attendant qu'Estrel daigne les faire entrer dans la cité prodige. Il eut presque envie d'aller les menacer, mais se ravisa. C'était peine perdue. Il avait mieux à faire.

Après une demi-heure de marche, il entra dans une grotte masquée par des branches. À peine à l'intérieur, il sentit une lame sous sa gorge.

— C'est moi, abruti !
— Ah mince, je croyais que c'était une jolie petite biche ! répondit Lakrass en braquant sa lampe torche dans le visage d'Arun. Je suis drôlement déçu.
— Qu'est-ce que tu es con, baisse ça, dit Arun en repoussant le bras de Lakrass.
— Il faut bien rire !
— Tout s'est passé comme prévu ?
— Oui. Aucun problème.
— Elle est encore vivante ?
— Évidemment. Sinon, pourquoi la faire sortir ? Mais elle est dans un sale état. Son corps a chuté de plusieurs mètres dans la fosse commune.
— Je préfère demander, on ne sait jamais avec toi et tes idées farfelues.
— Je ne fais pas dans le trafic de cadavres, mon cher Arun. J'ai quelques limites tout de même. — Ils ont combien d'avance sur moi ?
— Une heure. Tu ne les rattraperas pas, sans remettre en doute tes capacités physiques. Ils s'en occuperont là-bas. Prends ton temps pour rentrer. Tu aurais même pu rester faire la fête avec Estrel et Kraher se moqua-t-il.
— Tu me fatigues déjà, Lakrass, soupira Arun, esquissant un sourire. Merci, en tout cas.
— Tu voulais des câlins en me revoyant ? Je ne te savais pas si sentimental ! Bon, je vais aller festoyer à la mort d'Oranne ! À bientôt !
— Trinque avec eux pour moi. Prends soin de toi.

Les deux compères quittèrent la grotte, la recouvrirent de branchages et se séparèrent. Lakrass trottina vers Orbis, tandis qu'Arun s'enfonçait dans les bois, en direction du nord.

Chapitre 18

La première chose qu'elle vit en ouvrant les yeux fut le ciel paré d'étoiles, orné d'une lune timide, à travers une immense coupole de verre géodésique qui rappelait celle de la Démétrias. Était-elle à Perspicaris ? Que s'était-il passé ? Elle s'était vue mourir, elle était même morte. Peu à peu, tout lui revint : d'abord par bribes, puis comme un fil continu, douloureux. Elle se revit au Vitium, devant les visages assoiffés de mort de ses bourreaux, celui de son adversaire. Comment avait-elle atterri à Perspicaris ? Comment était-elle sortie d'Orbis ?

Elle tourna la tête : tout était plongé dans l'obscurité, sauf le lit où elle était étendue, éclairé par un halo doux. Elle chercha à se lever, mais son élan fut brutalement arrêté par des sangles retenant poignets et chevilles. Son bras droit ne répondait plus. Elle tenta de le bouger, en vain : il n'obéissait pas à sa volonté.

Elle paniqua. Que lui avait-on fait ? Les vêtements qu'elle portait n'étaient pas les siens, et un liquide étrange semblait circuler dans ses veines, passant sous la manche de son sweat bleu ciel. Que se passait-il ? Qui l'avait sauvée ? Était-ce son adversaire du Vitium qui avait fait ce qu'il lui avait dit, qui l'avait laissée pour morte afin de la ramener à Perspicaris ? Où étaient ceux qu'elle connaissait ? Et pourquoi Perspicaris ?

Après un temps interminable d'angoisse et de questionnements, elle entendit une porte s'ouvrir au fond de l'obscurité, puis des pas. Elle reconnut aussitôt son adversaire, du moins, ses bras tatoués et son visage, cette fois sans peinture.

— Bonsoir Oranne, comment te sens-tu ?
— Où suis-je ? Qu'est-ce que vous m'avez fait ? Pourquoi mon bras ne fonctionne plus ? Depuis combien de temps suis-je ici ? Que s'est-il passé ? Détachez-moi !
— Si tu réponds à ma question, je répondrai aux tiennes, répondit calmement Arun.
— Comment pourrais-je bien me sentir, attachée dans un endroit inconnu avec celui qui a failli me tuer ?
— Et sauvée, accessoirement. Tu vois, je ne t'avais pas menti.
— Mais qui êtes-vous ?
— Je m'appelle Arun.
— Vous êtes un myrmidon ? s'inquiéta Oranne.
— Je l'étais. Mais plus maintenant, rassure-toi.
— Pourquoi m'avoir ramenée ici ?
— Perspicaris ? Tu n'y es pas.
— Ce n'est pas la coupole de la Démétrias ?
— Non.
— Alors où suis-je ? Détachez-moi !
— Non.
— Comment m'avez-vous fait sortir d'Orbis ?
— Tu n'as pas une hypothèse ? — Si : me faire passer pour morte... mais après ? Vous aviez des complices ?
— Oui. En prenant ton pouls, je t'ai injecté un sérum qui t'a endormie et momentanément paralysée. Ensuite, je me suis chargée de t'achever sans te tuer. Une fois déclarée morte, tu as été jetée dans la fosse commune, où Lakrass t'a récupérée. Avec quelques infiltrés, ils t'ont fait sortir par les égouts que tu connais si bien.

— Et le sérum agit encore, non ? Et comment connaissez-vous Lakrass ? Pourquoi vouloir me sauver ?
— Non, le sérum n'agit plus depuis longtemps. Ça, c'est une autre histoire, mais je te la raconterai plus tard. Une chose à la fois. Je connais Lakrass car j'ai été Myrmidon à Orbis pendant des années. Il a un statut un peu particulier, disons. Et pourquoi toi… tu le sauras aussi plus tard. Ce serait beaucoup d'informations pour un réveil.
— Depuis quand je suis ici ?
— Deux semaines environ. Ici, tu es en sécurité. Personne ne te fera de mal. Comprends-le et accepte-le.
— Détachez-moi.
— Je pourrais ; mais tu n'irais pas loin. Tu as besoin de repos, et c'est le seul moyen pour t'y forcer.
— Mais qui êtes-vous pour décider de mon sort ?
— Arun, je te l'ai dit, répondit-il en feignant de ne pas comprendre la question.
— Et c'est suffisant ?
— Pour le moment, oui. Essaie de te reposer, je repasserai plus tard.

Arun se retira, laissant Oranne seule avec ses peurs et ses questions, plus nombreuses encore qu'avant sa venue. Pourquoi l'avait-on sauvée ? Pourquoi voulait-on qu'elle vive ? Où était-elle ? Épuisée par les questions sans réponse, elle finit par s'endormir.

Quand elle se réveilla, Arun était assis près d'elle, lisant un livre. Oranne remarqua vite qu'elle était détachée : elle se redressa d'un bond, mais son bras restait inerte.

— Je te dois quelques explications pour ton bras. Pour te sauver, j'ai dû être brutal : ta chute dans la fosse commune a brisé tes os de manière irréversible. Je me suis donc permis quelques libertés. Arun se leva, s'approcha d'Oranne, qui recula instinctivement.
— Laisse-toi faire. Il releva la manche de son sweat et Oranne poussa un cri. Son bras droit n'était plus de chair ni d'os, mais fait de petits mécanismes, recouvert de tatouages identiques à ceux d'Arun. Elle reconnut pourtant le tatouage Oniscide, reconstitué à la perfection.
— Qu'est-ce que vous m'avez fait ? demanda Oranne, effrayée.
— Nous n'avons pas pu sauver ton bras : il a été amputé et remplacé par un bras mécanique. Je vais l'activer.
— Activer ? Il ne l'est pas ? C'est pour cela que je ne peux pas le bouger ?
— Exactement. Mais pour commencer, je vais le mettre à puissance minimale, pour que tu t'habitues et évites les bêtises. Laisse-moi faire.

À l'aide d'un tournevis, il ouvrit une plaque sur l'avant-bras d'Oranne et enclencha un bouton. Aussitôt, le mécanisme s'activa et s'étendit sur tout le bras. Il lui demanda d'essayer de le bouger ; Oranne n'y parvint pas. Aucun mouvement, aucun frémissement.

— Tu dois réessayer jusqu'à y arriver. Commence par la main, c'est le plus simple.

Mais Oranne n'y arrivait pas. Comment son cerveau pouvait-il contrôler une partie d'elle qui n'était plus chair, ni os ? Arun se replongea dans sa lecture, la laissant se débattre avec sa main. Après des heures de tentatives, elle parvint à faire bouger une phalange de l'index.

— J'ai réussi ! lança-t-elle fièrement à Arun. Il releva la tête, amusé.
— C'est un bon début. Mais tu dois arriver à une maîtrise parfaite. Je te laisse t'amuser. Je reviendrai plus tard.

Le lendemain matin, Arun trouva Oranne allongée par terre, les deux mains sous la tête, visiblement détendue. Elle avait réussi. Il déposa un plateau-repas. À peine avait-il eu le temps de se relever qu'elle lui sauta à la gorge pour l'étrangler. Arun la repoussa calmement et facilement.

— Je vois que tu maîtrises bien ton nouveau jouet, Oranne. J'en suis ravi. Mais tu oublies deux choses. D'abord, j'ai les deux mêmes bras, mais à puissance maximale, donc j'ai bien plus de force que toi. Ensuite, rappelle-toi ce qui s'est passé au Vitium alors qu'ils étaient au minimum. Avant d'essayer de m'affronter, assure-toi d'en avoir les capacités. Maintenant, mange et évite ce genre de tentatives débiles à l'avenir.

Le calme d'Arun laissa Oranne interdite. Elle le considéra longuement, puis s'assit devant le plateau, qu'elle engloutit. Arun quitta la pièce.

L'Errante entreprit alors d'explorer la vaste salle où elle se trouvait. Mais à part un lit et l'obscurité, elle ne trouva rien. Il n'y avait ni fenêtres, ni issues, sauf la porte par laquelle Arun entrait et sortait. Combien de temps allait-elle rester là ? Pourquoi l'avait-on sauvée, pour l'enfermer de nouveau ? Apparemment, on lui voulait du bien ; mais dans quel but ? Pourquoi ? Une fois encore, Arun revint la voir. N'y avait-il que lui ici ?

— Tu te demandes où tu es, je suppose. Suis-moi, regarde.

Arun la mena dans l'obscurité, ouvrit un placard contenant un levier et l'abaissa. Aussitôt, des volets se levèrent. Oranne s'approcha des immenses vitres et retint son souffle. D'abord, elle ne vit qu'une brume épaisse : puis elle comprit que ce brouillard, c'était des nuages. Elle baissa les yeux : sous elle, le monde. De son promontoire, elle surplombait Anaklia et Akhmeta, séparées par le Chkahara, les montagnes, Orbis, Perspicaris… les hommes, tout. Elle était, pour la première fois, ce démiurge qu'avaient tant admiré les hommes. Elle était partout et nulle part. Ce royaume était ce ciel tant magnifié et fantasmé par ceux qui vivaient en bas. Finalement, cet endroit était le paradis, après l'enfer d'Orbis. Des confins de la terre, elle passait aux alcôves nuageuses. Le monde était-il vraiment si manichéen ? Dans le lointain, des lueurs trahissaient la présence humaine, surtout celle des Errants et des Perspicariens. Orbis et les Annélides étaient enfouis dans la glaise, tandis que les Oniscides vivaient dans l'obscurité.

— Où sommes-nous ? demanda Oranne.
— Cela te plaît ? Tu es dans la cité à vapeur : Cocyte.
— Cocyte ? Mais elle ne figure sur aucune carte.
— Comme beaucoup de choses dans ce monde, non ?
— Mais comment la cité vole-t-elle ? Comment est-ce possible ?

— Tu vois de quoi est faite Orbis ? D'une matière capable de réfléchir et stocker la lumière du soleil ? Eh bien, cette matière entoure de grosses cuves d'eau alimentées par les nuages, qui, grâce à la chaleur, bouillent et alimentent des pompes qui font tourner d'immenses hélices sous la plateforme principale. Nous pouvons ainsi nous élever et nous déplacer librement.

— C'est incroyable ! C'est tellement beau ! À chaque fois que je crois avoir tout découvert de ce monde, je suis surprise...

— Ce n'est qu'un début, Oranne. Tu es désormais libre de circuler dans la cité. Va où tu veux, discute avec qui tu veux. Tu es libre.

— Merci. Je ne sais pas quoi dire d'autre... Merci de m'avoir sauvée. Rien que pour cette vue, je suis heureuse d'être encore en vie.

— Il n'y a pas de pièges, pas de mensonges. Tout est tel que tu le vois. Tu n'as rien à craindre, ici.

— J'ai du mal à croire à ces mots. On me les a trop dits.

— Je comprends. Mais jusqu'ici, t'ai-je menti ?

— Non... mais Orbis ne mentait pas, au début.

— Ah non ? Bien sûr que si. Tu as juste cru à leurs mensonges. Mais ils ont toujours existé.

— Je suis mitigée sur Orbis.

— Pourquoi ?

— Parce que là-bas coexistent bonheur et horreur. J'y avais trouvé un sens, je me sentais utile, à ma place. Sur un mensonge et une imposture, oui... J'étais venue pour tuer, chercher des réponses et je me suis laissée prendre au jeu, j'ai fini par apprécier d'y vivre.

— J'y suis né et j'y ai cru, moi aussi. Mais personne n'est malheureux à Orbis : aucun citoyen ne se plaint, non

seulement parce qu'il a choisi sa vie, mais parce que le système lui offre ce qu'il veut. Oui, c'est fondé sur un mensonge, sur la peur de l'extérieur, la menace d'autrui. Orbis ne veut qu'étendre sa suprématie. Rien que pour l'eau de Perspicaris. Il y a eu un pacte d'indépendance, mais Orbis préfère l'ignorer et surtout le cacher au peuple. Le gouvernement n'a aucun droit sur Perspicaris.
— Et sur vous ?
— Ils ignorent que nous existons.
— Vraiment ?
— Non, tout le monde croit que je suis devenu un Errant.
— Mais qui a fondé la cité ?
— Raphaëlle, que tu rencontreras bientôt. Elle t'expliquera tout. Mais d'abord, repose-toi et acclimate-toi. Profite. Je n'ai pas le temps de t'accompagner, alors je te laisse visiter seule.

Arun s'éclipsa, laissant Oranne face au théâtre du monde déployé sous ses pieds. Elle se sentait étrangement en sécurité, n'appartenant plus vraiment au monde terrestre : elle n'en était que spectatrice. En bas, ils pouvaient bien s'entretuer, se déchirer, tout détruire, cela ne la concernait plus. Après un moment, elle s'arracha à la contemplation, s'aventura par la porte laissée entrouverte, traversa un couloir à l'éclairage rougeâtre, tapissé de tentures noires, puis entra dans un ascenseur. Celui-ci descendit sans qu'elle n'ait à toucher à quoi que ce soit. Les portes s'ouvrirent sur une vaste place.

Malgré l'altitude, il ne faisait pas froid : la vapeur, contenue dans le sol, dégageait une chaleur douce. Autour d'elle, les Cocytes vaquaient paisiblement. Ce qui la frappa d'abord fut la lenteur de leurs mouvements, le murmure de leurs voix. Ici, tout n'était que caresse sensitive.

— Tu es perdue ? lança une voix enjouée.

Oranne se retourna et vit une jeune femme souriante, aux cheveux blonds coupés courts, portant un bandeau de cuir et des lunettes sur le front.

— Moi, c'est Lampyris. Comme les vers luisants ! Et toi ?
— Oranne.
— Tu veux une visite guidée ?
— Pourquoi pas, j'avoue être totalement perdue.
— D'où viens-tu ?
— De Perspicaris.
— Oh, la cité d'eau ! Est-elle aussi belle qu'on le dit ?
— Elle l'est... de moins en moins, soupira Oranne.
— Pourquoi ?
— Orbis récupère toute l'eau, a le monopole, rationne les Perspicariens et fait régner la terreur. — Je vois... fit Lampyris avant de changer de sujet. Ici, tu es sur la Phorminx, l'endroit où on se rassemble pour raconter des histoires, chanter, jouer de la musique, se divertir. Et on a une vue imprenable sur les montagnes.

Des sentiers de gravier serpentaient dans des parcelles de verdure entretenues, offrant des îlots de tranquillité. L'écoulement des petites fontaines, alimentées par la condensation des nuages, rivalisait avec le bruit des machines maintenant la cité dans les airs.

Lampyris l'entraîna ensuite au marché, tout proche. Les étals, disposés en labyrinthe, dévoilaient à chaque coin de nouvelles merveilles pour les yeux curieux d'Oranne. Lampyris lui expliqua que chaque habitant vendait des objets ou des denrées de sa confection. Oranne découvrit une foule d'objets du quotidien faits de bois, de laiton et de fer, et même les stands étaient de véritables œuvres d'art. Les bijoux en cuivre, finement ciselés, renvoyaient des éclats de lumière à chaque mouvement. L'air, saturé de vapeur et de fumée, portait des effluves sucrées et épicées : brioches dorées, biscuits croustillants sous cloches de verre, parfums piquants d'huiles essentielles, odeur amère du cuir tanné. Plus loin, on humait le fumet des plats mijotés, des grillades, du pain frais, qui rappela à Oranne les petits déjeuners de son enfance.

— Moi, je fais des bijoux, dit Lampyris en la conduisant à son propre étal laissé sans surveillance. Elle ne semblait pas connaître le concept du vol, pensa Oranne. La jeune femme lui tendit un bracelet en cuivre, représentant un entremêlement de feuillages.
— C'est pour toi, un cadeau de bienvenue.

Oranne hésita, puis le mit, touchée par l'attention.

— Merci beaucoup. Il est magnifique.
— Ce n'est rien. Tu aimes quoi, toi ?
— Les livres. J'aime beaucoup les livres.
— Oh, il faut que tu voies la bibliothèque ! Allons-y ! Les affaires attendront.
— Tu laisses ta marchandise comme ça ? s'étonna Oranne.

— Bien sûr. On ne va pas me la voler. Pas ici. Allez, viens !

Lampyris lui attrapa le bras, entraînant Oranne en courant à travers la foule.

— La bibliothèque est le monument le plus important de toute la cité. Tu vas adorer. Il paraît qu'à Perspicaris, il y en a une très belle aussi. Mais la nôtre est sûrement la plus impressionnante ! On possède la plus grosse collection de livres d'antan, retrouvés dans les fouilles post-Ouroboros. Nos ancêtres n'ont pas réussi à tous les détruire. Des résistants les ont cachés partout.

Oranne ne comprenait pas tout. Lampyris s'arrêta brusquement devant un immense parvis.

— Je te présente l'Hortus Deliciarum !

Oranne leva la tête. Face à elle se dressait une forteresse de fer, bois et cuivre, ornée d'éléments végétaux. Les tours coiffées de dômes vert-de-gris semblaient chatouiller les nuages. Des tuyaux de laiton illustrant des scènes scientifiques et des conquêtes intellectuelles serpentaient sur les murs. Les fenêtres, vastes vitrages colorés, filtraient une lumière dorée et pourpre. En franchissant les portes massives en chêne, Oranne fut saisie par l'odeur du cuir, des vieux livres, des pages jaunies, l'effluve métallique des rouages, l'huile de machine, une touche d'herbes séchées et de cire à reliure. Les rayonnages de chêne sombre montaient jusqu'aux voûtes, chargés de volumes reliés en cuir, titres dorés luisant sous la lumière des lampes. Des échelles en fer permettaient d'accéder aux étagères les plus hautes. Partout, le murmure doux des pages feuilletées et les pas feutrés des chercheurs.

— Suis-moi, le meilleur reste à venir. Tu auras tout le temps de t'extasier après, chuchota Lampyris.

Elles gravirent un escalier en colimaçon interminable, arrivant devant une porte : salle des manuscrits. Oranne entra timidement dans une pièce ornée de tapisseries de velours et d'une grande cheminée sculptée. Les murs couverts de bibliothèques derrière des grilles en fer abritaient rouleaux et ouvrages rares. Oranne était subjuguée. Elle découvrit des livres datés des années 2000, parfois même bien avant. Elle essaya d'imaginer la vie de leurs auteurs, à quoi ressemblait leur monde : les relations humaines, la nature, tout ce qu'elle ignorait de ses ancêtres.

— Regarde ces abrutis, dit Lampyris en montrant une photo d'un couple sur un magazine. Ils passent leur temps à fixer une petite boîte noire. Apparemment, ils étaient tous reliés par ça, mais ne se parlaient plus vraiment. Il y avait aussi des boîtes plus grosses, des ordinateurs.
— J'en ai déjà vu, oui, en photo.
— Personne n'en a jamais retrouvé en vrai. Curieux, non ? Comme beaucoup d'objets vus dans les livres. Je crois qu'ils n'ont jamais existé : ce n'est que de la science-fiction pour nous faire rêver.
— Sûrement. Moi, c'est cet endroit qui me fait rêver. La Démétrias de Perspicaris est si petite à côté.

— Tu vois, je te l'avais dit ! Beaucoup de Cocytes consacrent leur vie à chercher des manuscrits d'antan en bas. Ce sont les seules traces que nous ayons pour comprendre nos origines.

Oranne ne put s'empêcher de penser à Cratyle, mort avec son secret, mort pour le savoir.

Chapitre 19

L'Errante passait désormais tout son temps libre à l'Hortus Deliciarum depuis une semaine. Un matin, une petite silhouette dodue et assurée se dirigea vers elle, faisant ondoyer son long manteau gris à chacun de ses pas. Son visage chaleureux affichait un sourire resplendissant et une dentition parfaite. Ce rictus de joie plissait en même temps ses petits yeux noisette et rieurs, creusant de petites fossettes rosées dans ses joues. De cette femme rondelette émanaient une assurance et une fermeté, perceptibles dès que son expression se faisait grave. Sous sa générosité et son rire, on devinait une redoutable politicienne, une fine stratège. Elle attrapa la main d'Oranne, qui se pétrifia aussitôt, et la serra longuement, avec émotion.

— Bonjour Oranne, je suis Raphaëlle. Tu ne dois pas te souvenir de moi, et c'est normal.

Oranne ne comprenait pas ce que sous-entendait cette phrase.

— Allons chez moi, nous serons plus libres pour discuter. Suis-moi.

L'Errante suivit la dirigeante jusqu'à une petite maison coquette, sans faste. Raphaëlle lui désigna un fauteuil rouge sur lequel était juchée une silhouette familière : Perce-Neige. L'animal, occupé à déguster de la viande, ne remarqua pas tout de suite sa présence.

— Je le gâte trop. Il a causé beaucoup de dégâts pour te retrouver, depuis que nous t'avons arrachée à Orbis.

Oranne s'approcha. Perce-Neige tourna distraitement la tête, puis, la reconnaissant, lui sauta dessus, fou de joie.

— Oranne, si nous nous sommes donnés tant de mal pour te sauver, ce n'est pas un hasard.
— Oui, je me doute…
— Connais-tu l'histoire du monde actuel ?
— Non, pas vraiment. J'ai bien lu quelques livres, mais cela reste vague.
— Avant nous, pendant des milliers d'années, il y avait des hommes et des femmes comme toi et moi. Ils ont vécu là autrefois, bien plus nombreux que nous, et ils ont saccagé la Terre : ils l'ont détruite avec leurs technologies, leurs guerres, leur pollution. Alors, pour préserver la race humaine vouée à l'extinction et sauver la planète, il fallait agir : sauver le terrain de jeu des hommes. Les sols ne produisaient plus rien, l'eau rendait malade, et surtout, elle manquait. Des virus infectaient les humains ; il y en avait trop, bien qu'ils s'entretuassent pour survivre. Ils se prenaient pour des démiurges, croyant régir la nature, la dominer, la surpasser. Ils ont poussé la technologie à l'extrême, jusqu'à l'absurde, au détriment de la nature. Il fallait sauver l'humanité, modestement. Alors, certains décidèrent de construire une ville idéale pour les générations futures, en n'utilisant que des technologies et matériaux respectueux de la planète. Cette ville, c'est Orbis. Une élite y fut élevée, cryogénisée pour ne se réveiller que mille ans plus tard, quand la Terre aurait eu le temps de se régénérer. Orbis n'a pas bougé, mais l'eau

n'est pas revenue là où nos ancêtres l'attendaient. Pas à Orbis. L'élite s'est réveillée mille ans plus tard dans la cité promise, l'Ouroboros. Nous sommes tous des descendants de cette élite, les premiers nouveaux hommes. Ils devaient faire mieux que les anciens, et les premières générations ont réussi, jusqu'à la mienne et celle de tes parents. Pour subvenir à leurs besoins en eau, ils ont construit Perspicaris. Certains s'y sont portés volontaires, partageant l'eau avec Orbis. Perspicaris, cité indépendante, fut le symbole d'une harmonie temporaire. Mais l'Homme reste l'Homme : les choses ont dégénéré, des milliers de personnes ont fui Orbis et se sont divisées en peuplades, dont les Oniscides, les Annélides fondées par Herkam. Nous étions quatre amis à Orbis : Herkam, Erthur, ton père et moi. Tu te demandes sûrement ce que ton père vient faire ici.

Oranne, les yeux écarquillés, attendit la suite.

— Eh bien, il était le dirigeant légitime d'Orbis. Mais les choses ne se sont pas passées comme prévu. Il a été renversé par Kraher, déjà très puissant, aidé par Erthur, avant qu'il parte rejoindre les Oniscides. Alors ton père a fui avec ta mère, enceinte, car il se savait en danger. Moi aussi, j'ai fui. Nous avons tous fui, pour sauver notre peau, mais nous n'avons pas renoncé. Nous avons formé le Concile d'Eukaryota, la résistance, avec la promesse d'allier Perspicaris, les Annélides, les Oniscides et les Cocytes contre Orbis. Nous étions prêts, mais Orbis a fait tuer tes parents. Nous avons alors perdu le goût de la lutte. Surtout Herkam. Quant à Erthur, il nous a trahis. Il ne restait plus que moi. Mais j'ai voulu épargner mon peuple.

J'avais renoncé. Jusqu'à ce que j'apprenne qu'une Errante voulait entrer à Orbis et que, plus tard, cette Errante devienne la terroriste de Perspicaris, la meurtrière de Gamycyn et Gryllidae, la traîtresse d'Orbis. Tu cumulais trop pour que ce ne soit que le hasard. Herkam doutait de ton identité, mais il a envoyé Enéla prévenir Lakrass et moi. J'ai demandé à Lakrass d'enquêter. Ce qui a facilité les choses, c'est que Bryn vende la mèche. Sans cela, jamais nous n'aurions eu de certitudes sur ton identité. Je n'en étais pas certaine avant de te voir, mais il fallait tenter. Dès que je t'ai vue, j'ai su. Ce regard, ce visage... Les chiens ne font pas des chats. Ta fougue vient de tes parents, crois-moi.

Oranne était enfoncée dans le fauteuil, pétrifiée.

— Pourquoi avoir fait tuer mon père, et pas les autres ? demanda-t-elle d'une voix blanche.
— Parce que ton père détenait ce que le monde a de plus précieux : le savoir. Toute la technologie d'autrefois, stockée dans un ordinateur avant l'Ouroboros et transmise par bribes à travers les livres. Cet ordinateur contient les secrets du monde, d'une technologie bien plus avancée que la nôtre, mais aussi celle qui a conduit les anciens à leur perte. Pour ne pas être utilisée à mauvais escient, la transmission de la connaissance est limitée. L'ordinateur est bloqué par un code que seul ton père connaissait, et Orbis veut le récupérer. Il est parti avec lui. Tes parents ne te racontaient pas des histoires, enfant ? Toujours les mêmes ?
— Si.
— Tu t'en souviens ?

— Par bribes, oui.
— Eh bien, ces histoires expliquent tout ce que je viens de te raconter. Absolument tout. Et tu dois même connaître le code sans le savoir.
— J'ai peur de comprendre...
— Oui, Oranne, tu es non seulement l'héritière d'Orbis, mais la seule à détenir le code. Tes parents te l'ont transmis, d'une manière ou d'une autre. J'en suis certaine. Ta mère a sans doute supplié ton père de t'épargner ce poids, mais il n'a pas dû l'écouter. Tout le monde te croyait morte. Après la mort de tes parents, on pensait que tu avais péri avec eux dans l'incendie. On croyait que l'espoir d'ouvrir cet ordinateur avait disparu avec toi.
— C'est moi qui ai brûlé la maison.
— Oui, maintenant que je te vois, c'est évident. Mais nous ne pouvions pas le savoir.
— Et Kraher ? Il sait qui je suis ?
— Bien sûr que non ! Tu as déjà de nombreux titres, mais heureusement, pas celui-là ! Il le cherche depuis des années ce fameux code. C'est le but de toute la Géode : ils essaient d'accéder à l'ordinateur, sans succès. Ils n'imaginent pas que la clé leur échappe à ce point. S'ils savaient qui tu es, ils ne t'auraient pas fait tuer par Arun, mais t'auraient sûrement torturée.
— Mais je ne le connais pas, ce code. Comment pourrais-je m'en souvenir ? Les histoires n'avaient aucun sens pour moi. Elles m'endormaient, me mettaient en garde contre le monde extérieur. J'étais bien trop jeune pour y déceler un message caché.
— Orbis pensait que le code était caché dans la maison, mais ils n'ont rien trouvé. Ils ont prélevé le sang de ton père, au cas où. Rien non plus. J'ai toujours pensé que les

deux clés étaient les femmes de sa vie : toi et ta mère. Même votre sang, pourquoi pas ? Mais nous avons fait des prélèvements lors de tes soins, sans succès non plus, alors nous sommes bloqués. Toujours est-il que l'ordinateur est entre les mains d'Orbis.
— Qu'attendez-vous de moi, concrètement ?
— Que tu te joignes à nous pour cette guerre, ta guerre. Celle de ton père, de la justice. Il faut que tu reprennes Orbis, qui te revient de droit ; arrêter le siège de Perspicaris, le génocide des Oniscides et des Annélides. Que l'on récupère et ouvre cet ordinateur, pour être sûrs qu'il ne soit pas utilisé à mauvais escient.
— Que contient-il, cet ordinateur ? Je ne sais même pas à quoi ça ressemble.
— Il contient tout le savoir d'antan, des technologies que nous ne pouvons même pas concevoir, mais qui pourraient nous permettre de vivre mieux. Ce sont celles qui ont conduit l'humanité à sa perte. Nous pourrions trier ces connaissances, les mettre dans des livres, les transmettre au peuple.
— Mais pourquoi ferais-je cela ? Je ne sais pas si j'ai envie de cette vie. Je ne suis pas faite pour gouverner quoi que ce soit. Je n'ai pas les épaules.
— De quoi as-tu envie ? Errer toute ta vie ? Nous t'offrons un cadre unique, un moyen de t'accomplir, un but. Évidemment que tu ne t'en sens pas capable, c'est normal. Mais tu as le temps. La guerre n'est même pas commencée, et encore moins gagnée. Tu avais le droit de connaître ton histoire, celle de tes parents.
— C'était ce que je cherchais à Orbis. Avant que je le tue, Gamycyn m'a dit que mes réponses s'y trouvaient. J'étais loin d'imaginer tout ça...

— Je me doute.
— Et si je refuse de vous aider ? Si je veux partir ?
— Tu seras libre. Tu n'es pas prisonnière, Oranne, loin de là. Libre à toi d'aller où tu veux. Mais je pense que tu peux trouver ici un sens à ta vie, une vraie place. Je ne doute pas qu'Orbis ait su t'en donner une, au début. Mais la vie que l'on te propose n'est pas fondée sur des mensonges ; nous ne voulons pas te bercer d'illusions ni te manipuler pour que tu serves notre cause, la tienne aussi, d'ailleurs. Prends le temps de réfléchir. Nous ne sommes pas à quelques jours près.

Oranne se sentait étouffée, accablée d'un poids bien trop lourd pour elle. Ce n'était pas la vie qu'elle avait espérée. D'ailleurs, elle n'avait rien attendu d'elle, si ce n'est la conserver. Être en vie relevait déjà du miracle. Maintenant, elle aspirait à la tranquillité, à fuir cette humanité blessante et décevante, qui n'avait fait que plonger sa vie dans la souffrance. Elle était allée au bout de sa quête, découvrir la vérité sur ses parents. Certes, sa vengeance n'était pas aboutie, mais elle n'était plus sûre d'en vouloir.

Elle se leva brusquement, quitta le fauteuil rouge oppressant, et sortit en courant, percutant Arun. Celui-ci voulut la retenir, mais Oranne se dégagea violemment.

— Lâche-moi !

Mais Arun ne céda pas.

— Laisse-la, Arun, elle a besoin d'air. Elle n'ira pas bien loin, de toute façon.

Oranne, suffocante, chancelante, erra dans les couloirs. Elle poussa une porte, se retrouva sur un balcon : aussitôt, le souffle glacial de l'altitude lui cingla le visage. Elle inspira à pleins poumons avant de s'appuyer contre la balustrade. Naturellement, son regard se leva vers le ciel ; mais elle se rappela qu'elle était, ici, au cœur du ciel. Tout cela était irréel. Trop, c'était trop. Même son corps, désormais modifié, ne lui appartenait plus vraiment. Comment tout cela avait-il pu arriver ? N'avait-elle jamais contrôlé quoi que ce soit, ou n'en avait-elle eu qu'une illusion ?

Qu'allait-elle devenir ? Toutes ses certitudes, ses croyances, s'écroulaient. Elle avait construit sa vision du monde sur des idées fausses, sur des histoires tronquées. L'Histoire n'était qu'un conte, et son histoire, des bribes nébuleuses. Que faire de tout cela ? Comment reconstruire une image juste de la réalité ? Était-ce pour cet ordinateur que Cratyle était mort ? Connaissait-il le code ? Et Erthur ? L'avait-il protégée pour soulager sa conscience après avoir trahi son père ? Savait-il qui elle était ? Toutes ces années, il avait détenu les réponses pour lesquelles elle avait tout risqué.

Et Lakrass ? Était-il si bienveillant par amitié, ou parce qu'elle était l'héritière d'Orbis ? Elle se souvint de ce qu'il lui avait dit avant son dernier combat : « Pense à tes parents ». Comment juger tout ce qu'elle avait vécu, à la lumière de la vérité ? Tout prenait un sens différent, mais rien n'était sûr. Peut-être ne saurait-elle jamais les véritables motifs de ceux qu'elle avait aimés, haïs, perdus.

Pendant des heures, elle tenta de rassembler ses souvenirs, de retrouver un sens à tout cela, maintenant qu'elle savait. Mais il était trop tard : impossible de rassembler les miettes de son existence pour leur donner la forme qu'elle voulait. Tout cela la dépassait, passait par le prisme de sa mémoire et de sa condition humaine. Les émotions faussent la raison, déforment la mémoire. Il n'y a pas de vérité. C'est ce qu'elle venait d'apprendre.

Raphaëlle, après l'avoir observée un long moment, la rejoignit sur le balcon. Devant elle se tenait la fille de son ami, mais aussi une tueuse redoutable, une jeune femme qui avait cherché un sens à sa vie dans le sang et la violence. Que diraient ses parents, s'ils la voyaient ? Un monstre sublime, qui n'avait poursuivi que des chimères et s'était heurtée à l'humain, dans toute sa noirceur.

Raphaëlle s'approcha doucement.

— Prends le temps qu'il te faudra pour prendre ta décision. Je sais que c'est beaucoup à digérer, que tu as peur, que mes mots ont fait voler en éclats toute ta conception du monde, mais tu avais le droit de savoir.
— Je ne sais plus qui je suis. Tout est désormais altéré, soupira Oranne.
— Je comprends. Mais tu n'as aucune obligation. Avec ou sans toi, nous continuerons à lutter contre Orbis, pour récupérer cet ordinateur et tenter de l'ouvrir. Tu ne nous dois rien, mais tu connais désormais tes droits. Et je pense

que tu sais enfin qui tu es. C'était la réponse que tu attendais, non ? Savoir qui tu es, à travers le destin de tes parents. Mais c'est cette quête, et tout ce que tu as fait pour la mener à bout, qui t'a construite. Pas seulement sa finalité.

Oranne resta dubitative, sans même regarder Raphaëlle.

Chapitre 20

Plus légitime que jamais dans la cité qui l'accueillait, Oranne n'appréciait pourtant pas cette hospitalité. Tous les Cocytes savaient qui elle était, puisque la politique des lieux prônait la transparence totale avec le peuple. Mais l'Errante, trop préoccupée, n'arrivait pas à s'attarder sur leur bonté ni leur indulgence ; pire, elle s'en méfiait. À mauvais escient, sans doute, mais après sa désillusion à Orbis et la tournure tragique de sa vie, elle n'était plus sûre de rien.

Plusieurs fois, Arun et Raphaëlle avaient tenté de lui parler, de la rassurer, d'être présents, mais Oranne les rejetait, les fuyait. Aucun mot ne pouvait apaiser le tourment qui la rongeait, le dilemme qui la tiraillait. Lampyris lui avait proposé de venir habiter chez elle, ce qu'Oranne accepta — cela lui permettait d'éviter tout le monde. Étrangement, c'est dans le calme et l'opulence qu'elle était la plus tourmentée.

C'était dans la rudesse des bois qu'elle trouvait une forme d'apaisement, malgré l'horreur de ses actes. Sans doute l'ignorance l'avait-elle protégée, autrefois. Désormais, elle occupait ses journées à aider son amie dans la confection et la vente de bijoux chaque matin, puis passait l'après-midi à lire dans l'Hortus Deliciarum, ou bien à contempler le monde étendu sous ses pieds, perdue devant l'immense baie vitrée, se demandant quelle place elle pouvait avoir ici. L'argent gagné avec les bijoux suffisait à subvenir largement à ses besoins, surtout en nourriture.

Oranne s'attacha très vite à Lampyris, qu'elle trouvait extraordinaire : débordante de vie, apaisante et solaire. Pour Lampyris, il n'y avait ni passé ni avenir, seulement l'instant présent. Elle lui répétait sans cesse une phrase lue dans un vieux recueil de poésie : « Laisse tout t'arriver, joie et terreur, rien n'est définitif. » Lampyris avait cette pudeur, cette finesse sociale, de ne jamais brusquer Oranne. Celle-ci lui confiait ses tiraillements, ses doutes, ses peurs, mais Lampyris la laissait cheminer sans jamais chercher à l'influencer. Grâce à elle, Oranne redécouvrait les bonheurs simples, la tranquillité d'une amitié sincère, la douceur d'une relation humaine authentique et apaisante.

Cette vie paisible, sécurisante, la séduisait, mais elle sentait bien qu'elle ne lui ressemblait pas. Au fil des semaines, cependant, son esprit s'apaisa peu à peu, et ce qu'elle voulait vraiment lui apparut, une nuit, comme une évidence, alors qu'elle soudait des boucles d'oreilles dans l'atelier de Lampyris.

Elle se leva d'un bond, releva son masque de protection, saisit une lanterne, enfila ses bottines et s'élança dehors, son cœur battant à tout rompre. Elle courut à perdre haleine, ses pas résonnant sur le pavé irrégulier des ruelles étroites. Les lanternes à vapeur éclairaient faiblement le chemin sinueux, leur lueur vacillante se reflétant sur ses lunettes de protection. Elle franchit une grille rouillée, se faufila dans une cour intérieure déserte, et frappa à plusieurs reprises à la porte, sans réponse. Perdant patience, elle crocheta la serrure — un jeu d'enfant — et entra chez Raphaëlle.

Les couloirs, éclairés par des tubes luminescents, diffusaient une lumière bleutée, projetant sur les murs des reflets d'acier. À chaque pas, le parquet laqué grinçait sous ses bottes. Elle monta silencieusement un escalier en colimaçon, la rampe de laiton si polie qu'elle y distinguait son reflet déformé à chaque marche. Arrivée à l'étage, elle se retrouva devant une grande porte double, ornée de rouages profondément gravés dans le bois sombre.

Derrière cette porte se trouvait la chambre de Raphaëlle. Oranne inspira à fond, puis poussa la porte, s'attendant à surprendre la dirigeante endormie. Mais la pièce, vaste et élégamment meublée, baignait dans la lumière douce d'une grande lampe à huile posée sur la table de chevet. Les murs disparaissaient sous d'épaisses tentures de velours pourpre, étouffant tout bruit extérieur, créant une ambiance feutrée. Une vaste bibliothèque couvrait un pan entier de mur, chargée de grimoires anciens, de plans et d'instruments scientifiques. Le lit imposant, central, était recouvert d'une couette en soie zinzoline brodée d'arabesques. Raphaëlle, en peignoir de lin, lisait adossée à une montagne d'oreillers, lunettes sur le nez.

À l'arrivée impromptue d'Oranne, elle leva les yeux, à peine surprise, stoïque en toute circonstance. Elle posa son livre, retira ses lunettes et observa Oranne d'un regard perçant, prête à écouter.

— J'ai pris ma décision. Je ne connais pas le code. Je ne peux donc pas vous aider, même si je le voulais. Je ne veux pas de la cité d'Orbis, ni de ce titre de prétendue héritière.

Je ne veux pas de pouvoir : je ne suis pas faite pour ça, cela ne m'intéresse pas. Faites-en ce que vous voulez. Je suis convaincue que vous en ferez meilleur usage que moi.

— Que veux-tu alors ? demanda simplement Raphaëlle.

Oranne la fixa, la voix enfin assurée.

— La détruire.

Remerciements

Je tiens à remercier tous ceux qui ont toujours cru en moi et particulièrement dans ce projet. Un grand merci à la talentueuse Loubiakan pour la couverture.

Loi n°49-956 du 16 juillet 1949 sur les publications
destinées à la jeunesse

© 2025 Mathilde Rochereau
Édition : BoD · Books on Demand, 31 avenue Saint-Rémy,
57600 Forbach, bod@bod.fr
Impression : Libri Plureos GmbH, Friedensallee 273,
22763 Hamburg (Allemagne)
ISBN : 978-2-3225-6168-1
Dépôt légal : Janvier 2025